講談社文庫

殺人哀モード

ミステリー傑作選37

日本推理作家協会 編

講談社

目次

序文

　短篇小説を読んでいると、不意に不思議な気分に襲われることがある。身のまわりにある日常が、ふっと遠くなるように感じたりするのだ。長篇の場合、面白ければその世界に引きこまれる。ひと晩徹夜しても、読みきってしまおうと思ったりする。

　短篇では、それが微妙なのだ。引きこまれているのかどうか、よくわからない。足は日常の中にあるのに、頭だけふわりと非現実の中に浮いてしまった、と感じたりするのだ。それは短い旅にも似ている。いや、旅というほど大袈裟なものではないかもしれない。毎日の散歩の途中で、ふと知らない道に迷いこみ、見知らぬ風景を眼にし、また元の道に戻るというような言い方がいいだろうか。

　その時の心の動きは、元の道に戻るとほとんど忘れている。そしてまたどこかに迷いこんだ時に、いきなり思い出したりしてしまうのだ。短篇は、そんなふうに、日常生活の中の迷い道として、愉しめばいいのだと思う。そして見知らぬ風景の中に、ちらりと人生の真実を垣間見たりするのだろう。それは、ささやかな非日常の刺激とも呼んでいいのかもしれない。徹夜を続けて大きな旅をするのもいいが、そんな刺激を、いつも日常生活の中に持っていて、心がちょっと倦んだ時に、それをひそかに取り出してみるのも素敵なことではないだろうか。

長篇全盛の時代と言われている。ミステリーの世界では、特にそうだ。その原因がどこにあるかは、それぞれの作家が考え続けているだろうが、小説誌には毎月短篇が載っていて、小さな迷い道はいくらでも見つかる。小説好きの方ならおわかりだろうが、短篇と長篇では、着想から言葉の選び方、描写の視線まで、まるで違うものなのだ。そして作家は、言葉を切りつめた短篇を書くことで、自らの小説世界を検証してみたり、技法を磨きあげたりしていることが、しばしばある。その時の作家は、長篇にむかう時とはまた別の、真剣な試みで、新しい自らの可能性を探っていたりするのだ。

小説のありようとして、短篇がその存在の意味を失うことは決してないだろうし、その価値が低くなることもない。短篇小説にこそ、小説の核となるべきものが宿っている、と言っても過言ではないのである。

なおこのアンソロジーは一九九七年版の推理小説年鑑をもとにして編んだものである。日常生活の中にふと現われる、小さな十本の迷い道を、充分にお愉しみいただけるものと、確信している。

二〇〇〇年三月

日本推理作家協会理事長　北方　謙三

殺人哀モード

ミステリー傑作選37

彼なりの美学

小池真理子

著者紹介　一九五二年東京都生まれ。成蹊大学文学部卒業。出版社勤務の後、エッセイストを経て、作家に。八九年『妻の女友達』で日本推理作家協会賞受賞、九六年『恋』で直木賞受賞。作品に『うわさ』『欲望』『薔薇の木の下』『ノスタルジア』『冬の伽藍』他。

渋谷の映画館を出てすぐ、葉子は男に声をかけられた。見知らぬ中年の男だった。

深夜、若い娘に声をかけてくる男にろくな男がいないことは経験上、知っていた。まして、その男は醜男だった。仕立てのいいジャケットに、折り目がきちんとついた真新しいズボンをはき、きちんと髪の毛を撫でつけてはいたが、その身なりのよさが、かえって容貌の醜さを強調しているようにも見えた。

「お一人ですか」

聞こえなかったふりをして歩き去ろうとした葉子の後を追いながら、男は続けた。「きれいな方だと思って、映画館の中でずっと見ていたんです。私はあなたが座ってらした席の斜め後ろにいました。あなたのおかげで、映画の内容はほとんどわからなかった。スクリーンではなく、あなたを見てましたから。あの……なんだか蒸し暑い夜ですし……よかったら、何か冷たいものでも飲みに行きませんか」

急ぐので、と葉子は伏目がちに小声で言った。男の言う通り、蒸し暑い夜だった。冷房で冷やされた身体に、外の熱気がまとわりつき、たちまちそれは汗に変わった。

若者たちが、映画館前にたむろしていた。オールナイトで上映する映画館だった。時刻は午前零時をまわっていた。

かなり泥酔した背広姿の男が、千鳥足で歩いてきて、葉子にぶつかりそうになった。すえたような酒の臭いがした。葉子は顔をしかめた。酔漢から葉子をかばうようにして、男が間に立ちはだかった。酔漢は、ちっ、と舌を鳴らしながら後ずさりした。

どうも、と葉子は口の中で曖昧に礼を言った。言いながら、素早く男を観察した。

背は葉子よりも少し高い程度だった。肌はわら半紙を思わせるようながさついた色をしており、鉤型で、おまけにあぐらをかいた大きな鼻が顔の中央で目立っているわりには、目も口も赤ん坊のように小さい。眉は薄く、あるのかないのか、わからないほどで、小さな目をせいいっぱい見開いて喋ろうとするせいか、額に深い皺が数本、くっきりと刻まれるのが滑稽だった。

　酔漢がよろよろと立ち去って行くのを見届けると、おもむろに男は言った。「私は怪しい者ではありません。あなたの美しさに惹かれただけです。正直なところ、みとれてしまった。本当です」

　軽薄な喋り方ではなかった。男の口調は穏やかで、状況にそぐわないと思われるほど上品だった。

「あなたは映画館で、泣いてらっしゃいましたね」男はわずかに眉をひそめ、言いにくそうにつけ加えた。

　葉子は目を見開き、男を見上げた。大きなお世話よ、と言おうとしたが、言えなかった。まがりなりにも、自分のことを美しいと言ってくれる男に対し、声を荒らげるのは大人げないような気がしたからだった。

「急いでるんです」葉子は言った。「ごめんなさい。だから、これで」

　嘘だった。急いでどこかに行こうとしているのではなかった。それどころか、行きたい場所、帰りたい場所というのもなかった。かといって、一人でどこかのバーに入り、しこたま酒を飲みたいという気分でもなかった。何もしたくなかった。心の中がからっぽになっているのではない、中だけではなく、外側まですべて、自分はからっぽそのものなんだ、と葉子は思った。

その晩は、達郎と会う約束をしていた。久しぶりの逢瀬だった。青山に新しくできたフランス料理店で食事しよう、と彼が言うものだから、精一杯、めかしこんでもきた。

だが、待ち合わせたレストランに、達郎の名で予約は入っていなかった。不審に思いつつも、案内されるままに空いていたテーブルについた。

三十分待っても、一時間待っても、達郎は現れなかった。何度か、達郎のマンションに電話をかけに行くために席を立った。そのたびに、ウェイターがうやうやしく会釈してくるので、葉子も会釈を返さねばならなかった。

達郎は留守で、留守番電話が応答してきた。部屋にいる達郎が、かかってきた電話に誰がどんなメッセージを録音するのか、電話機をじっと見つめて、くすくす笑っている姿が頭に浮かんだ。想像の中の彼の傍には、見知らぬ若い女が寄り添っていた。鼻の奥に、最近、達郎の部屋で嗅いだことのある、嗅ぎなれない香水の香りが甦った。

初めのうち、足しげくミネラルウォーターのサービスをしてくれていたウェイターたちも、やがて気の毒だと思ったのか、見て見ぬふりをするようになった。何も注文しないで帰るのは申し訳ない、と思い、葉子はメニューを見せてもらった。そこに恭しく書かれていたのは、六千円、八千円、一万円の三種類のコースメニューだけだった。給料日の直前でもあり、この日のために夏のワンピースを買ってしまったので、葉子の財布の中には六千円しか入っていなかった。

仕方なく店の人間に事情を話し、コーヒーを注文した。お飲み物だけではちょっと……と言われ、苦い顔をされた。無銭飲食をとがめられているような気分になった。葉子はショルダーバッグを抱え、席を立った。

クロークカウンターの中にいた従業員に近づき、「もし、松永葉子あてに男性から電話がかかってきたら、もう帰った、と伝えてください」と頼んだ。店の支配人らしきその男は、哀れむような目を投げると、「承知いたしました」と言った。

店を出てから電車を乗り継ぎ、達郎の住むマンションまで行った。居留守を使われることを承知でチャイムを鳴らすと、驚いたことに達郎本人が出て来た。上半身、裸だった。出前を頼んでいたらしい。財布を手にそそくさとドアを開けた達郎は、葉子を見るなり、「あ」と言った。顔色が変わった。

その日の葉子との約束を忘れていた、と彼は言った。言いながら、笑ってみせたり、頭をかいてみせたり、かと思うと険しい顔をして葉子を睨みつけたりした。その異様な動揺ぶりは、見ていて気の毒ですらあった。

奥のバスルームからは、絶え間なくシャワーの音がしていた。玄関には一目で安物とわかる、白いハイヒールの靴が「ハ」の字を描いて脱ぎ捨てられていた。

達郎は葉子を玄関の外に押し出すようにしながら、小声でしどろもどろの言い訳を繰り返した。葉子は聞いていなかった。

踵《きびす》を返し、エレベーター脇の非常階段を駆け降りた。背後で達郎が「待てよ」と言った。泣きそうな声だった。追いかけて来るかどうか、試してみたかった。階段の途中で息をつめて立ちつくした。達郎の部屋のあたりで扉が閉まる音が響いた。内側から鍵を締める音も確認できた。

駅まで戻る途中、たばこの自動販売機を見つけたので、マイルドセブンを一箱買った。近くの公園のベンチに座り、たて続けに二本吸った。たばこを吸ったのは久しぶりだった。頭の中に白い膜がかかったような感じがした。

再び電車に乗り、気がつくと渋谷の映画館の、あまり上等とは言えないシートに座っていた。葉子も知っている有名なアメリカ人の男優が、海軍の軍服を身につけてスクリーンに登場したが、何という映画なのか、どういう内容の話なのか、わからなかった。

館内は空いていた。達郎の裏切りよりも何よりも、自分自身が抱え込んだみじめさのほうが辛かった。

眼前に繰り広げられている映画の中の物語とは何の脈絡もなく、葉子の目から涙があふれ、頬を流れ落ちた。誰にも見られていない、という安心感からか、思う存分泣けることだけがありがたかった。

「泣き顔も美しかったです」男はうっとりとした調子で、葉子に向かって話し続けた。「本当です。私のいた席からは、あなたの目からあふれる涙が、ちょうど逆光になって見えました。きれいでした。小さな水晶の玉みたいでした」

つきあいきれない、と葉子は思った。笑い出しそうになった。男にそっけない会釈を返すと、葉子は早足で歩き出した。

男は歩調を合わせてついて来た。葉子が歩調をゆるめると、男も同じようにした。試しに小走りに走ってみた。男はすぐに駆け出して、またたく間に葉子に追いついた。

ばかばかしくなった。可笑しくもあった。葉子は足をとめ、男を振り返って呆れたように空を仰いでみせた。

男は醜い顔に似つかわしくない、妙に品のある笑みを浮かべながら、まっすぐに葉子を見つめた。原色のネオンに彩られた騒々しい深夜の歩道で、何故かそこだけが静かに見えた。

ふいに葉子は、今夜の自分にもっともふさわしいのは、この醜い男ではないか、と思った。男は醜いうえに、自分よりもはるかに年をとっていた。ひょっとすると、自分の父親ほどの年齢なのかもしれなかった。こんな男と土曜日の深夜、渋谷の町を親しげにうろついているのを友達に見られたらどうなるだろう、と想像した。自虐的な気分が葉子を襲った。

「嘘です」と葉子は言った。「さっき、急いでる、って言ったのは嘘。本当はね、ちっとも急いでなんかいないの」

「そうだったんですか」と男は言った。「よかった。じゃあ、おつきあいいただけますね」

「喉がかわいちゃった」葉子は言った。甘えたような口調になっているのが、自分でも可笑しかった。「冷たいもの、ごちそうしてください」

ネオンのせいで白茶けて見える顔に、男は満面の笑みを浮かべてうなずいた。その小さな目が葉子をまっすぐに見つめ、わななくように小さな瞬きを繰り返した。

「美しい」と彼はつぶやいた。目には感嘆の光、称賛の光が宿っていた。そこには、性的な匂いは一切、感じられなかった。男はまるで、美術館で美しい絵を鑑賞している時のように、右から左へ、斜め上から斜め下へ、とつぶさに葉子を眺めまわした。聞き取れないほどひそかな、感動のため息がそれに続いた。葉子は奇妙な満足感を味わった。

このあたりには不案内なものですから、と男は言った。葉子は、朝まで開いているカフェバーを一軒、知っていた。勤めている会社の同僚に連れて行ってもらったことのある店だった。

店は公園通りの裏手にあった。店内にはポップス調の賑やかな音楽が流れ、若者たちでごった返していた。

カウンター席に並んで座り、葉子はビール、男はグレープフルーツジュースを注文した。男は、酒もたばこもやりませんので、とはにかんだように言った。そのせいか、男の歯はきれいだった。

　葉子はビールの次にソルティドッグを飲み、さらに強いアルコールが欲しくなって、マティニを頼んだ。会話ははずまなかった。自己紹介をし合うような雰囲気にもならなかった。男はただ、上気した目で葉子を見ているだけだった。

　マティニをグラス半分飲んだところで、天井が回り始めた。夕食抜きだったことを思い出した。葉子は男に向かって「お腹がすいてるんです」と言った。

　腹の足しになるようなつまみはミックスピザしかなかった。男はすぐに、カウンターのバーテンを呼びつけ、Lサイズのピザを注文してくれた。

　ピザができあがってくるころには、天井どころか、床も揺れ始めていた。めしあがってください、とピザを勧める男の声が、遠くに聞こえた。記憶はそこで途切れた。

　気がつくと、葉子はタクシーの中にいた。タクシーは、青白い街灯がともされた商店街の一角に停まっていた。葉子の横では、男が運転手に料金を支払っているところだった。

「大丈夫ですか」男は葉子に声をかけた。

　うなずいただけで、頭がぐらぐらし、気分が悪くなった。男に腕を抱えられながら、葉子は車から降りた。

　狭い車道に沿って、狭い歩道が伸びていた。薬屋、米屋、酒屋、八百屋……様々な小売店の看板が見えた。何本か立ち並んでいる街灯には、一目で模造品とわかる笹の葉が揺れ、

「七夕謝恩セール」と印刷された桃色のリボンが垂れ下がっていた。

タクシーが走り去ってしまうと、あたりは静寂に包まれた。どこか遠くで犬が吠えた。

「私の家です。私は独り暮らしをしているんですが、ご安心ください。変な意味があってお連れしたのではありませんから。私はそういう人間ではないんです。店舗はごらんの通り、小さいですけどね、住居部分は広くなっていて部屋はたくさんあります。泊まって行ってください。ご遠慮なく」

男はそう言うと、そっと葉子から手を放し、ジャケットの内ポケットを探ってキイホルダーを取り出した。「ここは店の入口なので、今は入れません。内側から戸締りをしてしまってますからね。玄関は裏です。この細い道を入って行かなくてはならないのですが……さあ、どうぞ。足元に気をつけて。暗いですから」

店と言われて、初めて葉子は目の前のうらぶれた木造の建物が、小ぶりの店舗になっていることに気づいた。戸締りされた引き戸の上には、小さいがいかめしい、木彫りの看板がかかっていた。

そこには「長沼小鳥店」とあった。

翌朝、目覚めた葉子は、自分が小ぢんまりとした和室に寝ていたことを知った。部屋は薄暗いが、閉めきった障子の向こう側には、さんさんと光があふれていた。

床の間に飾られてある焼物の白い大きな壺には、葉子の知らない紫色の花が一輪、ひっそりと活けられていた。壺の下には藍染の小布が敷かれてあった。部屋は清潔で塵ひとつなく、黒くなった古い床柱も、日頃の手入れがいいのか、見事に磨き上げられていた。どこかで静かなクラシック音楽が流れていた。かすかに小鳥が鳴く声も聞こえた。冷房はついていなかったが、部屋の片隅に通風口が設けてあり、そこから入ってくる風がひんやりと涼しかった。

枕元に置いた自分の腕時計を手にとってみた。九時四十分だった。

男からパジャマ代わりに借りたTシャツを脱ぎ捨て、布団の下に丸めて突っ込んでおいた下着を身につけた。着ていたワンピースが、きちんとハンガーにかけられ、葉子が寝ていた和室の鴨居にぶら下がっているのが見えた。服を脱いだことまでは覚えているが、自分でハンガーにかけた記憶はなかった。

だとすると、自分が裸になり、Tシャツに着替えて布団にもぐりこんだ時も、あの男がこの部屋にいたことになる。あるいは、自分が寝入った後、男がこの部屋に入って来て、服が皺にならないように、とハンガーにかけてくれたのかもしれなかった。

不思議なことに、そんな想像をめぐらせても、葉子は嫌悪感を覚えなかった。男はワンピースを丁寧にハンガーにかけ、皺を伸ばし、糸くずを取り去って、静かに部屋を出て行ったのだ。たとえ夏掛け布団からはみ出した葉子の太ももを見たとしても、彼はいかがわしいまなざしを投げなかったに違いない。そんな気がした。

寝る前まで、烈しい頭痛に悩まされていたのだが、男から頭痛薬をもらって飲んだせいか、気分はよくなっていた。葉子はシーツをはがして布団をたたみ、床の間の脇に積み上げた。麻のシーツは丁寧に洗濯され、糊づけされてあった。布団もよく干してあるらしく、日なたの匂いがした。

縁側に人の気配がした。影が障子に映し出された。男の声がした。「お目ざめですか」葉子が障子を開けると、夏の光があふれた縁側で、男がにっこりと微笑みかけた。マオカラーになっている白の半袖シャツを着た男は、風呂あがりのような小ざっぱりとした顔をし、手に陶器の小鉢を持っていた。

小鳥の雛用にすり餌を作っていたところです、と男はにこやかに言った。「私は冷房が苦手で、うちには冷房はつけないことにしているのですが……暑くて寝苦しかったんじゃないでしょうか」

葉子は首を横に振った。「ぐっすり寝てしまったので気づきませんでした」

流れてくるクラシック音楽は甘やかで、耳に心地よかった。開け放された縁側の窓の向こうに、小さいが手入れのいい庭が見えた。水をまいたばかりなのか、きれいに刈られた植木のあちこちで陽炎がゆらめいている。L字型を作っている縁側のガラス窓に、生い茂った木々の木もれ日が落ちて涼しげである。

葉子は縁先に腰をおろし、足をぶらぶらさせた。男は葉子と離れたところに座ってあぐらをかき、股の間に小鉢をはさんで餌をすり続けた。

外から覗かれにくい構造になっている庭だった。そのせいか、庭はどこか秘密めいていて、すみずみまで完璧に人間の手が加えられた箱庭を連想させた。

「すみませんでした。酔っぱらったあげくに図々しく泊めてもらったりして」葉子は前を向いたまま言った。

「とんでもない。泊まってくださって嬉しいです。あなたのおかげで、この汚い家が今朝はこんなに輝いて見えますからね」

男は再び、あの覚えのある、感動にふるえるようなまなざしを葉子に投げた。葉子はうつむき、片手で頬をおさえた。

「あんまり見ないでください。シャワーも浴びてないし、顔も洗ってないし、髪もとかしてないし……第一、ゆうべは飲み過ぎたし。私、きっとひどい顔をしてるんだわ」

「たとえそうであっても、何ひとつ、問題がないほどきれいですよ。保証します」男は小さな目を細めた。「とはいえ、この暑さです。さぞかし汗をおかきになったでしょう。風呂をわかしておきました。よかったらお入りください」

葉子はほつれた前髪をかきあげた。「まだ自己紹介もしてないのに……」

「名前がわからないと、風呂に入れませんか」男は小さな口をつぼめて微笑んだ。「冗談ですよ。別に隠しているわけではありません。現にこうやって、自分の家にあなたをお泊めしたんですからね。私は長沼といいます。鉄のオトコと書いて、鉄男という名です。ごらんの通り、鳥屋ですよ。祖父の代からの商売ですが、規模を大きくするのを親父がいやがって、結局、昔のまま、細々と続けてます。祖父も親父もおふくろも、とっくの昔に死にましたけどね。小鳥は好きですか」

ええ、と葉子は言った。「昔、番《つが》いでカナリアを飼ってたことがあります。雌のほうは長生きでした。十二年も生きたんです」

ほう、と鉄男という男は感心したようにうなずいた。少し、間があいた。

葉子は「松永といいます」と言い、軽く頭を下げた。「名前は葉子。葉っぱの葉の葉子です」

「エメラルド色の葉ですね」

「は?」

「私は木の葉を思い浮かべる時、必ずエメラルド色をイメージするんです。緑や黄緑ではない。もっと深い神秘的なエメラルド色。日本画の中には、時々、そんな色を見つけることができますよ。沼のように深い緑色かと思えば、黄味がかった輝きがあって……木の葉というのは、実はそういう色をしているんですね。変幻自在なんです。光の加減でいろいろな色に見える。そして、そのどれもが美しい」彼はそこまで言うと、葉子を見つめ、のみこんだ息を一気に吐き出すかのような勢いでつけ加えた。「あなたみたいに」

　鉄男の顔が、見慣れたせいか、昨夜よりも醜く思えなくなっていることに葉子は気づいた。彼の吐くセリフの一つ一つも、昨夜ほど滑稽には感じられなくなっていた。それどころか、鉄男の声、鉄男の口から出てくる言葉の流れが、すでに自分の耳になじんでしまっているような気もした。

「女性に年齢を聞くのは失礼だということはわかっていますが」鉄男は言った。「……おいくつですか」

「あんまり正直に言いたくないけど」葉子は短く笑ってみせた。「二十六になったところです」

「極上の年齢ですね」

「どういう意味ですか」

「女性がもっとも美しい年齢だという意味です」

「そんなことありません。四捨五入すると三十ですもの」

「そんな計算はつまらない遊びに過ぎませんよ」鉄男はたしなめるように言った。「美しい女性は、その美しさに浸って生きていればいいのです。先のことは考える必要はありません。美は本来、いずれは逃げていく運命にありますが、自分の中にとどまってくれている間は、遠慮せずに味わいつくしてやればいいんです。本当に、骨の髄までしゃぶりつくしてやればいい。最後の一滴まで残さずにね」

　言っている意味がよくわからなかった。葉子は、はいていたストッキングに小さな綻《ほころ》びができているのを見つけ、それに気をとられているふりをした。

　鉄男は口調を変え、笑いをにじませながら言った。「私は四十三歳です。あなた流に言えば、四捨五入すると四十ですけどね。どういうわけか老けて見られて困ります。五十歳ですか、と聞かれて、さすがにがっかりしたこともありますよ」

「奥さんはいないんですか」葉子は聞いた。

「五年前に死なれてしまいました。病気でね。まだ二十七だったんですが」

　この男に妻がいた、という事実を知り、葉子は少し安心した。この人の妻になった女性がいたくらいなのだから、自分のようにこうやって、名前も知らないうちに家に泊まり、翌朝、縁先に腰かけて庭など眺めながら、親しげに会話を交わす女がいても不思議ではないだろう、と思った。

「あなたは？　結婚なさってるんですか」

「まさか。巣鴨にある小さな建設会社に勤めてます。お給料も安くって、上司も最悪で、いつやめようか、と思ってるんですけど」

「やめて私のところにいらっしゃればいい」冗談とも本気ともつかぬ表情の中で、鉄男は笑顔を作った。「あなた一人くらいでしたら、私が喜んで養いますよ」

「嘘でしょう?」

「嘘じゃない。私は美しいものが好きなんです。美しい陶器、美しい音楽、美しい布、美しい風景……そして美しい女性。まさにあなたみたいな方がね。そういうものに囲まれて暮らせれば、あとは何もいらない」そう言いながら、彼は手にしていた小鉢を縁側に置き、改まったように葉子を見た。「お住まいはどちら?」

「池袋にあるアパートに住んでます」

「ゆうべ、あなたはいくら聞いてもそれを教えてくださらなかった」鉄男は、さも可笑しそうに背中を揺らして笑った。「相当、酔ってたみたいですね。でも、それでよかったんです。教えてくだすってたら、私はあなたを送って行ったでしょうし、そうしたら、あなたがここに泊まることもなかった」

風が吹いて、梢の木の葉がさわさわと鳴った。風鈴の音がのどかに響きわたった。

「すてきなお庭ですね」前を向いたまま、葉子は言った。「気持ちがいいわ」

「こんなに小さな庭でも、本来、庭がもっている美しさを演出してやることはいくらでもできますからね。ただの庭といっても、造り手に美意識さえあれば、限りなく完全な美に近づけることは可能なんです」

かなりの教養のある人物か、さもなかったら、かなり教養があるということを装える人物であるらしかったが、朝から難しい話はしたくなかった。葉子は微笑しながら、そっと庭の一角を指さした。

「築山があるんですね」

苔むしたブロック塀に沿って、背の低い松の木が植えられており、その松の枝が大きく湾曲して木陰を作っているあたりに、大きくこんもりと、土が盛り上げられている箇所があった。

「築山じゃありません」鉄男は再び小鉢を手に取ると、できあがったすり餌の具合を確かめるようにして中を覗きこんだ。「あれは犬の墓です」

そう言われてみれば、墓に見えなくもなかった。盛り上がった部分には夏の草が生い茂っていたが、自然に茂ったという印象はなく、芝を植える時のように、どこからかわざわざ草を持ってきて、植えつけたようにも思われた。

「本当は猫のほうが好きなのですが、鳥屋ですからね。間違っても猫は飼えません」鉄男は言った。「去年の夏でした。ゴールデンレトリバーでしてね。身体が大きかったので、穴を掘るのも大変でしたよ」

「どうして死んだんですか」

「さあ、どうしてでしょう。腎臓がもともと弱かったみたいですが、解剖したわけではないので、はっきりしたことはわかりません。最後はかわいそうに、断末魔の悲鳴という感じで。それで……見るに見かねましてね、獣医に頼んで安楽死させてもらった」

「……かわいそうに」

「仕方ありません。人に飼われてしか生きられない動物の宿命です。彼らは生きるも死ぬも、最後は飼い主の判断に任せるしか方法はないのですから」

葉子が黙っていると、鉄男は手にした小鉢を目の前に掲げてみせた。「この餌を食べて育つ小鳥たちだって、同じことです。飼い主である私の判断に従って生きざるを得ないんです。たとえば私の店には、半年に一度ほど、近所に住む青年がやって来ましてね、セキセイインコをまとめて大量に買って行く」

「何のために？」

「蛇の餌にするためですよ」鉄男の顔に、場違いなほど品のいい雅びな笑みがにじんだ。「その青年は南米産の珍しいボアを飼ってるんです。ふつう、大きな蛇には生きたハツカネズミを与えるんですけどね。彼が飼っている蛇はハツカネズミをやっても食べない。何をやってもだめだ、というので、思いあまって私のところに相談に来たんです。セキセイインコはどうだろう、と私は教えてやった。ちょうど、弱って売り物にならないのが一羽いたものですから、ためしに持って行かせたんです。そうしたら、成功したらしくてね。以来、まとめ買いしていくんです」

葉子は眉をひそめた。「セキセイインコを蛇の餌に？」

「もちろん私だって、健康な鳥はそんなふうにさせたりしませんよ。私が青年に売っているのは、売り物にならない連中だけです。生命力が希薄だったり、先天的に奇形だったり、満足に餌も食べられなかったり……ね。かわいそうに、彼らは結局は早く死んでしまいます。飼い主である私は、飼い主である以上、彼らの運命を決めてやらざるを得ない」

「……残酷だわ。生かしてやろうとは思わないんですか」

「思いませんね」

「じゃあ、蛇の餌になるためにセキセイインコは生まれてくるの？」

「そういうやつらもいれば、そうじゃないやつらもいる。そういうことですよ。仕方ありません」

「でも、野生の鳥だったら、そう簡単には蛇の餌になんかならないはずです」

「さっきも言ったでしょう？　葉子さん。人間の判断によって生死が分けられる、というのはね、人に飼われている生き物のもつ、どうしようもない宿命なんですよ」

それまで流れていたクラシック音楽の音がしなくなった。鉄男は首をのばして縁側の先を見つめながら「ああ、終わったようだな」と言った。「シューベルトですよ。二、三日前、新しく発売されたばかりのCDを買ってきたんです。弦楽五重奏曲ハ長調。かつての歴史的名盤のCD化です。思っていた通り、美しさは比類がないですね。そう思いませんか」

葉子は答えなかった。庭の松の木のあたりで、蝉が鳴きだした。その声に風鈴の音が重なった。

風呂場はひどく古びていたが、昔ながらのヒノキの風呂桶は真新しく、洗い場の簀の子も壁も天井も掃除が行き届いており、あたりには清々しい木の香りがたちこめていた。脱衣所には脱いだ服を入れる籐の籠が置かれ、中には清潔そうな純白のもめんのタオル、封を切っていない石鹸、使い捨ての歯ぶらし、買ったばかりと思われる箱入りの真新しいヘアブラシに水玉模様のシャワーキャップなどが入っていた。

それよりも何よりも葉子を感激させたのは、洗面台の上にランコムの基礎化粧品セットが一式、置かれていたことだった。籐製のしゃれた細長い盆に載せられた化粧品の小瓶の脇には、筆ペンで「ご自由にお使いください」と書かれた和紙のメモがはさまれていた。

病死したという妻が、生前、使っていたものなのだろうか、と葉子は訝《いぶか》しく思ったが、それにしては化粧品はすべて新品だった。封も切られてはおらず、汚れひとつついていなかった。

葉子が風呂からあがると、鉄男は彼女を茶の間に迎えた。茶の間では、小さなCDデッキから、シューベルトが甘く静かに流れていた。

よく磨かれた民芸調のテーブルの上に朝食が並べられていた。クロワッサン、レタスとトマトのサラダ、ハム、コーヒー……。切り子ガラスの大鉢には、水滴の跡もみずみずしい巨峰が一房、形よくおさまり、定規で計ったように正確に敷かれた二枚のランチョンマットは、深海の色をした藍染めだった。

麻の座布団に座って食事を始めながら、葉子は化粧品のことを聞いてみた。ああ、あれですか、と鉄男は照れたような顔をしてみせた。

「不審に思われるのも無理もありませんね。やもめの男が侘しく住んでいる家に、ランコムの化粧品セットが置いてあったら、人は気味悪く思うかもしれません。いやはや……ちょっと言いにくいし、そんなものをあなたにお使いいただいたことがバレてしまうのは気がひけるのですが……」

そう言って、鉄男はサラダを取り分け、小皿のひとつを葉子に手渡した。はにかんだような表情が、一瞬、鉄男の醜さに拍車をかけた。「あれは別れた女性が置いていったものなんです。一年ほど前になりますか。短い間でしたが、ここで一緒に暮らしていました。私が買い与えたものですし、おまけに封も切っていない新品ですから、届けてやりたいと思ったのですが……何が気にいらなかったのか、手荷物をまとめて、ぷいと出て行ったきり、連絡もよこさない。どこでどうしているのやら、わからなかったので、届けようもなく、結局そのままに……」

はあ、と葉子は言った。他に返事のしようがなかった。この人は、自分が女性にもてるということを強調したがっているのだろう、と思った。この顔で？　そう思うと、ふいに噴き出したくなるような、それでいて意地悪な、場違いな嫉妬心のような気持ちがわきおこった。

葉子は、ほどよい焼き加減のクロワッサンをちぎって口に運び、皮肉めいた微笑を浮かべてみせた。「もてるんですね」

とんでもない、と鉄男は小さな目を丸くした。「私は世界で一番、もてない男です。説明しないでもおわかりでしょう。私はひれ伏してお願いして、なんとか女性に傍にいてもらってきただけですよ。死んだ女房もそうでした。結婚する時は、本当に足元にひれ伏しましたよ。頼んで頼んで頼みこんで、結婚してもらったんです。私のような男は、そうでもしないと、女性には口もきいてもらえないですからね」

軒先で軽やかに風鈴が鳴った。遠くの空をヘリコプターが飛んでいた。CDデッキからは、相変わらず甘い旋律が流れていた。

鉄男は、ふっ、と小さなため息をつき、萩焼のコーヒー茶碗を手に、熱のこもった視線を葉子に投げた。「私は確かに、美に対して厳しいとらえ方をする人間です。そういう人間はえてして、美を前にすると疵を探してやりたくなるものですが……あなたは違いますね。文句なく最上級の部類に入る。とりわけ、その肌です。あなたの肌は完璧だ。肌の色をした、なめらかなビロードのようだ」

「突然、話を変えないでください」葉子は笑った。笑いながら、さっき束の間、感じた嫉妬心のようなものが和らいで消えていくのを感じた。鉄男の吐く言葉には魔力があった。ただのお世辞だとわかりつつ、それは葉子を否応なく引きつけ、自尊心をくすぐった。

「あとで着物を着てみませんか」鉄男は言った。

「え？」

「あなたにぴったりの、是非、あなたに着ていただきたい着物がある。大島紬《つむぎ》です。着てみてください。あれを着たあなたを見てみたい」

「無理だわ。帯も結べないし、襦袢の着方だってわからないし……」

「大丈夫。おいやでなければ、私が着付けをお手伝いします。これでも着付けはうまいんですよ。死んだおふくろが、しゃれっけのある女で、何かというと和服を着ていましてね。子供のころから、おふくろの着替えるところを見てきて、見よう見まねですが、すっかり覚えてしまいました。女房にも教えてやったくらいです。女房は、五分もあれば一人でさっさと着物を着ることができた。いかがですか？　着てみせてくれませんか」

「どうして私に？」

「私の審美眼に狂いがなければ」と鉄男は言った。「あなたには紬が似合うはずなんです。しかも、華やいだ友禅調の千代紙みたいな紬ではなく、泥大島がね」

「泥大島？」

「ものを知らない女性は、泥大島というと、お婆さんの着る着物じゃないの、なんて言い返してきます。私に言わせると、とんでもない間違いですよ。そんなふうに言う人に限って、こう言っては何ですが、美しさとは縁遠い人ばかり。本当に美しい女性は、泥大島を着こなせなくてはいけませんし、着こなせるはずなんです。あなたもですよ、葉子さん。きっと似合う。あなたこそ、泥大島の紬を着るにふさわしい人です。そうだな、帯は無地に近いものがいい。でも、あなたの年齢なら、帯揚げは絶対に朱色でしょうね。さもなかったら明るい柿色。帯揚げだけで若さと華やかさを表現するんです。驚くほど清潔な色気が出てくるはずです」

鉄男の目の輝きと興奮が、葉子にも伝染したようだった。葉子は自分が、目を輝かせながら鉄男の言葉を聞いているのを感じた。

「着てみてください」と鉄男は言った。「無理じいはしませんが」

「着ます」と葉子は言った。

食事を終えてから葉子は、茶の間の隣にある仄暗《ほのぐら》い、ひんやりとした和室に入った。仏間であった。大きな仏壇には、黄色い小菊の花が活けられ、先祖の位牌と共に女性の遺影が祀られていた。病死したという妻のようだった。

細面の可憐な女だった。鉄男が好みそうなタイプだ、と葉子は思ったが、何故、知り合って間もない男のことをわかったように決めつけることができるのか、自分でもよくわからなかった。

鉄男は、箪笥から和紙に包まれた着物を取り出した。彼の見ている前で着ているものを脱がねばならないのだろうか、と葉子は心配になったが、それは杞憂に過ぎなかった。襦袢姿になったら、声をかけてください、と言いおき、鉄男は部屋から出て行った。

服を脱ぎ、ストッキングを脱ぎ、足袋をはき、和装用の下着をつけた。襦袢を羽織り、そのままでは下着が見えてしまう、と思い、目についた紐で腰を縛った。

鉄男は部屋に入って来るなり、「失礼」と言いながら、手早く葉子が結んだ襦袢の腰紐を解いた。そして、肌があらわにならないよう、神業のような早さで襦袢の前を合わせると、畳に膝をつきながら腰紐を正しく結びなおした。

「泥大島はね、最近は売れなくなってしまったようです」鉄男はきびきびと動きながら、話し続けた。「人気が薄れて、織る人も少なくなりましたしね。その分、値段も高くなって、ますます売れなくなった。こんなに美しい着物なのに、残念な話です」

鉄男の手が否応なしに胸や腰、背中に触れてくる。器用に動く、力強い、あたたかく湿った大きな手だった。葉子は気恥ずかしくなったが、鉄男のほうでは意に介していない様子だった。

乾いた衣ずれの音が室内に響き渡った。部屋の障子は閉めきってあった。立っているだけで、たちまち全身に汗がにじんだ。

「汗をかいてますね」と鉄男は言った。

「ごめんなさい。着物に汗のしみがついてしまうかしら」

「いいんです。あなたのかいた清潔な汗が、紬の匂いと一緒になって、えもいわれぬ美しい香りになっていますから」

着付けは十分もかからぬうちに終わった。鉄男は畳の上に両膝をついたまま、崇《あが》めるようなまなざしで葉子を見上げた。

「思っていた通りです」彼は聞き取れないほど低い声で言った。目がうるんでいた。「泥大島はあなたのためにあった。見事です。完璧です。非のうちどころがない」

姿見に映し出された自分を見て、葉子は少し誇らしい気持ちになった。確かに老人めいた色合いの地味な着物ではあった。よく見ると唐草模様が描かれているのがわかるが、遠目には深い泥の色をした無地の着物に見える。

だが、淡い萌葱《もえぎ》色の帯と帯揚げの朱色が、ためらいがちな楚々とした色香を生んで美しかった。きちんと合わせた襟元に清潔感が漂い、半襟の白は神々しくて、仄暗い紬の色をかえって引き立て、妖しげですらあった。

「ガラスのケースにとじこめて飾っておきたくなりました」鉄男は大まじめに言った。度を越した興奮状態にあると見え、瞳は光を失ってくすんだ黒い玉になってしまったように見えた。

「自分ではよくわかりません。本当に似合ってますか」

「あなたのために誂《あつら》えたみたいです」と彼は言った。

一番、聞きたかったことを葉子は聞いた。

「この着物、亡くなった奥さんのものなんですね？」

違います、と鉄男は言った。「さっきお話しした女性のものです。といっても、私が買ってやったものなんですが。あなたよりも三つ四つ年上の人でした。似合うはずだと思って、高価なものであることを承知で、知り合いの呉服屋に頼んで誂えさせたのですが……例外というものはあるんですね。彼女はあなたとは違った意味の、途方もない美人でしたが、不思議なことに、この着物は彼女には似合わなかった。本当に、まったくと言っていいほど似合わなかった」

「その方には何が似合ったんですか」葉子は鏡に向かったまま聞いた。

葉子の真後ろに座っていた鉄男は、鏡の中の葉子に向かい、「裸です」と言った。何かの鉱物の話でもしている時のように、どこかしら無機質な口調だった。「彼女は身に何かをまとわせるとだめになる女性でした。裸が一番、美しかった。実に鑑賞に価いする裸でした。顔もふくめて、化粧も服もアクセサリーも何も似合わない人でしたが、素顔で裸でいる時が誰よりも何よりも美しかった」

覚えのある、あの場違いな、嫉妬に似た感情が葉子の中で渦を巻きはじめた。何故、そんな気持ちになるのか、わからなかった。この男を好きになりかけているのだろうか、とも思った。だが、そんなことはあるはずもなかった。あってはならなかった。誰もが驚くほど醜い男なのだ。どうしてこんな男を好きになるはずがあるだろう。

「明るいところに出て、もっとじっくり見せてください」鉄男はそう言うなり、仏間の障子を開け放った。庭に面した縁側には、粘るような湿りけを帯びた夏の空気がこもっていた。

「着物を着た時は、着物を着ている、という状態を意識しないことが肝心です」鉄男はやんわりと教えさとした。「着物を着たからといって、内股で歩幅を狭くして歩く必要はありません。ふつうに歩いてごらんなさい。少し歩きにくいはずです。だったら、次に歩きやすいように歩いてみて……そう、ふつうに。そう。そんな感じです。じゃあ、次に座ってみてください。正座するつもりでまっすぐ腰を落として、次に足を楽にさせて……ああ、うん、素晴らしい。きれいだ……」

　鉄男は急に言葉を失ったかのように、おし黙った。葉子は着物の袖をいじり回しながら、彼のほうを盗み見た。彼は何か畏《おそ》れ多いものを前にしているかのように、後ずさりしながら葉子から遠ざかり、眩しそうに彼女を見つめていた。

「帯が苦しいわ」葉子は笑ってみせた。「慣れないせいですね」

　鉄男は静かに首を横に振った。そして「ああ」と掠れたようなため息をもらした。「そこに青い蓮の花が咲いたみたいだ」

「やめてください。褒めすぎです」

鉄男はまた、首を横に振った。ゆっくりと。思わせぶりに。

芝居じみた仕草だったが、そんな仕草は彼によく似合っていた。「お勤めなどやめてしまいませんか」

「は？」

「池袋のアパートも引き払ってしまいませんか」

「何をおっしゃってるの」

「この男は頭がおかしい、と思ってるでしょうね。でも私は正気ですよ。あなたは今、女性が一生のうちで、もっとも美しくいられる時期を迎えようとしているんです。もったいない。鑑賞してくれる者がいてこそ、初めて美は美として機能し始める……」

「難しいことはわかりません。でも」と葉子は言い、うつむいた。「結婚まで考えてつきあってきた男の人に、別の女の人がいました。それがはっきりわかったのが、昨日だったんです。そんなことがなかったら、私は今、ここでこうやって着物なんか着ていなかったんでしょうね」

鉄男は姿勢を変えずに縁側に立ったまま、じっと葉子を見下ろしていた。その目は、博物館のケースの中に陳列された、古い雛人形を見る目に似ていた。

「世の中には」と鉄男は言った。「美の何たるかがわからない人間が大勢います。美に対して何の想像力もない愚かしい男に身を委ねる必要は、何ひとつありませんよ」

鉄男は自分自身の言った言葉を再確認するようにして深く息を吸い、ゆっくりと吐き出すと、葉子の隣に来てしゃがみこんだ。柔和なまなざしが葉子に向けられた。「今夜も泊まっていってくれますね？」

葉子は沈黙した。胸にあたたかな漣《さざなみ》のようなものが広がった。その波に身を任せたら最後、どこに行き着くのか、わかるような気がした。それでも自分は、進んで波に乗り、流されていくだろう、と彼女は思った。

「はい」と葉子は喉を詰まらせながら、うなずいた。「そうさせてください」

鉄男の小さな不細工な目が、満足げな光を放った。

葉子はその晩、鉄男の家に泊まり、月曜日の朝、鉄男の家から勤務先の建設会社に出勤した。仮病をつかって午後三時に早退し、いったん、池袋の自分のアパートに帰って、下着類と当面の着替えをボストンバッグに詰めこんだ。留守番電話のテープが回りきっていたが、ひどく気が急《せ》いていて、誰が何をこんなに長々と録音したのか、聞いてみたいとも思わなかった。

六時ころ、ボストンバッグを手に鉄男の家に戻ると、鉄男が風呂をわかして待っていてくれた。汗を流していらっしゃい、と彼は言った。今日は近くの神社で夏祭りがあるんです、後で一緒にのぞいてみましょう、と。

葉子が風呂からあがると、鉄男は浴衣を着せてくれた。藍色の地に淡い藤色の桔梗の花が描かれた美しい浴衣だった。

これは女房のものでも、出て行った女性のものでもありません、と彼は言った。「実を言うと、今夜、祭りがあることを知って、昼間、呉服屋まで行き、買いそろえてきたんです」

あなたのために、と言われ、葉子は幸福な気持ちになった。彼が死んだ妻のものや、出て行った女性のものを葉子の身につけさせなかったことが嬉しかった。

ふたりで神社まで行き、夕食代わりに屋台の焼きそばやとうもろこしを分け合って食べた。何をしていても、鉄男は葉子から目を離そうとしなかった。彼の視線は常に葉子に、こう語りかけていた。あなたは美しい、あなたは完全だ、あなたは私を引きつける、あなたは私を虜にする……。

屋台をひやかして歩いていたところ、いきなり後ろから「鉄っちゃんじゃないか」と声をかけられた。同じ商店街でガラス屋を営んでいる、田坂という男で、鉄男とは小学生のころからの幼なじみだということだった。

「相変わらずお盛んだねえ。いったいいつから、こんな美人を……」田坂はくすくす笑いながら鉄男の脇腹を肘で突つき、何事か耳打ちした。何を言ったのか、葉子には聞き取れなかった。

「鉄っちゃんばかりが、何故もてる……か」田坂はたばこをくわえ、ライターで火をつけながら言った。「おまけにこれほどの美人ときてら。こっちはいいことなんか、何もないよ。なんたって、不景気でさあ。商売になんなくてゆうべも女房と大喧嘩だよ。ところでこの美人の名前は？　紹介くらいしてくれたっていいだろう？」

鉄男は「おいおい」と田坂をたしなめつつ、葉子を紹介した。

田坂は「いいねえ、浴衣姿が色っぽいねえ」と目を細めた。「うちの女房に見せてやりてえよ、まったく。おめえ、色気ってもんがないのか、って俺が言うだろ。そうすっと、あいつはさ、色気ってなんなのよ、忘れちまったわよ、あんたのせいで、なんて言いやがるんだ」

葉子は鉄男と顔を見合わせてくすくす笑った。

田坂と別れての帰り道、楽しくなってふと、葉子は鉄男の腕に腕をからませてみた。鉄男はされるままになっていた。それ以上、自分から葉子の身体に触れようとしないところが、嬉しくもあり、物足りなくもあった。

葉子はからませた腕にぶら下がるようにして、そっと身体を預けた。鉄男はさりげなく葉子から離れると、清涼飲料水の自動販売機の前に立ち、ポケットの小銭を探し始めた。

その週いっぱい、葉子は鉄男の家から会社に通っていたが、翌週の月曜日からは休むようになった。ためらいはなかった。丸四日間、風邪をひいたと嘘をついて欠勤を続け、金曜日になって出社した折、退職願いを提出した。急だったせいか、上司は驚き、理由を聞きたがった。葉子は「一身上の都合で」としか答えなかった。

会社を辞めると同時に、池袋のアパートも引き払うことにした。鉄男は、古くなった家具や食器は全部、捨ててくるように、と言った。押入れからあふれていた衣類もあらかじめより分け、鉄男に見せて恥ずかしいようなものはすべて捨ててしまった。引っ越しは楽だった。

ほどよい緊張感に包まれた、規則正しい生活が始まった。朝は遅くとも七時に起き、鉄男を手伝って小鳥たちの世話をした。籠を洗い、餌をやり、水を替える。雛鳥のためのすり餌を作る。鉄男が店と家中の畳に掃除機をすべらせている間、葉子は固くしぼった清潔な雑巾で廊下や縁側を拭いて回る。そうした作業がすべて終わるのが八時半過ぎ。空腹に目がまわりそうになる。それからが、ゆったりとした朝食である。

朝食は鉄男が作ってくれた。部屋に流れる静かなクラシック音楽に耳を傾け、コーヒーを味わう。鉄男はいくら愛《め》でても愛で足りない美術品を前にしているかのように、食事をとりながらも葉子から目を離さない。

それは葉子にとって、決して小うるさい視線ではなかった。むしろ幸福に満たされた一日の始まりを約束してくれる視線であった。

食後、鉄男が店に出て行くと、葉子は薄化粧をした。朝起きてから食事を終えるまでは素顔のあなたを見ていたい、その後、夜になるまでは、薄く化粧をしたあなたを見ていたい……というのが鉄男の希望だった。夕食後は再び素顔に戻った。それが鉄男が求める「美しい葉子」の一日だった。

昼食をはさんで、午後になると、鉄男は接客の合間をぬって、店舗のすぐ脇にある小部屋で書き物をしたり、本を読んだり、美術書や写真集のページをめくったりして過ごした。外出することはめったになく、一時間に一度の割合で住居に戻ってきては、葉子を探し、葉子を眺め、葉子を有頂天にさせるセリフを吐き、満足げにうなずいては、再び店に帰って行くのだった。

店は遅くとも、午後五時半には閉めた。それからの鉄男は、葉子にかかりきりになった。風呂に入るよう促し、浴衣や大島紬を着せ、その姿で夕食をとるようにと言われる。食後は、葉子を縁先に座らせて庭で花火などをして見せてくれる。葉子の手持ちの洋服を部屋いっぱいに広げ、どんな組み合わせで着たら一番似合うか、あれこれ指示して葉子に着替えさせたりする。あるいはまた、よく冷えた西瓜を切り分けてきては、葉子の口から滴り落ちる果汁に見ほれ、「そのままでいてください。いま、その瞬間のあなたの唇を写真に撮りたい」と言うなり、カメラを探しに部屋から飛び出して行ったりするのだった。

といっても、ふたりきりで過ごす夜のひととき、彼が葉子に、性的な意味をこめて触れてくることは決してなかった。寝室も別々だった。彼が葉子に触れることがあるとしたら、着物の着付けをしてくれる時か、さもなかったら、ワンピースの背中のファスナーを締めてくれる時だけだった。

一度だけ、葉子は恥をしのんで鉄男に聞いてみたことがある。「あなたは不思議な人ですね。どうして私を……抱こうとしないの？」

その時の鉄男の答えはこうだった。

「私は美そのものと交わろうとは思いません。愛でることと、交わることを一緒にするべきではない、というのが私の考えです」

それは私にとって罪悪ですから、と彼はつけ加えたが、しばしの沈黙の後、ひどく言いにくそうに「あなたはそんなことを考えていたのですか」とつぶやくと、ほんのりと頬を染めた。

ガラス屋の田坂がひょっこり鉄男を訪ねて来たのは、その年の秋も深まった十月末の土曜日のことだった。

田坂はすでにどこかでしこたま飲んできたらしく、かなり酩酊していた。客間に通したのだが、足取りもおぼつかず、あぶなく障子を破られるところだった。

夕食を終えたばかりだった葉子は、田坂の相手を鉄男に任せ、台所で後片付けを始めた。

鉄男が台所にやって来て、すまなさそうに葉子に耳打ちした。「申し訳ない。時々、あの調子で現れるんです。ここのところ、めっきり少なくなって助かっていたのですが……早いところ、帰しますから、お茶だけ持って来てくれませんか」

日本茶をいれて客間まで行くと、田坂は声を張り上げた。「よう、鉄っちゃんの美人妻。その後どう？　鉄っちゃんにかわいがってもらってるかな？」

葉子は苦笑しながら、鉄男を見た。鉄男は苦々しい顔をしたまま、何も言わなかった。

「こいつは自分の顔は棚にあげて、女にはうるさいやつだからね。俺に言わせりゃ、ずうずうしいにもほどがある。どのツラ下げて、えらそうなことを言っとるんだ、ってね。死んじまったこいつの女房だってさ、あんなに可愛い人だったのに、こんなやつにほれたばっかりに、早死にしてさ。俺に言わせりゃ、そういうことさ。こいつが女の精気をみんな、吸い取っちまうんだ。吸血鬼みたいなもんさ。精気を吸い取れないような女は、平気で追い出しちまったりする」

やめなさい、と鉄男は田坂を制した。きびしい声だった。

「やめなさい、だって？」田坂は笑っていたが、明らかに鉄男にからみ始めようとしていた。「やめなさい？　誰に向かって言ってるんだよぉ、鉄っちゃんよぉ。え？　突然、あれだけの美人をさあ、なんにも悪くないってのに、たたき出しておいてさあ。やめなさい、なんて、気取ることたぁ、ないだろう」

鉄男は呆れたようにため息をついた。だが、その表情には何ひとつ、変化は見られなかった。

「まったく、何を考えてるのやら」田坂は熱燗と間違ってでもいるのか、背中を丸め、口をすぼめて日本茶をすすった。「この俺に一言の挨拶もなく、えっちゃんはいなくなっちまった。あの、えっちゃんが、だよ。俺とも仲良くしてたのによ。鉄男に追い出されたんなら、俺に挨拶の一つもしてくれてよかったのによ。俺んところに来てくれたら、嬶《かかあ》なんかどうでもいいから、俺がなんとか面倒みてやったのによ。それなのに、いなくなっちまってさ。どこに行ったかもわかんない。鉄男が追い出すってわかってたら、俺が引き取ってやったのによ。えっちゃん、かわいそうになあ」

泣き上戸であるらしかった。田坂は鼻をすすり上げ、焦点の定まらない目で葉子のほうを見た。「葉子さん……だっけ？　あんたも気をつけたほうがいいよ。鉄男ってやつはね、鬼みたいに残酷なところがあるからね。血も涙もないやつだからね。ある朝起きたら、出てけ、って言われるかもしれないよ」

田坂は、ふふっ、と楽しげに笑って葉子と鉄男を見比べるようにした。「俺、今日から葉子さんの応援団にまわるよ。鉄っちゃんが葉子さんを追い出したら、俺が葉子さんの面倒をみる。だから、葉子さん、安心してていいよ。鉄男が鬼だったら、俺は神様仏様だからね。忘れずに俺のところに来るんだよ。俺は優しいよ。鉄男なんかよりも男っぷりがいいよ。鉄男なんかよりも可愛がってあげられるよ。毎晩毎晩。約束するよ」

客間の障子は開いていた。縁側の雨戸はまだ閉めていなかったので、ガラス越しに庭が見えた。部屋の明かりが外に流れてはいたものの、こんもりと盛り上がった「犬の墓」は闇にのまれて見分けがつかなかった。

「あのう」と葉子はおずおずと口をはさんだ。「えっちゃん、って……犬の名前じゃないですよね」

　田坂は驚いたように目を丸くし、やがて身体を揺すって笑いはじめた。


　その晩、田坂が帰ると、鉄男は葉子に酔っぱらいの相手をさせてしまったことをあやまり、自分から「えっちゃん」の話を始めた。

「一緒に暮らしていた人というのは、悦子という名前でした。田坂は彼女のことがとても気にいっていて……あのころは頻繁にうちに来てましたね。もっとも、田坂は私の死んだ妻のことも気にいってましたし、今日の様子では、あなたのこともとても気にいったようですが。そういう男なんです。飲むとだらしなくなって、しつこくなりますが、根はいいやつです。品のないことをいろいろ言ってたようですが……許してやってください」

「出て行ったんじゃないんですね」葉子は言った。「悦子さんっていう人、自分から出て行ったんじゃなくて、鉄男さんが追い出したんですね」

　鉄男に嘘をつかれていたことが悲しかった。鉄男が追い出したのなら、何故、そう言ってくれなかったのか、と不思議でもあった。彼が嘘をつかねばならない理由がわからなかった。背後に何か途方もなく重大な秘密が、隠されているような気もしたが、それが何なのか、何故、そんなことを考えてしまうのか、葉子にはわからなかった。

「どうしてなんですか」葉子は聞いた。「どうして追い出したりしたの?」

二人は茶の間にいた。CDデッキからは、初めて葉子がこの家に来た時に聞いたシューベルトが低く流れていた。

鉄男はテーブルの上に片肘をつきながら、上目遣いに葉子を見つめた。

「目尻にね」と彼は言った。「……でき始めているのを知ってしまったからですよ」

何か一言、言葉を聞き逃したのか、と思った。葉子はもう一度、聞き返した。「何を見たんですって?」

「皺です。ちりめんみたいに細かい皺でした。よく見ないとわからない程度でしたが、でもやっぱりそれは皺でした」鉄男はそこまで言うと、両腕を枕にしてゆっくりと畳の上に仰向けに倒れた。「以前、あなたにも言ったでしょう? 美はいつかは逃げ出します。そういう性質のものなのです。だから……」

「だから追い出したってわけですか?」葉子は声を荒らげた。「目尻にちりめん皺ができたから? たったそれだけの理由で?」

「しかし、それまでの彼女は完璧でしたよ。大島紬は似合いませんでしたが、完璧でした」

「裸が、でしょう?」葉子は意地悪く言った。

鉄男はむっくりと起き上がると、テーブル越しに葉子をまじまじと見つめ、微笑んだ。

「何を怒ってるんです？　おかしいな、葉子さん。あなたの目尻にちりめん皺が発見されたわけじゃないんですよ。いつも言ってるでしょう。あなたは美において完璧なんです」

「でもいつかは私も年をとるわ。目尻にちりめん皺ができて、口もとに笑い皺ができて、ウエストに肉がついて、くびれがわからなくなって、顔の皮膚が垂れてくるんだわ」

「今から案じる必要はないですよ」励ましているつもりなのか、鉄男は力をこめて言った。

「あなたの旬は現在です。たった今、この瞬間なんです。先を思いわずらってはいけません。美を味わう喜びが半減してしまう」

「埋めたのね？」泣き声になっていた。葉子は繰り返した。「埋めたんでしょう」

「何の話です」

「死んだ犬と一緒に埋めたんだわ。悦子さんがいなくなったのは去年の夏だったんでしょう？　犬が死んだのもそのころだ、って確か、鉄男さん、そう言ったわ。だから一緒に埋めたのよ。きっとそうよ」

「葉子さん。どうかしている」鉄男は立ち上がって葉子の傍にやって来るなり、彼女の顔を覗きこんだ。「私が悦子を埋めた？　どういうことです」

「目尻に皺ができたからよ」葉子は喉を震わせ、唇を震わせ、小鼻をはげしく動かしながら、訴えかけるように言った。「目尻にちりめん皺を見つけたから殺したのよ。死んだ奥さんだって、もしかするとそうだったのかもしれない。二重あごになったから、お尻が垂れてきたから、顔にしみを見つけたから……なんでもいい、なんでもいいけど、あなたが気にいらない醜いものを何か見つけたら最後、あなたにはもう、その人がいらなくなってしまうんだわ。だめなセキセイインコを蛇の餌にしてしまうみたいに、平気で捨ててしまうんだわ」

鉄男は、黙っていた。葉子はしゃくり上げた。しゃくり上げながら、泣き顔が醜くなっていないかどうか、不安になった。

鉄男の顔に無表情が広がった。葉子はぞっとした。

彼は黙ったまま、おずおずと指を伸ばすと、葉子の頰に流れる涙をすくい取った。

きれいだ、という言葉が鉄男の口からもれた。「あなたの涙はまるで、ビロードの上にこぼれた朝露ですね」

今となっては、その種の言葉は葉子にとってなくてはならないものになっていた。ほっとするあまり、何をどう考えたらいいのか、わからなくなった。

葉子は安堵の涙を流しながら、鉄男の胸に顔を埋めた。

＊

新聞記事より抜粋。

「小鳥店経営者殺される。容疑の同居女性逮捕。

三月二十九日午前六時四十分ころ、東京都港区の小鳥店経営、長沼鉄男さん（四三）宅から、女性の声で『長沼さんを殺した。すぐに来てほしい』と一一〇番通報があった。

M警察署の署員が駆けつけたところ、店の奥にある小部屋で長沼さんが首を紐で締められたうえ、喉を包丁で刺されて死んでいた。同署は一一〇番通報をした女性（二六）を殺人の疑いで現行犯逮捕した。

調べによると、女性は昨年の夏、長沼さんと知り合ってから長沼さん宅に同居するようになったが、最近になって、自分の額に皺ができているのがわかり、いつ長沼さんに知られるかと思うと怖くなって、読書中の長沼さんを発作的に殺した、とわけのわからないことを話している。また、長沼さんが以前、つきあっていた女性を殺し、庭に埋めているはずだ、とも言い、同署が長沼さん宅の庭を調べたところ、白骨が見つかったが、鑑定の結果、犬の骨であることが判明。警察では容疑の女性に精神鑑定を依頼している」

鑑定証拠

中嶋博行

著者紹介　一九五五年茨城県生まれ。早稲田大学法学部卒業。弁護士として活躍するかたわら、九四年『検察捜査』で第四十回江戸川乱歩賞を受賞し、以後作家と弁護士との二足のわらじを履きながら小説を発表している。作品に『違法弁護』『司法戦争』などがある。

冬の月は黒々とした横浜港の上空にかかり、静寂な湾岸地域に冷たい光をなげかけている。が、防疫システムのほどこされた、窓ひとつない無菌室は夜空の月あかりが射し込むこともなく、つねに人工の光でみたされていた。

神奈川県警本部直属の科学捜査研究所では、若い鑑定技師がＢ４サイズの感光フィルムをじっと見ていた。ぺらぺらの透明なフィルムには電気泳動をかけられたＤＮＡがバーコード状にならんでいる。しかし、バーコードはすべて黒っぽいしみになってにじんでいた。

「くそっ」抗菌マスクの下でつぶやきがもれた。こいつはできそこないのフィンガープリントだ。マルチローカス方式の複雑な手順のどこかでドジを踏んだにちがいない。しかも、その大間抜けは自分だという事実が若い技師をいらだたせた。

殺人罪で起訴された村岡則夫《むらおかのりお》の次回公判は三日後に迫っている。物証はほとんどなかったが、唯一、現場には犯人のものと思われる血痕《けっこん》が残っていた。ただ、血液の量があまりに少なく、ふつうのABO鑑定は物理的に無理だ。そこで、科捜研にDNA鑑定の依頼がまわってきた。検察庁の人間はいつも無理難題を吹きかけてくる。彼らは人に何かを頼むときの態度とはとうてい思えない横柄さで、次回公判日までにDNA鑑定書を提出するように要求していた。

科捜研の技師はのろのろとした動作で密封された血液に手をのばした。もう一度、DNAを抽出《ちゅうしゅつ》するために白血球の分離にとりかからなければならない。その手が途中でぴたりと止まった。自分でも顔から血の気が引いていくのが分かった。犯罪現場から採取した血液はいまの鑑定でほとんど費消《ひしょう》してしまい、残っているのはマイクロの単位だ。彼は蒼《あお》ざめた表情で黒くにじんだDNAフィンガープリントを見つめた。

横浜地方裁判所は近代的な法廷ビルと中世にそびえ建つ城砦《じょうさい》のような旧館が連結通路でむ

すばれている。そのまわりに大小二百もの法律事務所が密集して、裁判所を中心とする弁護士の城下町をつくっていた。弁護士のオフィスは、彼らがかかえる事件のすじと依頼人の差によって高層ビルの上層階から雑居ビルの片すみまでさまざまな場所に分かれていた。

裁判所から徒歩で七、八分のところ、古びたビルの二階に京森《きょうもり》法律事務所があった。京森英二《えいじ》はデスクに放り投げた預金通帳に目をやった。今月も、うっとうしい月末の支払時期がやってきた。家賃、給料、リース料を払ったら、心細い数字がならんでいる通帳の残高はまた一ケタ減ってしまう。

「先生」

唐突の声に、京森はびっくりして顔を上げた。いつのまにか、デスクのわきに秘書の立花《たちばな》由加里《ゆかり》が立っている。彼女はメタル・フレームのメガネをかけ、長い髪をアップにして、実際の能力よりもはるかに理知的な印象をあたえる顔で、雇い主を見おろしていた。

「弁護士会から電話が入っています」立花は保留の赤ランプがぴかぴか光っている電話を指さした。

「弁護士会が何だって」

「先月分の弁護士会費が」秘書は預金通帳をチラッと見た。

「まだ未納だそうです」

「一ヵ月遅れたくらいでうるさい連中だな。今日、払うと伝えてくれ」

「もうひとつ」彼女はまた電話をさした。

「当番弁護士の依頼もあるとか」

「当番弁護？」京森は聞き返した。

「何かのまちがいだろう。今日、ぼくは当番じゃない。正々堂々の非番弁護士だ」

「さあ」

「直接、弁護士会に文句を言ってやる」京森は受話器を取ると勢い込んで保留解除のボタンを押した。

が、彼が口をひらく前に受話器からは太い声が聞こえた。

「ああ、京森君。いたのか」

京森は気勢を削《そ》がれてぐっとつまった。

「松島《まつしま》だ」

「あっ、松島先生。ごぶさたしています」若い弁護士はたちまち腰くだけになった。当番弁護センターの事務局員かと思ったら、相手は弁護士会の筆頭理事で、次期副会長候補という大物だった。

「さっそくだが、当番弁護を一件頼む。今日は依頼が立て込んで、正規の当番だけじゃ対応できない。すぐにファックスで送るから、面倒でも接見に行ってくれ。じゃあ、お願いするよ」

電話は切れてしまった。京森の方はまだ受話器を耳に当てたままだ。空しくツー音を聞いたあと彼は受話器を戻した。

「松島先生だって言ってくれないと困るじゃないか」弁護士は秘書をにらみつけた。

「松島先生ですか？　わたしが取り次いだときは弁護士会の事務局員でしたけど」

「もういい」彼は手を振った。

立花由加里は動こうとしない。京森は秘書の方に目を上げた。

「先生、会費」

「会費ね。はいはい」彼はくたびれた財布を出し、一万円札を三枚抜き取った。

「それじゃ足りませんよ」

「足りないって、会費は毎月三万円だろう」

「先月から値上げしたんですよ。千五百円」

「値上げ？　そんなこといつ決まった……」再び文句を言いかけて、京森は口を閉じた。思い出した。当番弁護士の財源が枯渇《こかつ》し、その分が会費に上乗せになったのだ。

――当番弁護は逮捕された被疑者のもとに弁護士が駆《か》けつけ、無料で接見をする制度だった。当番弁護を頼む方は無料だが、弁護士には弁護士会から日当一万円が支払われる。この日当支払でどの弁護士会も予算が底をついている。四国あたりの小さな県では日当の未払分が二年以上もたまって大騒動になっていた。そのために、日弁連では会費を値上げして財源に充《あ》てることにした。これは自分が受けとる日当を自分たちで捻出《ねんしゅつ》するというバカバカしいやり方で、日ごろ法的レトリックをあやつっている弁護士でなければ思いつかない奇策だった。しかし、法務省が「犯罪者のために税金など使えない」と国庫補助を拒《こば》んでいる以上、当番弁護の制度をつづけていくためには弁護士が自腹を切るしかなかった。

京森は仏頂面で財布をひらき、千円札一枚と百円玉を五枚取り出した。

数分後、ファイルボックスやコピー機の間に埋もれたファックスがジージーと音を立て、当番弁護カードが送りつけられてきた。

弁護士はB５の用紙をざっと見て、たちまち顔をしかめた。被告人村岡則夫、罪名は殺人罪。すでに起訴されているが、国選弁護人の名前はない。ということは、国選弁護人も敬遠したがる、とんでもなく七面倒な事件を押しつけられたのだ。京森は松島のあつくるしい顔を思い浮かべ、電話では口に出来なかったうらみの言葉を吐《は》いた。

泉警察は神奈川県南西部の田園地帯にポツンと建てられた真新しい警察署だった。当然、警察の建設計画には横浜市内からはるばると接見にやってくる弁護士の交通の便など考慮されてはいない。京森は関内《かんない》の事務所からここまでタクシーを飛ばしてやってきた。タクシーのメーターは日当の金額とほとんど同じ数字を示し、弁護士をげんなりとさせた。

京森はコンクリートの冷たい感触がまとわりつく接見室で、パイプ製の固いイスに座っていた。二重になったアクリルボードの反対側からは、小柄な中年男が目を細め、弁護士のことを値踏みするように見ている。

村岡則夫は四十二歳、体格はきゃしゃだが、額に古傷があっていかにも悪党づらをした男だ。左手にも生々しい引っかき傷がある。彼は消費者金融業者を殺害した被疑事実で逮捕勾留《こうりゅう》、起訴されていた。被害者の上沼恵子《かみぬまけいこ》は自宅マンションで首の骨をへし折られ、ソファーの上に転がっていた。上沼恵子はマンションを事務所代わりに、もぐりの金融業を営んでいた女性で、村岡はこの女町金に多額の借金があったらしい。

「そのケガはどうしました？」

「これか」村岡は左手をかかげた。

「逮捕されたとき警官ともみあったんだ。あいつら手加減というものを知らない」

小柄な中年男はいきなり身を乗りだした。

「おれはハメられたんだ」彼はアクリルボードすれすれに顔を近づけ、弁護士の目を直視した。

「いいか、よく聞いてくれ。男の声で電話があってマンションの前に呼び出されたら、いきなり逮捕だ。くそったれ女の部屋には行っていないし、おれは殺していない」

「殺していない？」京森は警戒した。

「じゃ無罪を主張するんですか」

「あたりまえだろうが。第一回の裁判でもそう言った。こっちは無実なんだからな」

「第一回の裁判って、もう公判が開かれたのですか」

「ああ」

「そのとき弁護士はどうしました？　殺人罪ともなれば弁護人なしで裁判は開けないでしょう」

「国選がついたが、クビにしてやった」

「クビ、何で」

「弁護士が気に食わない。あんなじじいは願い下げだ」

「いったい、どういうことです？」

「あの老いぼれ弁護士のやろう、争っても無駄だとかぬかしやがった」

「争っても無駄……」

「自白があるんだよ」村岡はわざとらしく声をひそめた。

「自白って、誰が自白したんですか」

「おれの自白だ。きまってんじゃないか」

「はっ？」京森はポカンとした。

「刑事にガンガンやられて調書を取られっちまったんだよ」

「まさか」弁護士は一瞬、絶句した。

「自白調書じゃないでしょうね」

「そいつだ」

　京森はまじまじと村岡を見つめた。自白の撤回——およそ全刑事裁判の中でもいちばん困難な事件だ。殺人の否認事件だけでも頭が痛くなるのに、この男は捜査段階でガッチリと自白調書を取られている。それを公判になって一転、否認しようというのだ。しかも、こんな大胆不敵な主張を中年の被告人はまるで他人ごとのように話している。

「本気で無罪を争うつもりですか」京森は半信半疑で訊《たず》ねた。

「バカ言うな。本気じゃなくて無罪なんて言えるか。あんたも」村岡はアクリルボードの反対側から指を突きつけた。

「でかいバッジをつけた弁護士だろう。こんなところに二十日も閉じ込められてみろ。やってもいないことだってゲロしちまう。冤罪《えんざい》はみんなそうやって生まれるんだ」

「あなたに冤罪の講義などしてもらわなくても結構です」

「一応、念のためにな」

「ところで」京森は頭に浮かんだ懸念を口にした。

「当番弁護の接見は無料ですけど、私選弁護ともなれば費用がかかりますよ。これは殺人罪の否認事件ですしね。失礼ですが、弁護費用は払えますか」

「いま失業中だよ」

「じゃ奥さんとかはどうです?」

「おれは結婚していない。だけど女がいる」村岡はニヤリとした。

「女ねえ」

「沢口智美《さわぐちともみ》っていうプー子だがな」

「プーコ……」

「女のプータロー、ようするにぶらぶらしている。これが、まだ若いんだ。二十歳だぜ」

彼はそのあと自分の愛人についてべらべらしゃべりだした。中年の被告人は若い愛人のことがかわいくて、かわいくて仕方がないといった様子だった。京森は急にバカバカしくなった。警察の接見室はのろけ話にふさわしい場所とは思えないし、だいいち無職の小娘に弁護費用は期待できなかった。

「残念ですが」弁護士は安っぽいイスを押して立ち上がった。

「私じゃどうもお役に立てないようですね」

「まてよ。おれには金がないけど」村岡が呼び止めた。

「オヤジは資産家だ」

その言葉で、コートの袖《そで》に腕を通していた京森の動きが止まった。彼はゆっくりとコートを脱ぎ、あらためて席についた。それから、鞄《かばん》を開け、弁護人選任届を取り出した。

横浜港に優雅な弧をえがくベイブリッジ、みなとみらい事業区画に突き立った巨大なランドマークタワー、それらの景色が山手の高台からは一望できる。港の見える丘公園を中心に広がる横浜山手の丘陵地帯には緑に囲まれた高級住宅がならんでいた。

郷田《ごうだ》家の長男、郷田淳一《じゅんいち》は二階のテラス・バルコニーから芝生《しばふ》と灌木《かんぼく》の植えられた広大な邸内を見わたした。今年、三十七歳になる郷田家の嫡出子《ちゃくしゅっし》はいますべてのものを手に入れようとしていた。奥の部屋では父親の常造《つねぞう》が末期ガンに冒されて寝ている。専門医師も治療不可能を宣告し、確実に死期が迫っていた。

「お客さまです。弁護士の京森さんという方です」テラスにつけられたインターコムから声が流れた。

郷田淳一は天然のオーク材を張りつめた廊下を歩き、長い回廊のような階段を下りて玄関に向かった。

半円形の玄関先は大理石に照明が反射して、そのすみに、まだ若そうな弁護士が立っていた。

「何か」郷田は命令することに慣れた人間に特有のそっけない口ぶりで訊ねた。

「横浜で弁護士をしている京森といいます」訪問者は生真面目《きまじめ》な表情で自己紹介をした。

「今日は村岡則夫さんの件でおうかがいしました。大変に言いにくいのですが、実は、村岡さんが」

「知っていますよ。新聞で読んだから。あの男、殺人で逮捕されたんでしょう」

「ええ、いま裁判になっています。私は弁護人をしています」

「どちらにしても、ここを訪ねたのはまちがいですな」

「えっ」

「大方、あの男にたきつけられたのでしょう。うちに来れば弁護士さんの着手金がもらえるとかね」郷田は皮肉っぽい視線を投げつけた。

「こちらには村岡さんの父親がいるとうかがっているのですが」

「たしかにいますよ。私の父です。村岡は父親の前妻が生んだ子供で、もう郷田家とは無関係です」

「直接、お父さまに会わせていただけないでしょうか」京森は慇懃《いんぎん》無礼に食い下がった。

「無理です。父はいま病気でそれどころじゃない。はっきりいって死期が近づいている。面会なんてとんでもないことです」

「村岡さんも」弁護士は半歩前へ出た。

「ひとつまちがうと死刑になるかもしれません」

「そうならないために、あなたがた弁護士がついているのでしょう」

「もちろん、そうですが」

「だったら、せいぜい立派な弁護をしてあげればいい」郷田淳一は弁護士を見おろし、無表情につづけた。

「あの男が死刑になっても、ここ郷田家には関係ありません」

京森は煮つまったコーヒーをマグカップに注いだ。秘書の立花由加里は午後五時きっかりにダッシュで消えてしまった。朝の出勤時間はいいかげんだが、終業タイムは一秒と遅れることはない。彼女の均整のとれた体内には多分、午後から機能する電子時計でも組み込まれているのだろう。

京森はマグカップを片手に、村岡のぶあつい事件記録をめくっていた。それにしても……資産家という言葉に飛びついた自分が情けなかった。村岡の母親は四十年も前に郷田常造と離婚している。郷田家にとっては村岡は前妻の子、無関係の人間であり、いまや人殺しで恥さらしのやっかいものだ。まともに考えてみれば、弁護費用など出してくれるわけがなかった。

「ハメられた」というのも苦しまぎれの言いわけかも知れない。しかし、京森は弁護人選任届を横浜地裁刑事部に提出してしまった。そして、本人が公判で否認している以上、弁護人はそれにしたがう義務がある。たとえ裁判で勝つ見込みが小数点以下どんなにゼロがならぼうと、京森は圧倒的に優位な検察を相手にして無罪を争わなくてはならない。

彼は事件記録を力なく目で追った。そのうちに奇妙なことに気がついた。村岡はマンション前でうろうろしているところを現場に駆けつけた警察官に逮捕されている。警察に「マンションで叫び声がした」という電話通報が入ったのだ。が、通報者は不明だった。マンションの住人を全員あたっても該当者は発見できず、問題の叫び声を聞いた人間もいない。警察の逆探知では、その通報はマンション近くの公衆電話からかけられていた。

京森はコーヒーに口をつけた。口の中にカフェインの苦い味が広がった。たしかに、この電話通報には疑問がある。例えば、真犯人が犯行後、村岡に電話をかけてマンションに呼び出したとしたらどうか。村岡がマンションに到着する直前、今度は警察に通報する。単純な方法だが、あり得ない手口ではない。真犯人は、村岡が被害者に多額の借金があることを知って、彼をスケープゴートに利用した……。

弁護士はマグカップをわきに置き、ごちゃごちゃと筆記用具の入ったボックスからオレンジ色のマーカーを選び出した。彼はマーカーで印をつけながら事件記録の精査にとりかかった。村岡則夫に対する殺人被告事件の第二回公判廷は明日に迫っていた。

横浜地検公判部は検察庁ビル四階フロアーの半分を占めていた。その東側に面した一角に、公判部第五検事室があった。

公判検事大和田《おおわだ》和明《かずあき》はオールバックにした髪をなでつけ、デスクに置かれた鑑定書を手に取った。たったいま県警科捜研から届いた書類だ。村岡則夫の第二回公判廷は今日の午後に予定されている。科捜研の鑑定がぎりぎりで間に合ったわけだ。大和田は村岡の小ずるがしこい顔を思い浮かべた。あの男は人殺しの分際で、あつかましくも精密刑事司法に楯突《たてつ》こうとしている。捜査段階では涙ながらに罪を認めたくせに、裁判になると「自分は無実だ」と騒ぎだした。村岡が起訴事実を否認すると聞いて、ヨボヨボの国選弁護人は腰を抜かし、病気治療を理由に逃げだしてしまった。その後、当番弁護士が私選弁護人に就《つ》いたらしい。いずれにしても、午後の公判が冒頭から大荒れになることは目に見えていた。

公判部検察官はきちんと整理された事件記録甲号証のいちばん上に科捜研の鑑定書をかさねた。どうあがいても弁護側に勝ち目はない。彼の手もとにあるのは最先端のバイオテクノロジーが生み出したDNA鑑定書だった。京森とかいう当番弁護士は貧乏クジを引いた。あわれな弁護人は地雷をふみつけた兵士のように木《こ》っ端《ぱ》みじんに吹き飛ばされるはずだ。

午後の日差しが横浜地裁法廷ビルの窓から色あせた廊下にこぼれていた。二月の陽光は弱く、冷たい外気の影響で廊下は寒いくらいだ。その反対側、第七刑事部合議法廷は暖房とつめかけた傍聴人の熱気で大きな廷内全体の温度が上昇していた。

法壇には白髪まじりの裁判長を真ん中に三人の裁判官が座り、広い傍聴席と向き合っていた。傍聴席の最前列には司法記者クラブの報道記者がならび、その他の席は一般傍聴人で埋められていた。殺人罪でしかも無罪を争う事件は滅多にない。ふだん地味な刑事裁判も今日は特別のショータイムだった。

京森は弁護人席の背もたれに寄りかかって、検察官がこまごまとした証拠の票目を用意するのをながめていた。起訴状朗読、罪状認否は第一回の公判で終わっている。第二回の法廷は冒頭陳述、検察側の証拠調べが予定されていた。

京森は検察官の提出する自白調書を「任意性なし」でかたっぱしから不同意にするつもりだった。自白調書が不同意となれば、取り調べに当たった警察官を証人に呼ばなければならない。裁判では主尋問と反対尋問が延々とくり返されるだろう。そこから何か突破口を見つけるつもりだった。京森は被告人の方に目を向けた。村岡則夫はふてくされたように腕組みをしている。被告人席の背後には五十人以上の傍聴人がぎゅうぎゅうづめになっていた。弁護士の視線は傍聴人の間を右から左へと泳ぎ、その途中で急に止まった。見覚えのある男がいる。前列の傍聴人の背中に隠れるようにして、郷田淳一の傲慢《ごうまん》な顔が法廷を見つめていた。瞬間、京森は戸惑った。どうして郷田がこんなところにいるのか……。

「裁判長」

検察官の声で彼の注意は法廷に戻された。

「冒頭陳述の前ですが」公判検事は法壇に一通の書類を振りかざした。

「新たな証拠があります。今日、科捜研から私のもとに届いたものです。まず、これを弁護人に提示したいと思います」

「どうぞ」

検察官はゆっくりとした足取りで弁護人席に歩み寄った。京森は近づいてくる公判検事を見ていやな予感がした。髪をオールバックにしたキザな検事は満面に笑みをたたえている。検事なり弁護士が法廷でこんな表情を浮かべるのは、たったひとつの場合しか考えられない。相手を出し抜いたときだ。

「鑑定書です」

「鑑定書……」京森は手わたされた書類に目をやった。最初に、DNAという文字が飛び込んできた。やがて、それが何であるかを理解すると彼は愕然《がくぜん》とした。

「同意、不同意の意見は次回でもいいですよ」

検察官の言葉はほとんど耳に入らなかった。京森は口を半開きにして、書類をにぎりしめた。検察側が新しく提出した証拠はDNA鑑定書だった。

京森は自分のオフィスで頭を抱えていた。乱雑に散らばったデスクの上にはDNA鑑定書が広げてあった。

鑑定方法「PCR・MCT118」、試料「現場採取血液1ミリリットルのうち20マイクロリットル」――頭微鏡すらのぞいたことのない京森にはまったく意味不明の言葉がならんでいた。しかし、私立文系出身の頭脳でもはっきりと分かることがあった。鑑定書の中に、スーパーなどのレジで値段を読み取るバーコードに似たDNAフィンガープリントの写真がついている。現場に残された血痕と村岡が警察で任意提出した血液のバーコードは見事に一致していた。

京森は絶望的にため息をついた。わが国の裁判所はこのところ通常のABO式血液鑑定とともに、よりハイテクなDNA鑑定を積極的に証拠採用している。彼の記憶では、どこかの地方裁判所が判決の中で「犯人と同じ血液型、DNA型が偶然に出現する確率は千六百万人に一人」、「七千万人に一人」と断じていた。

七千万人に一人！　──もはや人間わざとは思えない、想像を絶する精度だ。こんな神がかり的なDNA鑑定書を突きつけられては、村岡がいくら無実だと叫んでも裁判官の耳にはたわ言にしか聞こえない。この裁判で、村岡と彼の弁護人京森に残された道があるとすれば、それはせいぜい裁判所の床にひれ伏して「恐れ入りました」と土下座することくらいだろう。

「村岡のやつ」弁護士はDNA鑑定書をぴしゃりと閉じた。自分の依頼人がまったく信用できなかった。いま思えば、あの男は左手に軽いケガをしていた。彼は警官ともみあったと話しているが、実際は犯行現場で被害者と争ったときについた傷かも知れない。そして、現場に血痕が残った……。

「あいつは殺人者で、しかも大ウソつきだ」

これからどうするか？　いちばん手っとり早いのはさっさと弁護人を辞任することだ。弁護士倫理上は少々問題だが、それで綱紀委員会が動きだすとは思えない。もともと京森は着手金をもらっていないから、何のうしろめたさも感じなかった。が、綱紀委員会は黙認しても、京森の敵前逃亡はゴシップのうずまく弁護士会の中で恰好《かっこう》の話題になるだろう。DNA鑑定から尻尾《しっぽ》をまいて逃げだした「負け犬」のレッテルを貼《は》られ、刑事弁護センターや刑法委員会の集まりで同業者の嘲笑《ちょうしょう》をかうのだ。そんなことになったら、京森は弁護士会館のカフェテラスにも出入りできなくなってしまう。

彼はもう一度ため息をつくと会員名簿を取り出し、電話番号を横目で確認しながらプッシュボタンを押した。京森と同期の吉成正史《よしなりまさし》は、神奈川弁護士会の中でも数少ない法医学のエキスパートだった。

京森は電話口に出た同僚に切り出した。

「刑事裁判でちょっと困ってるんだ」

「そんなのいつものことだろう」

「検察側からDNA鑑定が証拠提出された。例の血液とか尿を調べるやつ……」

「尿だって？」吉成が吹き出した。

「覚醒剤の検出じゃないんだぜ。細胞沈渣《ちんさ》をふくまない尿からDNA抽出は無理だ。おまえ本当に何も知らないんだな」

「だから、こうして電話しているんじゃないか」

「で、何を知りたい?」

「もちろん、このオカルトじみたDNA鑑定のことさ。裁判で恥をかかない程度のことは知りたい」

電話口の向こうで、つかの間、沈黙があった。

「わかった」ややあって、吉成は答えた。

「横浜シーランドの寺田《てらだ》さんを紹介しよう」

「シーランド?」京森は面食らった。横浜シーランドはうす汚い相模《さがみ》湾に突き出た海洋レジャーランドで、曲芸用のイルカやシャチをこき使ってぼろ儲《もう》けをしている。いまでは海外の動物保護団体からも目の敵《かたき》にされていた。

「シーランドのイルカぐらいは、おまえも知っているだろう。あの愛らしい哺乳類だよ」

「そのイルカがどうした」

「つまりだな、イルカの親子鑑定にDNAフィンガープリントが利用されているんだ。大体、水槽の中をぐるぐる泳ぎまわっているイルカをながめても、どれが父親かなんて誰にも分かりゃしない。そこでDNA鑑定が登場するわけだ。あそこには立派な専門家がいる」

「イルカの親子鑑定」京森はうたがわしそうな声でつぶやいた。

「なんだ、その不満げな声は?」

「いや、しかし、殺されたのは人間で、イルカの裁判じゃないんだが……」

「安心しろ。同じ哺乳類だ。大したちがいはない」

　郷田一族は神奈川県北部に広大な土地を有し、それをトラックのターミナル・ステーション、大学の附属病院、郊外型の巨大スーパーに貸しつけ、固定資産税負担の一千倍ちかい不労所得を上げていた。一族の中心にいたのは、郷田エンタープライズの株式の八〇パーセントを保有する郷田常造だった。その常造が倒れて六ヵ月が経っている。

　郷田淳一は広い屋敷にもうけられた会議室に向かっていた。彼のうしろからは顧問弁護士、税理士、秘書、それに二人の屈強なボディガードがぞろぞろとつづいてきた。会議室では、まもなく一族の親族会議が開催される。常造は末期ガンの宣告を受け、余命が切れかかっていた。相続財産に目がくらんだ一族の連中はよだれを垂らさんばかりにして、常造の死を待っている。が、連中の取り分はない。郷田淳一は口もとをかすかにゆがめた。父親の嫡出子である彼がすべての財産、そして郷田エンタープライズの支配権を承継するのだ。

　しかし、ひとつだけ問題があった。村岡則夫の存在だ。前妻の子供とはいえ、あの男には法律上の相続権がある。法定相続分では全財産の半分にもなる。遺言書で削りに削ってもゼロにすることはできない。相続法には、いまいましい遺留分の制度があるのだ。最低、四分の一は遺留分として残ってしまう。実に全資産の四分の一が、恥さらしの村岡に渡ってしまうのだ。そんなことは絶対に許せなかった。それに……郷田淳一はどうしても遺産を独占する必要があった。彼は常造の嫡出子という地位を利用して、長年、郷田家の資産を個人投資に流用している。不動産投資、先物取引、ブラック・マーケット、あらゆる投資先に金をつぎ込み、その全部がことごとく失敗していた。現在、どれだけの負債があるのか自分でも正確には分からない。債務総額が二十億円を超えたところでふくれあがる借金の額を勘定することは止めてしまった。いまでは郷田家の承継者という将来の信用性だけで破滅をまぬがれていた。遺産が丸々手に入らなければ、彼は郷田家の一族で自己破産を申し立てる最初の人間になるだろう。

郷田淳一は廊下を歩きながら、手にした書類に目をやった。死の床にある父親にペンをにぎらせ、強引に署名させたものだ。彼は親族会議の同意を得て、この書類を横浜家庭裁判所に提出するつもりだった。うまくいけば、いままでもホームレス同然の生活を送ってきた村岡は、これで文字どおり文無しになるはずだ。

ガラス張りの水槽には青白い光が反射して、京森の目をちかちかさせた。酸素の泡だつ海水の中、オレンジ色の小魚の大群がいつ果てるともない旋回運動をくりかえしていた。

「集団で泳ぐのは、こいつらの防衛本能です」寺田と自己紹介した研究員は巨大な水槽をあごで指した。

「もっともここには敵はいませんが。連中は何の心配もなく餌《えさ》だけを食べてればいい」

「なるほど」京森は形だけうなずいた。

「魚ってやつは見ていてあきません」

「ええ」

「まあ、何に関心をもつかは」若い研究員は、興味のなさそうな顔で水槽をながめている弁護士に笑いかけた。

「人によってちがいますがね。弁護士さんの関心はDNAですか？」

「目下、最大の悩みはDNA鑑定です」京森は渋面をつくった。

「なにしろ、DNAといわれてもさっぱりわからない」

「単純なイメージの問題ですよ」

「イメージ？」

「そう。例えば、車と言われれば誰でもイメージできるでしょう。セダンか四駆《よんく》か、人によって思い浮かべる車種はちがっても、とにかく車輪が四つあって、ボンネットがあってとかね」

「たしかに」

「ところが、DNAとなると肉眼じゃ見えないから、ふつうの人には全然イメージがわかない。それで、こむずかしいといった先入観をもつ」

「実際、むずかしくないんですか」

「もちろん、むずかしいです」

「やっぱり……」

「ただし、それは遺伝子工学の専門家レベルの話です。DNA鑑定程度なら、わたしたちにもイメージすることはできますよ。こんなところに突っ立って話すのもなんですから、あちらで説明しましょう」

若手の研究員は水槽のわきを抜け、京森をクリーム色のパーティションでしきられたコーナーのひとつに案内した。キャビネットに囲まれた空間には丸テーブルと数脚のイスが置かれている。寺田は弁護士にプラスチック製のイスをすすめ、自分はその反対側に座った。

「DNAは長大な高分子構造で」研究員は京森の理解力をためすように正面から見つめた。

「A、G、C、Tの四つの塩基が互いに結びついて三十億個つながったものです。Aはアデニン、Gはグアニン、Cはシトシン、Tはチミンで、この塩基の結びつき方は決まっている。AはT、CはGとくっついて、TとTが結びつくことはありません」

京森は最初からつまずいた。四つの塩基が対《つい》になって三十億つながったと言われても、皆目《かいもく》イメージがわかず、頭の中は真っ白だった。

「要するにバベルの塔です」

「バベルの塔って、あの旧約聖書の？」

「イメージとしてはね」寺田は長めの髪をかき上げ、イスの前で脚を組んだ。

——たった一個の細胞に含まれるＤＮＡをつなげただけで、長さは一・五メートル以上にもなる。分子レベルの次元ではまさに超スケールの構造物で、これはミクロの世界にそびえたつバベルの塔と同じだ。そして、ＤＮＡは二重らせん構造をもっている。らせん階段のついた塔を想像すればなおさら完璧といえるだろう。

「ＤＮＡ鑑定は、このらせん階段の一部を切り取って塩基配列を読み取るのです」

「…………」京森はここでも蹴つまずいた。

「音楽のカセット・テープがあるでしょう。それと似たようなものです」

ＤＮＡの塩基配列は、磁気テープに録音された音譜のようなものと考えればいい。ここで肝心なのは、その音譜には個人ごとに一定のくり返し部分があるということだ。

「個人ごとのくり返しパターンの回数のちがいが重要なのです」若い研究員は強調した。

「例えば、私だったらドミソ、ドミソと二回、弁護士さんだったらドミソ、ドミソ、ドミソと三回というようにね。これは個人、個人でちがう。その部分を読み取れば個人識別ができます」

「どうやって読み取るのですか」

「まず、くり返し配列の部分を切り取ります。制限酵素を使って切断する」そのあと、寺田は京森の表情を読み取り、急いでつけ加えた。

「制限酵素は特殊なハサミのことです。ハサミでDNAの一部を切断し、それから塩基配列のくり返し部分を読み取る。もちろん、くり返し部分は再生装置にかけなきゃ読み取れない。これもカセット・テープと同じですよ。磁気テープの表面をいくら透かして見ても音は分からないでしょう？　カセット・デッキにかけなきゃね」

DNAの場合はカセット・デッキでテープを回すかわりに電気泳動にかける。DNAは電気をかけられると寒天状のゲル・シートの上をすいすいと動くのだ。

「そして、動く距離はくり返し部分の長さによってちがいます。DNAフィンガープリントがバーコードの模様になるのもそのためです。で、さきほど話したように、これは個人、個人で特徴がある」研究員はいったん間を置き、弁護士の頭にいまの説明がしみわたるのを待った。

「ですから、ある血液ともうひとつの血液、そのバーコードがぴたりと一致すれば同一人ということになります」

「そうですか……」京森は両肩を落とし、プラスチック製の安イスに背中をあずけた。弁護士の脳裏には科捜研の鑑定書がよみがえった。村岡の血液のバーコードは、犯罪現場から採取された血痕のバーコードと完璧に一致していた。

「仮にですが」彼は悄然《しょうぜん》としながら訊ねた。

「そのバーコードが偶然に一致するとか、そういった可能性はどうなのでしょう？」

「論理的にはありえます」

「ある？」京森はわずかに身を起こした。

「厳密に言えば、DNA鑑定は遺伝子型の類似性を証明するにすぎません。DNAフィンガープリント、直訳ではDNAの指紋と呼ばれていますが、指紋のように完全な個人識別をするわけじゃない。いわば型の分類で……、そうですね、分かりやすくいうと」寺田は丸テーブルの上にひじをつき、額に手をあてた。

「また車で考えてみましょう。DNA鑑定は市場に出回っている車の中から、問題の車輛は最新型の国産ワゴン車で色はグレーと特定するようなものです。が、該当車は横浜だけでも何百台とある」

「何百台も……」

「新車のグレー・ワゴンならそれくらいはあるでしょう」

「そうするとDNA鑑定でも偶然の一致はあるわけですね？」

「いや、だから分かりやすく言えばの話です」若手の研究員は苦笑した。

「当然、実際はもっと精密ですよ。警察の研究所でもしっかりとしたデータ・ベースをもっているでしょうから。偶然の一致なんてそうそう起きるわけではない」

「やはり、そうですか」京森は力なく言った。

「こんなところでよろしいでしょうか。そろそろ、イルカが餌を欲しがる時間で……。あいつら空腹だと機嫌が悪くなる」寺田は立ち上がった。彼はキャビネットを開け、数冊のパンフレットを取り出した。

「ＤＮＡ鑑定の参考資料です。民間企業のものですが、よろしければ差し上げますよ」

「あ、それはすみません」

京森は受け取ったパンフレットの一冊をパラパラとめくった。ＭＬＰ、ＶＮＴＲなど相変わらず訳の分からない専門用語が目について、彼はすぐにパンフレットを閉じてしまった。

京森は泉警察のせま苦しい接見室に座り、暗い表情でしゃべっていた。アクリルボードの反対側では、村岡則夫が同じような仏頂面で弁護士の説明に聞き耳を立てていた。

京森は村岡に父親の郷田常造が重病で、息子の淳一からは弁護費用の支払いを拒絶されたと告げた。

「淳一のやつ」村岡は激昂《げっこう》した。

「あいつは相続財産を独り占めにするつもりなんだ。オヤジがくたばって、おれが刑務所送りになれば邪魔者がいなくなる。好き放題できるじゃないか。おれをハメたのもきっと淳一のやつだ。真犯人はあのくそったれやろうにちがいない」

弁護士は腕を組み、小うるさい依頼人がまくしたてるのを我慢して聞いていた。村岡の目《め》尻《じり》はピクピクけいれんしている。この男には拘禁性神経症の兆候があらわれていた。

「郷田淳一が相続財産を独り占めするつもりなら」京森はできるだけおだやかに言った。「相続人のあなたを殺さなくては意味がないでしょう。が、あなたはいまも威勢よく、ここで私と話している」

「だけど、弁護士さん、あんたがヘマをやって裁判で無罪にならなかったらどうする？」

誰がヘマをするだって？　京森はあきれはて、村岡のゆがんだ顔をまじまじと見た。

「おれは殺人の罪で刑務所送りになっちまう」

それどころか死刑の可能性もありますよ、という言葉をぐっと呑み込み、弁護士は静かに説明した。

「もし刑事裁判で有罪になっても別に相続人でなくなるわけじゃありません。相続は民事手続ですから」

「じゃあ、淳一のやろうはオヤジをだまくらかして遺言書を書かせるつもりだ」

「遺言書を」

「そうさ。遺言書で財産を独り占めしようっていう腹だろう。あいつならそれぐらいは平気でする」

「それこそ被害妄想ですよ」

「被害妄想？　おれが狂っているとでも言うのか。だいたい、こんなことになったのは
……」

うだった。

「誰もそんなことは言っていません」京森は大急ぎでなだめた。彼の依頼人は再び爆発しそうだった。

「いいですか、遺言書でも遺留分は奪えないのです。遺留分というのは相続人に認められた絶対的な権利で、あなたにはこの遺留分がある。向こうが何を書いても無駄です。村岡さんの権利は遺留分によって守られて……」最後まで説明する前に、弁護士の口は止まった。彼は自分の言葉に触発されて、突然、あることに気がついた。もしかすると、郷田淳一の狙いは……？　あの男は法律を逆手《さかて》にとって、頭の切れる悪徳弁護士なみに相続財産の独占をもくろんでいるのかも知れない。京森は接見室の一点を見つめたまま、じっと考え込んだ。

「ちょっと弁護士さん、どうしたんだ」アクリルボードの内側から、村岡のいらいらした声が飛んだ。

冬の午後、横浜スタジアムは巨大な墓地のような静けさにつつまれていた。うっそうとした木々からも緑の生気が消えている。

京森は横浜家庭裁判所書記官室のカウンターにもたれ、窓から無人のスタジアムをながめていた。カウンターの中では、裁判所の職員がデスクの上に山積みになった遺産分割調停申立書や相続関係の陳述書をチェックし、忙しそうに働いている。彼が無理難題を頼み込んだ中年の書記官は奥のほうで新件のファイルをごそごそあさっていた。しばらく待たされたあと、書記官が戻ってきた。

「いやあ、先生のにらんだとおりでした」

「やはり相続廃除の申し立てが出ていますか」

「昨日付けでね。郷田常造から村岡則夫に対する相続人廃除の申立書が提出されています」

「昨日付けで」

中年の書記官はうなずき、声をひそめた。

「これには裁判官も困惑すると思いますよ。まだ刑事の方で有罪と決まったわけじゃない。こんな申し立ては異例のことです」

京森はそれだけを聞くと、書記官に礼を言って、家庭裁判所をあとにした。

空はどんよりと曇り、あたりの景色を灰色に変えていた。彼はコートのえりを立て、足早に事務所に向かった。横浜スタジアムから神奈川県庁に抜ける「みなと大通り」を歩きながら、京森の頭脳はフル回転をした。……郷田淳一の狙いはこれだったのか？　村岡には相続財産に対して誰にも侵されない遺留分の権利がある。が、それにはたったひとつだけ例外があった。民法には相続人廃除という特別規定がある。相続人に「著しい非行があったとき」は、相続人の廃除を家庭裁判所に申し立てることができるのだ。廃除の審判が下れば、村岡は相続の権利をすべて失ってしまう。そして、殺人は誰が考えても最大級の「非行」行為だ。

分厚いコートを着ているにもかかわらず、弁護士の背中に冷たいものが流れた。郷田淳一は最初からこれをもくろんでいたのではないか。郷田家の財産はそれこそ天文学的な金額に達する。村岡則夫は前妻の子とはいえ、郷田常造の相続人だ。つまり、郷田淳一にとっては村岡が邪魔だった。小柄なヤクザ者が死なないかぎり、相続財産の独占はできない。とはいっても、あっさりと村岡を殺せば、当然、自分が疑われる。それを避けて、しかも村岡の相続権を奪うには……悪党づらをした小男に殺人の罪をかぶせ、あとは法律の鉄槌《てっつい》を振りかざして相続人から廃除してしまえばいい。実際、家庭裁判所には早々と相続廃除の申立書が舞い込んでいる。申請名義は郷田常造となっているが、作成したのはおそらく息子の淳一だろう。

京森はコートのポケットに入れた手をぎゅっと握りしめた。頭の中を、彼の依頼人がコンクリートの接見室でわめき立てた言葉がよぎった――真犯人はあのくそったれやろうだ。

郷田エンタープライズの本社は横浜駅西口につらなるオフィス群の中でもひときわ目立つ、白亜のインテリジェンス・ビルに置かれていた。その最上階フロアーには郷田家の一族が占める役員室がならんでいる。

郷田淳一は重厚な執務デスクの上から受話器を取り上げた。

「弁護士の京森さんからお電話です」秘書が外線を取り次いだ。

「もしもし、弁護士の京森といいます。この前、おうかがいした……」

「覚えています。まだ何か」

「村岡さんの弁護費用のことですが」

「弁護費用、村岡の？」郷田淳一はあっけにとられた。

「ええ、お父さまには話していただけたでしょうか」

「そのことなら、もう断っているはずです。父は重病だし、うちでは村岡などに弁護費用を出すつもりはない。あなたもしつこいな」

「ですが、こちらは私選弁護で受けてしまって、いまさら国選には替えられません」

「それはあなたの都合でしょう。何でわたしがそんな心配ごとにつき合わされるのです。バカバカしい」郷田家の嫡出子は顔をしかめ、そのまま電話を切ってしまった。切る寸前まで、受話器からは弁護士の言いわけがましい声が聞こえた。

京森英二はリクライニングのきいた回転イスに身をあずけ、一方的に切られた電話をしばらく見つめていた。

受付カウンターにいた秘書の立花由加里が、こちらに顔を向けた。

「先生、また着手金の催促《さいそく》に失敗したんですか」

「まあ、そんなところかな」京森はにやりとした。彼は受話器を置きながら、くすくす笑った。

「だけど、もっと大きなものを手にいれた」

立花は怪訝《けげん》な表情を浮かべたが、無言で肩をすくめ、カウンターに広げた書類整理の仕事に戻った。

京森の方はDNA鑑定書を取り上げた。弁護士の顔から笑いが消え、きびしい視線が鑑定書にそそがれた。村岡則夫の第三回公判期日は明後日に決定している。京森がDNA鑑定書を不同意にするのを見込んで、地検は科捜研の研究員を証人予定者として同行すると連絡してきた。京森は証人に対する反対尋問の準備に迫られていた。が、鑑定書を読めば読むほど脳死状態になってくる。横浜シーランドで基礎知識を仕入れたとはいえ、DNA鑑定はいぜんとして魔法の世界と同じだった。無罪判決にたどりつくには、このDNA鑑定の「壁」をぶちこわす必要があった。しかし、その方法は皆目見当がつかない。DNAが旧約聖書に出てくるバベルの塔なら、DNA鑑定はいわば聖書そのものだ。権威は絶対的で、そこに書かれた内容は理解を絶することがらでありながら、多くの人間をひれ伏させる。

彼はDNA鑑定書を投げ出した。今度はイルカの研究者からもらってきたパンフレットを手に取った。京森はパンフレットの字面をぼんやりと目で追った。MLP、VNTR……図解入りで鑑定の方式らしき用語が印刷されている。

「ちょっとまてよ」彼は口に出してつぶやいた。

弁護士はもう一度、県警科捜研の鑑定書を引き寄せた。ページをめくると鑑定方法の欄にはPCR・MCT118と記載されている。彼は目を細めた。これはいったいどういうことだろう。同じDNA鑑定なのになぜ表記がくいちがっているのか。

京森はデスクに手をのばし、横浜シーランドの附属研究所に電話をかけた。寺田を呼び出してもらって、いま頭に浮かんだ疑問をざっと説明した。

「ああ、それは鑑定方法のちがいでしょう」寺田が答えた。

「鑑定方法のちがい？　DNA鑑定にはいくつも方法があるんですか」

「もちろんですよ。お渡ししたパンフレットはMLP、つまりマルチローカスという方法で民間企業が親子鑑定などに採用している。警察のやり方はPCR法、いわゆる増殖タイプですね」

「いわゆるって言われても、よく分かりませんが」

「これは失礼」電話口の向こう側で失笑がもれた。

「つまり、犯罪現場に残っている血痕がごく少ない場合、警察の研究所では鑑定のためにDNAを増殖するのです。MCT118というのはDNAの中で増殖する部分、いわば地番と考えればいいでしょう。念のために、警察の鑑定書を読み上げてくれませんか」

「わかりました」京森は鑑定書のはじを手で押さえて、中身を読み上げた。

横浜シーランドの研究員はあいづちを打ちながら聞いていた。それがある箇所に来るとふっと沈黙した。

「ちょっと待ってください」寺田は弁護士を制した。

「はい?」

「現場の採取血液が1ミリリットルで、そのうち鑑定に使ったのが20マイクロリットルですか」

「そう記載されています。たしか1ミリリットルが1000マイクロリットルだから、980マイクロリットルは使われていない計算になる」

「そりゃおかしいな」研究員の口調には疑念のひびきがあった。

「おかしい?」

「そう、変ですよ。ふつうは全部使うはずです。1ミリリットルもあればPCRだけじゃなく、マルチローカスで調べられる。マルチローカスは通常2ミリリットルが最低ラインと言われていますが、1ミリリットルでも鑑定は可能です」

「どういうことでしょうか」

「さあ……。しかし、実に奇妙ですね。とくにPCR法はマルチローカスに比べてエラーが入りやすい。それだけの試料があれば確認のためにマルチローカスでも鑑定するはずです」

「えっ」京森は緊張した。

「いまエラーとおっしゃいましたね。それを詳しく説明してください」

「ここで詳しくと言われても」

「いや、電話より直接うかがった方がいい。いまからすぐそちらに行きます」彼は相手の返事も待たずに電話を切った。


横浜地方裁判所の第七刑事部合議法廷は今日もたくさんの傍聴人がつめかけていた。村岡則夫の殺人被告事件、その第三回公判は神奈川県警の科学捜査研究所に所属する北上敦《きたかみあつし》が証人台に立った。DNA鑑定は裁判所の嘱託ではなく、弁護人の意見も不同意だったから、北上に対する尋問は、厳密にいえば鑑定人尋問ではなく通常の証人尋問としておこなわれる。

証言がはじまると、DNAという目新しさにひきつけられた傍聴人の期待は完全に裏切られた。検察官の質問は原稿を棒読みする三流ニュースキャスターなみに単調で、北上の証言内容もくどいほど専門的だった。主尋問が終わるころには、傍聴席の何人かが居眠りをはじめた。

髪をオールバックにした公判検事が座るのと同時に、京森は立ち上がった。

「今度は弁護人からお訊ねします」彼は弁護人席からゆっくりと証人台の方へすすんだ。視界のすみに、被告人席にいる村岡則夫の姿が映った。小悪党は期待を込めて京森を見上げていた。

「科捜研でおこなわれている鑑定、これはPCR法ですね」

「ええ、先ほどの主尋問で証言したとおりです」

「これはＤＮＡを増殖するのですか」

「正確には増幅ですよ」北上は冷たく言った。

「ＤＮＡのＭＣＴ１１８部位にあるミニサテライトを増幅します。このミニサテライトはくり返し部分です。実験では、わずか十個のＤＮＡでも百万個以上のＤＮＡに増幅できる」

「百万個にも？」

「それほど驚くようなことじゃありません。もっと増幅することだってできる。数千万倍に。ですから、現場に残された血痕がわずかでも鑑定は可能です」

「なるほど。で、ＰＣＲはシングルローカスという方式のひとつですね」

科捜研の若手鑑定技師は一瞬、意外な顔をした。弁護士の口からシングルローカスといった専門用語が飛び出したことに驚いたのだ。

「一応、そう言っていいと思います」

「ＤＮＡ鑑定はバーコード状にならんだバンドの位置を比較するわけですね。バンドの位置が同じなら同一人というように」

「はい」

「で、シングルローカス方式ですが、これはシングルという言葉のとおり比較するバンドは一本だけでしょう？」

「ちがいます。科捜研では一本のバンドを比較します」

「二本ね。一本に比べれば二倍というわけですか。それでもたったの二本。DNAの塩基は三十億対もあるのに、比較するのは二本のバンドだけ」

「それで十分だからです。だいいち、三十億対もの塩基配列を全部調べていたらスーパーコンピューターでもショートしてしまう。それに、私たちは塩基配列そのものではなく、くり返し回数を調べています」

「よく分かりますよ」京森は口先だけで言うと次の質問に移った。

「ところで、あなたはコンタミネーションという言葉を知っていますか」

「一応は」

「どういう意味です？」

「異物による汚染という意味かと」

「当然、コンタミネーションがPCR法の問題点として指摘されているのも知っているでしょう」

「問題点ですか」

「もっと端的に言えば、エラーの可能性です。あなたは先ほど十個のDNAを百万個に増幅できると証言した。そのとき、実験器具にこびりついていたり、空気中をただよっている別のDNA粒子がひとかけらでも混入したらどうなります。異物はほんの微量でも同じように反応して増幅する。分析対象DNAは不純物のDNAで真っ黒に汚染されてしまう」

「コンタミネーションの対策は十分に立てています」

「じゃ、ミュータントはどうです？」

「何ですって」鑑定技師は尋問者を振り仰いだ。

「こちらを見ずに正面の裁判官の方を向いてしゃべってください。あなた、ミュータントの意味が分かりませんか。突然変異ですよ」

「私に理解できないのはご質問の意味です」

「では質問を変えましょう。DNAは四つの塩基からできていますね。A、G、C、Tの四種類」

鑑定技師の北上は無言でうなずいた。

「速記録にはうなずいて肯定した、と記録しておいてください」京森は法壇の真下に座っている女性速記官に声をかけた。

「それで、この塩基の結びつき方は決まっている。AはT、Cは……」

「G、グアニンと結合します」

「そうでした。CはGとくっつく。例えば、TとTがむすびつくことはありますか」

「それはありません」

「どうして？」

「もちろん生体防衛機能が働くからです。遺伝情報を守るため、わたしたちの休内にはまちがった塩基同士が結合しないようにそれを防ぐ機構がある」

「生体内を離れた、検査装置の中じゃどうでしょう」

「検査装置の中で？」

「ええ、具体的に言うとポリメラーゼ連鎖反応の最中とか」

「ポリメラーゼ……」若い鑑定技師の目に不安がよぎった。反対尋問は北上の予想もしない方向に展開している。法廷がはじまる前、検察官は弁護士の知識など野生のサルなみだから心配するなと話していた。が、彼を見下ろしている男はポリメラーゼ連鎖反応のことを口にしていた。京森とかいう弁護士は、事前にＤＮＡ鑑定の猛烈なレクチャーを受けてきたにちがいない。

「ＰＣＲ法は」京森は穏やかな口調で尋問をつづけた。

「ＤＮＡポリメラーゼで何十回となく、ＭＣＴ１１８のミニサテライト部分ですか、そこを増幅しますね」

「はい」

「こうした検査装置には生体内のような防衛機能がない。となると、せっせと増やしている間に、塩基変化が起きたり、まちがった塩基がくっついたり、そういった可能性があるんじゃないですか」

「可能性と言われれば」北上は鈍重に答えた。

「理論的にはあります。ただ、現実にはずっと低い。より優れた合成酵素を用いて……」

「いまの証言をお聞きしていると」京森はすばやくさえぎった。

「PCR法にはいろいろと問題が含まれていますね。異物による汚染、増幅でのエラー」

「それは弁護士さんとの見解の相違です。私は問題があるとは思いません」

「見解の相違？　まあ、いいでしょう。で、このDNA鑑定ですが、方法はPCRといったシングルローカス方式だけですか」

「いえ、ちがいます」

「他に何が？」

「マルチローカス方式」鑑定技師はぶっきらぼうに回答した。

「これもポリメラーゼでDNAを増幅する？」

「増幅はしません」

「じゃバーコード状のバンドの数はどうです？　やはり、二本くらいですか」

北上は居心地が悪そうに身じろぎをした。尋問者が答えを知りながらわざと聞いているのはみえみえだ。この弁護士は底意地の悪い尋問で証人をいたぶって、さぞ、気持ちがいいだろう。

「何本あります？」

「たしか二十本くらいです」

「二十本！」京森は身を反《そ》らせた。「そりゃPCRの十倍じゃないですか」

弁護士は証人台のまわりをゆっくりと歩きはじめた。

「比較対象のバンドが二十本もあれば、鑑定もずっと精密にできる。それに増幅過程がないなら、それだけエラーの混入も少ない。なぜ科捜研はマルチローカスを採用しないのです？　たしか、民間企業の研究所がDNAで親子鑑定をするときは、ほとんどマルチローカス方式でしょう」

「マルチローカスで鑑定するには血液がたくさん要《い》るからです」北上は反撃した。「いいですか。マルチローカスは微量な血痕じゃ鑑定できない。親子鑑定をするとき、民間の連中はいくらでもフレッシュな血が取れる。ポンプで水をくみ上げるように、注射針で被験者の血を吸い取ってしまう」

「それで？」

「犯罪現場にはいつも大量の血痕なり精液が残っているとは限りません。残存しているのは細胞一個だけかもしれない。そうなると、マルチローカス方式では鑑定不能です。しかし、PCRなら」彼はひと呼吸を置いた。

「理論的には細胞一個からでも増幅して鑑定が可能になります」

「その点、本件ではどうなのです？」京森はさりげない口調で訊ねた。

「本件といいますと？」

「きまっているじゃないですか。肝心かなめの現場にあった血痕の量ですよ」

「血痕の量……」鑑定技師はひらきかけた口を閉じた。そのあと、顔全体にショックの波がひろがった。質問の意味を理解したとたん、北上は周到に仕組まれた反対尋問のワナに、たったいま自分が転げ落ちたことを知った。


法廷は異様なほど静かだった。

北上は顔をこわばらせたままで証人台に凍りついていた。

「本件犯罪現場から採取された血痕の量はどのくらいです？」

「……約1ミリリットルでした」

「あなたがPCR法の鑑定で費消した量は？」

「鑑定に使ったのは20マイクロリットルです」

「単純な引き算をしましょう。あとの980マイクロリットルはどこに消えたのですか」

沈黙。

「証人は宣誓しているのですよ。残りの血液はどうしました？」京森は重ねて訊ねた。

もちろん、鑑定技師の答えは予測できた。京森は一昨日、横浜シーランドに押しかけ、夜おそくまで研究員の寺田から説明を受けている。血痕量が1ミリリットルもあれば、科捜研ではPCR法だけでなく、かならず他の鑑定方法も試したはずだ。PCR鑑定だけが表に出て、もうひとつの鑑定結果が裁判所に証拠として提出されない理由は……ただのひとつしか考えられない。そちらの鑑定では、現場の血痕と村岡の血液、両者のDNAが一致しなかったのだ。

「質問に答えてください」

「残りの血液はPCR法以外の鑑定に回しました」

「それはどんな方法です？」

「分類的にはマルチローカス方式です。サザンブロットを使った……」

「結果はいかがでしたか」

北上は三たび回答を躊躇《ちゅうちょ》した。若い鑑定技師の脳裏に黒くにじんだDNAフィンガープリントの像が浮かんだ。彼は救いをもとめるように検察官を見た。が、公判検事は口をへの字にむすんで証人席をにらみつけている。北上に向けられた視線には同情の片鱗《へんりん》さえも感じられなかった。

「なんだったら裁判所命令を取りましょうか」弁護士は冷やかに言った。実際にそんなことはできるはずもなかったが、彼はハッタリをきかせた。

「裁判所の証拠保全で科捜研の内部を強制的に探してもいいのですよ」

「……鑑定不能でした」北上はかすれた声を出した。

傍聴席に驚きが走った。波紋のように広がるざわめきの中で、最前列の報道記者だけが一心不乱に走り書きをつづけていた。

「鑑定不能？　もう少し、はっきり言ってください。DNAは一致したのですか」

「結果的には、現場の血痕と被告人の血液にDNAの一致は見られませんでした」

「マルチローカスでは一致がなかったというのですね」

「そうです」

「ということは、二つの鑑定結果は互いにくいちがっていた」

「はい」

「しかも、よりバンドの多い鑑定方法で一致がない」

「はい」

「で、理論的に言ったら」弁護人は証人の顔をのぞきこんだ。

「PCRの方がエラーが生じやすい。そうでしたね」

北上は答えず、顔を伏せた。

「そんな鑑定が信用できますか」

再び、沈黙。

京森は質問を打ち切った。いまや法廷の全員が彼に注目している。被告人の村岡などほれぼれとした表情で京森を見つめていた。反対尋問の目的は達成した。DNA鑑定に合理的な疑いを生じさせることに成功したのだ。京森は上気した顔で弁護人席に戻った。彼の名前は難攻不落のDNA鑑定をうちやぶった最初の弁護士として判例データ・ベースに登録されるだろう。すでに福岡高裁の判決でDNA鑑定が排斥《はいせき》された事例があることなど、いまの彼はまったく知らなかった。

科捜研の鑑定技師は裁判官にうながされ、肩を落として証人席から退廷した。京森は無表情をとりつくろい、敗北した証人を目で追った。その視線の先で、偶然、傍聴人のひとりと目があった。法廷の後方から、郷田淳一が憎々しげにこちらを見ていた。

「裁判長」京森は立ち上がった。

「弁護側も鑑定を申請したいと思います」

「どういった鑑定ですか？」

「声紋鑑定です。犯罪当日、警察にマンションで叫び声を聞いたという電話通報がありました。この通報は警察のテープに残っているはずです。それと」弁護士は身をかがめて鞄《かばん》の中をさぐった。彼はマイクロカセットテープを取り出し、法壇にかかげた。

「このテープに録音されている声を比較鑑定していただきたいと思います」

「鑑定の立証趣旨は？」

「のちほど書面で提出します」

「わかりました」白髪まじりの裁判長はうなずいた。「それを読んで検討します。このへんで次回期日を決めましょう。本法廷は今日、もうたっぷりと仕事をしました」

村岡則夫の殺人被告事件第三回公判は終了した。京森は重い鞄をかかえて法廷を出た。扉の外に、郷田淳一が立っていた。彼はにやにやしながら言った。

「なかなか見事でしたね、あんな男のために」

京森は郷田にうなずいた。

「郷田さんにとっては狙いどおりの裁判にならなかったと思いますが」

「どういう意味です？」

「非行を理由にした相続廃除ですよ。相続人廃除の申し立てを家裁に提出しているでしょう」

「知っていたんですか。弁護士さんも抜け目がない。どっちにしろ村岡は人殺しです。いくらあなたが頑張っても無罪になんかはなりっこない。なにしろ、あの男は警察で自白している。人殺しに郷田家の遺産を相続させるわけにはいきません。あいつは一族のつら汚しだ」

「郷田さん、代襲《だいしゅう》相続ということをご存じですか。相続人が先に死んだりした場合、子供が代わって相続することです」

「代襲相続」郷田淳一は瞬間、ぎょっとした表情になった。が、すぐに笑い飛ばした。

「バカなことを言わないでください。村岡は独り者ですよ」

「つい昨日、養子縁組をしたのです。沢口智美という女性を養子に迎えました」

沢口智美は村岡の愛人だった。万が一のことを考え、京森が助言して養子縁組をさせたのだ。愛人を養子縁組させるアドバイスなど弁護士倫理に照らせばほとんど懲戒ものだ。しかし、村岡もそれを希望し、無職の愛人は郷田家の莫大《ばくだい》な財産を知るとあっさり旧姓を捨ててしまった。彼女はその日のうちに十二桁《けた》の電卓を買い込み、数字をパチパチたたいて自分の取り分を計算していた。

「念のためにご説明すれば、代襲相続は死亡だけでなく、相続人廃除にも適用される制度です。仮に、村岡が廃除されても村岡の子供は代襲相続できる。もちろん」京森は笑みを浮かべた。

「子供は実子でも養子でもいいのです。あなたは遺産を独り占めにはできないでしょうね」

郷田淳一は真っ青になった。彼はブルブル震える指を突きだした。

「きさまら、弁護士ってやつは！」

京森は怒り狂っている郷田を押し退け、エレベーターに向かった。あの男はそのうちもっと蒼ざめることになる。法廷で声紋鑑定の申請をしたテープは、京森が郷田淳一にかけた電話でのやりとりを録音したものだ。もし警察への電話通報と声紋が一致すれば、いばりくさった郷田家の嫡出子は腰縄と手錠の姿で法廷に引きずり出されるだろう。それでも、京森の気分はいまひとつ晴々としなかった。

「あの会話……」彼はエレベーターの前でつぶやいた。

郷田淳一への電話は別の用件にすればよかった。テープには、卑屈な態度で着手金を無心する貧乏弁護士の声が録音されている。その情けない会話が満員の法廷で再生されるのだ。

京森は思いきり顔をしかめ、エレベーターの昇降ボタンを押した。

ＤＮＡ鑑定の基礎知識に関しては大阪大学医学部のＮさん、㈱帝人バイオ・ラボラトリーズのＴさんの協力を得た。おふたりに感謝します。本編のＤＮＡ鑑定は著者の脚色にもとづいています。

背信の交点《シザーズ・クロッシング》

法月綸太郎

著者紹介　一九六四年島根県生まれ。京都大学法学部卒業。銀行勤務を経て、八八年『密閉教室』で作家デビュー。小説作品に『一の悲劇』『頼子のために』『ふたたび赤い悪夢』『法月綸太郎の新冒険』など、評論に『大量死と密室』『初期クイーン論』などがある。

1

法月綸太郎《のりづきりんたろう》は、中央本線の千葉行き特急「あずさ68号」のデラックス車両の窓台に頬杖をついて、ガラスの向こうに広がる夕暮れの甲府《こうふ》盆地をながめていた。ウォークマンの音量を上げているせいか、車体の揺れはほとんど気にしないでいられた。笛吹《ふえふき》川下流の扇状地《せんじょうち》に発達した市街を前景に、さらにその南にそびえる雄大な富士の裾野《すその》が、黄昏《たそが》れた晩夏の陽射《ひざ》しを浴びながら、ゆっくりと回り舞台のように移動していく。

一泊二日の信州旅行、松本から安曇野《あずみの》を訪れた帰りの車中だった。L特急「あずさ68号」は、平常ダイヤだと松本が始発駅になるが、夏の北アルプス観光・登山シーズンには、乗客の足を確保するために、松本―糸魚川《いといがわ》間を結ぶ大糸《おおいと》線の南小谷《みなみおたり》駅を始発で延長運転している。綸太郎とその連れは、松本の二つ手前の停車駅穂高《ほたか》で、16時46分に乗車した。車両は九両編成で前から一、二号車が自由席、三〜九号車が指定席。綸太郎は一号車の2A席、先頭車両の前から二列目、進行方向の右手窓際《まどぎわ》にすわっている。お盆の翌週の木曜日、時刻は午後六時半を過ぎたところで、自由席はとくに混んでもいなければ、がらがらに空《す》いているわけでもない。

去年の夏、TVの画面でイヤになるほど見せつけられた上九一《かみくい》色村《しきむら》がここから近いのを思い出していると、隣りで岡崎京子のマンガを読んでいた沢田《さわだ》穂波《ほなみ》が、ページを繰る手を休め、ズボンの膝の折り目をつまんで引っぱった。綸太郎はイヤフォンをはずして、通路側に顔を向けた。ワイアーの『154』の四曲目が終ったところだ。眼鏡を直すふりであくびを隠しながら、穂波がたずねた。

「いま、どこらへん?」

「──〈アザー・ウィンドウ〉が終って、五曲目の〈シングルK．O．〉が始まったとこ」

「CDの曲順を訊いてるんじゃないの」

穂波はひょいと腕を伸ばし、ウォークマンの本体のスイッチをオフにして、

「電車がどこらへんまで来たかって訊いたのよ」

「なんだ。それならさっき、甲府を出たばかりだ」

「なんだはないでしょ。ボンヤリなんだから」

日に焼けて少し赤くなった肘《ひじ》で綸太郎の肩をこづくと、『くちびるから散弾銃』の新装版を閉じて簡易テーブルに置き、シートの上で窮屈《きゅうくつ》そうに体をねじりながら、うーんと伸びをする。

「でもまだそしたら、東京まで一時間半もかかるのか。早く家に帰って、シャワーが浴びたいな」

穂波がそう言うのも無理はない。昼間はずっとガイドブック片手に、安曇野の観光コースをてくてく歩きづめだったからだ──遅い朝食の後、大糸線で松本から穂高まで。午前中は駅から近い碌山《ろくざん》美術館で、「日本のロダン」こと近代彫刻家・荻原碌山の作品を鑑賞。午後は穂高川の清流に沿って、高原の涼風を満喫《まんきつ》しつつ、ひなびた田園風景の中を散策。雲ひとつなく晴れ上がった空の下、北アルプス東麓《とうろく》の美しい稜線《りょうせん》を仰ぎ見ながら、等々力《とどろき》橋を渡り、日本一の栽培面積を誇る大王わさび農場でひと休み。

駅の方にぶらぶら戻りがてら、旧本陣等々力家を見学、穂波は村はずれの路傍に点在する道祖神《どうそじん》のひとつひとつを熱心にカメラに収めていた（安曇野の道祖神は、男女二体の神像を石に刻んで彩色したもので、穂波のレクチャーによれば、この地方では縁結び・夫婦和合の神という性格が強く、祭祀《さいし》の起源は近親相姦と結びつけて伝承されているという）。信州の山間《やまあい》の避暑地といっても、安曇野は松本盆地の一部である。日較差《にっこうさ》の著《いちじる》しい気候で、日中の気温はかなり上がるし、八月下旬にはまだまだ残暑も厳しい。というわけで、帰りの電車の時間に合わせて穂高駅に戻ってきた頃には、二人とも汗だくで埃《ほこり》っぽく、けだるい疲れと肌のほてりを手土産にしたような格好だった。

これでは安手のトラベル・ミステリーか、TVの二時間推理ドラマを地で行くような道中だが、名所旧跡の類にさっぱり興味が湧《わ》かず、流行《はや》りのアウトドア・ライフなんてものにもほとんど縁のない綸太郎が、仕事のノルマもほっぽり出して、安曇野くんだりまで足を運んだのにはわけがある。

そもそものきっかけは、先週の日曜日、綸太郎が足しげく出入りしている区立図書館の名物館長が、区の教育委員会主催のゴルフ・コンペの真っ最中、鎌ヶ谷のクラブコースの12番ホールで熱射病で倒れ、救急車で病院に担《かつ》ぎこまれてしまったせいだ。折悪《おりあ》しく館長は、水曜日に松本市で開かれる「全国図書館司書のつどい'96——21世紀のライブラリー・サービスを考える」に参加する予定になっていた。館長が欠席すること自体は何も問題はなかったのだが、往復の切符と松本での宿の予約を一人分キャンセルするのが不経済だし、話し相手もいないひとり旅では穂波もつまらない。しかし、職員が交代で夏休みを取っているこの時期にローテーションを替えるわけにはいかず、穂波の同僚が二日間も職場を離れるというのは論外である。そこで協議の末、まんざら部外者とも言い切れない綸太郎に、穂波のお供《とも》を兼ねた館長代理の白羽の矢が立ったという次第。

「——と、急にそう言われてもね」

月曜日の夕方、穂波から電話で旅への誘いを受けた綸太郎は、相変らず一行も進んでいないワープロ画面の空白と、残り少ない八月のカレンダーを交代にちらちら横目で見ながら、即答を渋った。

「その松本で開かれるイベントって、図書館関係者が集まるフォーラムなんだろ？　ぼくみたいな門外漢が参加しても、しょうがないと思うけど」

「その点は大丈夫。オブザーバー扱いで、向こうの了解は取ってあるから。それにあなた、そろそろカビが生えかけてるみたいだけど、一応は作家の端《はし》くれでしょ。肩書きだけで、参加資格はＯＫよ」

「カビが生えてて悪かったな。こちとらアイディア発酵《はっこう》中でね、今月中に雑誌の短編の締切りがあって、呑気《のんき》に信州旅行に出かけてる暇なんて、これっぽっちもない。だから今回は悪いけど、どこかほかを当たってくれよ」

「なに言ってんのよ。こんな時期に、今から声をかけて日程の都合がつく人なんて、あなた以外にいるわけないでしょ。それに今月中の締切りなら、まだ十日以上あるじゃない。二日ぐらい出かけたって、害はないわよ。それでね、次の日はまる一日空いてるから、安曇野まで足を伸ばすつもりなの。高原の風に吹かれてパーッと気分転換した方が、帰ってから筆も進むんじゃない？」

「きみはこっちの戦況を知らないから簡単に言うけどさ、その二日の油断が命取りってこともあるんだぜ。それにもし原稿が間に合わなかった時、実は女の子と信州旅行に行ってました、とは言えないだろ？　いや、ぼくは決して行きたくないとか、きみの顔を見るのがイヤだとか、そういうわけじゃないんで、とにかくこの締切りさえ乗り切れば」

「ああもう、じれったいな。わたしがこれだけ頼んでるのに、そういうこと言うわけ。ああそう。だったらいいわ。つべこべ言うんだったら、例のあのこと、みんなにバラしちゃうからね」

「──例のあのことって何だよ？」

「うふふ。『クイーン談話室』のリーフ14」

「あわわ」

綸太郎は、ダシール・ハメットにおちょくられたエラリイ・クイーンのように絶句し、それからしどろもどろになりながら、口封じのために（？）穂波に同行することを承知した。身から出たサビなのかもしれないが、毎度のことながら、どうしていつもこう主導権を握られっぱなしなんだ？　出発日に落ち合う場所と時間をメモして電話を切ると、綸太郎はワープロの前に戻り、何とも形容のできない哀愁を帯びた複雑な表情を浮かべて、しばらくの間、何も書かれていない画面に見入っていた。

しかしまあ、ものは考えようである。

穂波の言う通り二日ぐらい出かけたって、たぶん害はないだろうし、あわただしい口常をしばし忘れて、のどかな高原の空気を胸いっぱい吸い込めば、気の利《き》いたプロットのひとつも思い浮かぶかもしれない。それに――ここだけの話だが――「据え膳食わぬは男の恥」という諺《ことわざ》もある。ジッチャンの名にかけて、金田一《きんだいち》少年もそう言っているではないか。

「全国図書館司書のつどい'96」に関して、とりたててコメントすることはない。というのも、早起きがたたって、綸太郎はフォーラムの間、ほとんど居眠りしていたからだ。穂波も始めのうちは連れの不作法《ぶさほう》をとがめていたが、やがてあきらめて、ほったらかしにしていた。後で言うには、どうせ館長が出席しても、同じようなものだから、とのこと。

もちろん松本で泊まった宿は、部屋が別々だったし（「当たり前でしょ。なんでわたしが、館長と一緒の部屋で寝なきゃいけないのよ？」）、夜は遅くまで穂波の部屋で水道管ゲームをしていたので（「これって始めると、キリがないのよね」）、旅の興趣をかき立てる色っぽい睦言《むつごと》とか、愛液にまみれた濡れ場の濃密な描写とかが、本編に挿入《そうにゅう》される余地はまったくない。ちなみに、岡崎京子の本の帯に黒のゴチックで刷り込まれたキャッチ・コピーによれば、「友情の秘訣《ひけつ》は、セックスしないこと?・?・?・」なのだそうだ。

いやはや。

それでも、こうして二日間の旅程が終りに近づき、東京まで余すところ一時間半を切ったとなると、すこしずつ夏の終りを感じさせる夕映えの景色と重ね合わせて、だんだん名残り惜しい気分になってくるから、不思議なものだ。そういう感覚は、穂波も共有していると見えて、軽口をたたきながら、どことなく表情がもの憂げになっている。

「なんだか、あっという間だったわねえ」

「まあ、一泊二日の旅行なんてこんなもんだよ」

「無理に引っぱり出したりして、悪かったかもね。本当に気分転換になればよかったんだけど。帰ってから、仕事できそう?」

綸太郎は肩をすくめるしぐさをして、

「どうだかね。どうやら、今のぼくに必要なのは、気分転換なんかじゃなくて、解決意欲をそそる本物の事件に首を突っ込むことのようだな」

「あら、今頃そんなこと言ってるようじゃダメね。本物の名探偵なら、ふらっと出かけた旅行先でも、事件を呼び込むぐらいヒキが強くないと。古畑任三郎《ふるはたにんざぶろう》なんて、新幹線に乗ってる間に殺人事件に遭遇して、正味四十五分で解決しちゃうんだから。ちょっとは見習いなさいよ」

「だって、あれはＴＶだろ」

「それはそうだけど、わたしが言いたいのはね、なんていうか、気構えの問題？　要するに——」

穂波は唐突に口をつぐむと、何を思ったか、また綸太郎のズボンの膝の折り目を引っぱり始めた。

「今度は何だよ」

「ねえ、なんだか前の席の様子、変じゃない？」

いきなりまじめくさった顔になって、耳打ちするような声で言う。綸太郎は眉をひそめて、

「だから、そういう悪フザケはよしなって」

「そうじゃなくて」

穂波は真顔のままで、かぶりを振った。綸太郎は半信半疑で肩をずり上げ、のけぞるような格好で前の席の様子をうかがった。

シートの背もたれ越しに頭の上半分しか見えないが、男女の二人連れの乗客で、窓側に男、内側の席を女が占めている。たしか自分たちが乗車した時には、すでにその席は埋まっ

ていたから、二人は穂高より前の駅から乗っていたことになる。男は熟睡しているように見え、女がその肩を揺すりながら、あなた、あなたと何度も呼びかけ、起こそうとしているらしかった。ただ女の声の調子と、男の頭の揺れ具合が、なんとなく普通でない気がした。通路を隔《へだ》てた反対側は空席で、穂波と綸太郎のほかに気づいている乗客はまだいない。横目で穂波の顔を見ると、ややためらいがちに唇を絞ったが、通路に身を乗り出すように体を傾けて、そうっと前の席をのぞき込んだ。

それからすぐに振り返った穂波の顔に、もうためらいの色はなかった。腰を浮かせて、通路に足を踏み出し、前の席の女に声をかける。

「あの、どうかしたんですか？」

「お騒がせしてすみません。でも、なんだか主人の様子が——」

うわずり気味の声がそう答えたが、すわったままだと、女の頭が動くのしかわからない。綸太郎は背もたれをつかんで立ち上がり、覆いかぶさるような格好で前の席の男を見下ろした。服装はグリーンのポロシャツにチノパンツ、普通なら筋をちがえそうなぐにゃっとした前屈姿勢で、肘掛けにへばりついている。車体の振動による以外は微動だにせず、ただ眠りこけているだけとは思えなかった。

窓のブラインドが下りているのを見て、綸太郎は一瞬、妙な感じがした。たしか五時頃だったと思う、窓から射し込む西日がひどくまぶしくて、自分の席のブラインドを下げた時、同じ車両のこちら側の乗客がいる席のうち、前の席だけブラインドの上がった状態で、陽射しが気にならないのだろうか、と思った覚えがあるからだ。しかし、松本駅を出た直後ぐらいに、男の腕が伸びてブラインドを下ろしていたのをすぐに続けて思い出し、それなら別に妙でも何でもないと、頭からそのことを追い払う。

気配を感じたのか、穂波と女が相次いで、綸太郎と目を合わせた。肩越しに振り向いた女の目は、凶事の先触れとなる蝕《しょく》に侵されたように昏《くら》い。声はなく、緊迫したまなざしのみだった。どうにかして、というように穂波が顎《あご》をしゃくった。

「車掌を呼んでくる」

綸太郎は座席を離れ、後ろの車両に走った。三号車で検札中の車掌をつかまえ、急病人が出たので、一緒に来てくれと伝える。一号車に取って返すと、ほかの乗客が異変に気づいてざわつき始めていた。穂波は自分のシートに寄りかかるようにして、通路に立ちすくみ、青ざめた顔でこっちを見ている。

「具合はどう?」

穂波にたずねると、子供が駄々をこねるみたいに首を振り目をそむけて、

「ねえ、なんだかあの男の人――」

「どうした?」

「死んでるみたい」

　まさか、と隣りで車掌がつぶやいて、通路からこわごわ男の体をのぞき見た。だが綸太郎は、まさかではなく、やはりという気がしたのだった。

　連れの女は隣りの席にすわって、機械的に男の腕を揺すっていた。「奥さん、すみません」とことわって、場所を入れ替ってもらい、体を折りたたみ男の脈を取った。

　脈はなく、呼吸も停止している。眠っている間に心臓が止まったようだ。死に顔がひどく紅潮しているのに綸太郎は気づいた。まぶたを押し広げると、瞳孔《どうこう》が開ききっていた。

　薬指の指輪を確認してから、綸太郎は顔を上げた。男の妻とおぼしき女（同じ結婚指輪をはめていた）は、白と紺のストライプのワンピースの裾《すそ》をたくし込むように通路に屈んで、綸太郎の所作《しょさ》をじっと見つめていた。覚悟の決まったような目だった。綸太郎が立ち上がると、女もそれに合わせるようにすっと立った。

「この男性は、あなたのご主人ですね」

　綸太郎が念を押すと、女はうなずいた。

「どうか気をたしかに聞いてください。残念なことですが、ご主人はもう、息がありません」

　女はきつくまぶたを閉じて、ゆっくりと息を吸い込む。息を吐きながら目を開き、ぽつりと言う。

「――死んだ、ということですね」

「ええ。ご主人は心臓に持病をお持ちでしたか？」

「いいえ」

「では、この電車に乗ってから、ご主人は何か口にされませんでしたか？」

女が答えるより早く、その質問に込められた意味を悟って、穂波が詰め寄るように割り込んだ。

「どういうこと？　ただの心臓発作ではないの？」

「——毒を盛られた可能性がある」

穂波はぽかんと口を開け、おそるおそる死んだ男の妻の顔に視線を移した。だが、女は穂波には目もくれなかった。綸太郎の答にさして驚いているようでもなく、たぶん哀しみのせいでもなかった。ふいにプライドを傷つけられたような表情をありありとのぞかせたかと思うと、夫の死体に冷ややかな一瞥《いちべつ》を投じて、悔しそうに洩らした。

「やっぱり、そうだったのね、あなた。あの女のしわざなのね」

2

「あずさ68号」は19時04分、ダイヤ通り、大月《おおつき》駅に到着した。車掌の連絡で待機していた駅員らが遺体を搬出、現場保存と一号車の乗客への聞き込みの任務を帯びて、鉄道警察隊の警官らが乗車してから、列車は定刻より数分の遅れでホームを離れた。鉄道警察隊の出動は、遺体に毒殺の徴候あり、と車掌が報告していたせいである。もちろん、綸太郎が車内でそう指示したのだった。

死んだ男の妻だけでなく、綸太郎と穂波も事情聴取のために、大月駅で下車することになった。いちばん近くにいた乗客ということで、第一発見者に準じた扱いを受けているらしい。綸太郎は言われなくてもそうするつもりだったが、穂波は明日の仕事がある。手間がかかるようだったら、きみだけ先に帰れるように頼んでみようか、とたずねると、

「最後まで付き合うわよ。乗りかかった舟って言うでしょ」

「舟じゃなくて電車だし、もう降りたとこだ」

「バカね」

穂波はあきれたように、綸太郎をにらみつけ、

「それにあの奥さん、慣れない土地でひとり取り残されるより、だれかそばに付いてた方がいいと思うの。袖《そで》振り合うも多生の縁とも言うし、わたしは女だから、あなたよりずっと頼りになるはずよ」

「――本当にそれだけ？」

綸太郎が念を押すと、穂波は涼しい顔で、

「ホンネを言えば、どこやらの鼻の下の長い探偵さんが、未亡人の色香にたぶらかされない

ように、お目付役の助手が必要なんじゃないかと思って」

　いやはや。

　搬出された遺体は変死体として扱われ、行政解剖による死因の特定のため、大月市内の病院に運ばれることになった。死んだ男の妻も救急車に同乗し、いったん病院に向かう。一方、綸太郎と穂波は駅構内の鉄道警察隊の詰所《つめしょ》で、まず名前と身分、旅行目的、それから前の座席で男性が死んでいるのを発見するまでの行動について、通りいっぺんの質問を受けた。さすがに容疑者扱いはされなかったものの、口で言うほど、こちらの協力に感謝しているようには見えない。綸太郎が名前と職業を告げた時も、相手はうさん臭そうな顔をしただけで、目立った反応は見せなかった。

「――それでですね、法月さん。ひとつだけ腑《ふ》に落ちないのは、車掌の報告によると、あなたは死体の様子を見ただけで、すぐに毒殺された可能性があると判断したそうですが、お医者さんでもないのに、どうしてそんなことがわかったんですか？」

　綸太郎は辛抱《しんぼう》強く答えた。

「職業柄、毒物による死亡の徴候には詳しいんですよ。推理作家の端くれですから」

「ああ、なるほど。推理作家の端くれであると。ふむふむ。では、参考までにうかがいますが、あなたの専門的知識に鑑《かんが》みて、亡くなった男性はどういう種類の毒物を飲まされたのだと思います？」

「素人が本で読んだ程度の知識ですから、断定はできませんが、瞳孔散大、顔面紅潮の作用が顕著《けんちょ》に見られたことから、十中八九、アトロピンではないかと思います。ちなみに、もしぼくの毒物に関する知識が疑わしいようでしたら、今すぐ警視庁捜査一課の法月警視に電話して、ぼくという人物について問い合わせてみることをお勧めします」

「警視庁捜査一課？　法月警視？」

事情聴取に当たった警官は、ますますうさん臭そうな目つきで綸太郎をじろじろ見ると、二人にしばらく待つように言って、別室に退いた。邪魔者がいなくなると、早速とばかりに穂波がたずねる。

「アトロピンって？」

「ナス科の植物、ベラドンナとかチョウセンアサガオに含まれるアルカロイドの一種さ。副交感神経遮断薬《しゃだんやく》として、痛み止めや胃《い》潰瘍《かいよう》の治療に用いられる。瞳孔を広げる効果があって、眼科では点眼薬に使ったりもするんだが、実際は猛毒なんだ。硫酸アトロピンは毒薬、その製剤も劇薬に指定されてる。急性中毒だと譫妄《せんもう》状態になり、急性アルコール中毒とよく似た症状を引き起こす。重症の場合は昏睡《こんすい》状態に陥って、治療が遅れれば、そのまま心臓マヒで死んでしまう。体質とか個人差もあるけど、前の席でうわごとを言ったり、暴れたりしてる気配はなかったから、きっと純度の高いアトロピンを多量に飲まされて、すぐ昏睡に陥ったにちがいない」

立て板に水で説明すると、穂波は目を丸くして、

「さすが推理作家だけのことはあるわ。親の七光りだけじゃなかったのね」

「見直したかい？　まあ、せいぜい七光りの方も利用させてもらうつもりだけど。立ってる者は、親でも使えって言うだろ」

「こういう言い方は不謹慎かもしれないけど、やっとエンジンがかかってきたみたい。それにしても、あの奥さん、旦那さんが死んだことがそんなに意外でもなかったように見えたけど――あの女のしわざなのねって、たしかそう言ったわよね」

「うん。ぼくもはっきり聞いた」

「どういう意味なのかしら？」

穂波は首をかしげると、物思いにふけるように眼鏡のブリッジを指で押し上げた。ちょうどそこに、さっきの警官がなんだか狐につままれたような表情になって戻ってきて、電話口に出るように、と綸太郎に告げる。受話器を取りに行くと、案の定、親父さんの声が聞こえた。綸太郎は手短に状況を説明して、こっちでの行動に便宜《べんぎ》を図ってもらえるように手配してほしい、と猫なで声で頼んでみた。

「どうせそんなことだろうと思ったよ」

と法月警視は言った。

「俺がうまいこと山梨県警に取り計らってやるから、おまえは小説のネタでも仕込んでこ

い。ただしくれぐれも、穂波嬢を面倒に巻き込むなよ」

親の七光りが効いて、まもなく二人は大月警察署の署員が運転する車で、男の遺体が運ばれた病院に直行した。着いたのは午後八時過ぎ、大月署の刑事が故人の妻に予備的な質問をひと通り終えて、解剖の結果を待っているところだった。聴取に当たった篠原《しのはら》刑事は、病院のロビーに現われた綸太郎と穂波のコンビを、警視庁から派遣された特別捜査官か何かと勘違いしているらしく（『X－ファイル』のファンなのかもしれない）、供述の内容を手際《てぎわ》よくまとめて教えてくれた。

死んだ男の名前は、品野《しなの》道弘《みちひろ》。東京都板橋《いたばし》区在住の三十二歳。有名私立大学を卒業後、都内のリゾート開発会社に勤務していたが、四年前、バブル崩壊のあおりを受けて、会社が倒産。それから、ビル管理会社などいくつか職を転じたものの、長続きせず、ここ二年間はほとんど失業同然だったという。

道弘の妻・晶子《あきこ》は、夫より二つ年上で、現在、板橋区内の私立女子高で教鞭《きょうべん》を執《と》ってい る。恋愛結婚で、夫婦生活は七年に及ぶが、子供はいない。栂池《つがいけ》のスキー場で知り合い、二年間の交際を経てゴールインしたという。晶子は独身時代にも教員生活を送っていたが、結婚を機にいったん退職。しかし道弘の会社が倒産して、収入が不安定になったため、三年前から復職しているということだった。

「――死因が特定されるまでは、事件性そのものがあやふやなので、今の段階では、これ以上の立ち入った質問は差し控えています」

「ありがとう。参考になりました。それから、二人の乗車券が回収されているはずですが」

「新宿までの乗車券と自由席特急券が二人分。いずれも大糸線の南小谷駅で、本日発券されたものです。改札・検札ともに、不審な点はありません」

「なるほど。ということは、二人は始発駅で『あずさ68号』に乗車したことになる。旅行の目的は何だったのですか？」

「さあ。それが訊いても、どうも要領を得なくて」

篠原刑事はいぶかしそうに言った。南小谷なら栂池の目と鼻の先だが、スキー旅行の帰りでないことだけはたしかである。この点も本人にきちんと確かめておかなければならない。

「彼女に訊きたいことがあるんですが、今ここで話してもかまいませんか？」

「どうぞ。私は席を外した方がいいですか？」

「できれば、その方が。もちろん、何かわかったらすぐにお伝えします」

こちらも解剖の結果がわかり次第、お知らせしますと言い残し、篠原刑事はその場を離れた。綸太郎はがらんとしたロビーを見渡した。外来用の長椅子の列のいちばん奥まった場所に、白と紺《こん》のストライプのワンピースを着た女が、見ず知らずの辺境に棄《す》てられた孤児のようにうなだれて、ひとりぽつねんとすわっている。品野晶子だった。見覚えのある旅行鞄が二つ、足下に並べて置いてある。

　綸太郎は手荷物の番をしていた穂波に声をかけ、晶子のいる方へロビーを横切った。しかし、おいそれと話しかけがたい雰囲気があって、長椅子の手前まで来ると足がためらった。穂波が後ろから背中をせっつく。仕方なく綸太郎は度胸を決めると、揉《も》み手をするように両手を重ね、腰を沈めた前屈みの格好で、未亡人の正面にすり足で近づいた。

「えー、本日はどうも、ご主人がとんだことになられまして、ご胸中お察しいたします」

　品野晶子はやっと顔を上げ、ぼんやりとした目でこっちを見た。じきに見知った顔であるのを認め、弛緩《しかん》した表情がおのずと張りを取り戻す。

「さっきの電車で、後ろの席にいらした——」

「はい、その通りです。えー、先ほどはことわりもなしに、ああいう差し出がましいふるまいに及びまして、申し訳ありませんでした。そのおわびも兼ねて、こうして改めてお悔やみを申し上げに参ったような次第で」

「いいんです、そんな」

　と言ってから晶子は急に立ち上がり、綸太郎に向かって頭を下げた。

「こちらこそ、主人があんなことをしでかして、周りの人まで警察沙汰《ざた》に巻き込んでしまって。ご迷惑をおかけしているのは、こちらの方です」

「いや、どうか品野さん、頭をお上げになってください。そんなつもりで来たわけではありませんし、警察に協力するのは善良な市民の義務ですから。えーと、ここ、隣りにすわってもかまいませんか」

「ええ、どうぞ」

二人は長椅子に並んで腰を下ろした。穂波は距離を置いて突っ立ったまま、唖然《あぜん》とした顔でこっちを見ている。綸太郎は軽く目配《めくば》せしてやった。穂波の立ち位置は、ちょうど二人芝居を見ている観客の視点に相当し、目を合わせずに晶子の表情をつぶさに観察できるはずである。

「――今、品野さんとおっしゃいましたね」

ひと息ついて、おもむろに晶子が口を開く。

「どうしてわたしの名前を？　車内で名乗った覚えはありませんが」

「あー、いや何と言うか、つい口が滑っちゃって、恐縮です。えー、実はですね、さっき大月署の刑事さんから、こっそり教えてもらいました。はい。そういうようなわけでして――いやどうも、重ね重ね失礼しました、まだ自分の名前を言ってませんでした。えー、私、法月綸太郎と申します」

「ひょっとして、ミステリー作家の法月さん？」

「はい、その法月ですが」

「やっぱり。いえ、わたし自身は小説とか苦手でほとんど読みませんが、主人がミステリーを読みあさっていた時期があって。図書館から何十冊と借りてきた本の中で、何度かお名前を拝見しました」

「それはどうも。まことに恐縮の至りです」

「あの、それともうひとつ。もしちがっていたらあれですけど、ひょっとしてその変な喋り方とか、おかしなしぐさは、田村正和の物真似ですか」

「わかりますか。あの、似てました？」

「全然。およしになった方がいいと思います」

「そうですか。すみません。もうやめますけど、これはさっき彼女からそうしろって言われたので――ああ、忘れるところだった。そこのメガネの彼女ですが、ぼくの秘書で、沢田穂波クンといいます」

いきなり振られたのにも動じず、穂波はぺこりと頭を下げて、秘書の沢田ですと言い、そのまま模範文例集に使えそうなお悔やみの文句をすらすらと口にした。それから、黙ってこっちに目をくれ、見習えっていうのはそういう意味じゃないでしょと、唇の形で告げた。論太郎は気づかないふりをして、

「ぼくの素姓《すじよう》がバレてしまったので、もうひとつ率直に打ち明けますと、今こうやって話しているのも、実はちょっと気になることがあるからでして」

「気になること？」

「ええ。もちろん、単なるやじ馬の好奇心というのではなくて、警察から非公式に協力を求められましてね。職業柄、探偵の真似事《まねごと》みたいなことに手を染めた経験がありますし、たまたま今回のケースは、現場に居合わせたせいもあって。それで、もし奥さんが差し支えなければ、この後の煩《わずら》わしい手続きを省くためにも、問題になりそうな点をあらかじめクリアにしておきたいんですが？」

晶子は心外そうな、というより、むしろ興味をそそられたような口ぶりで、

「ひょっとして、わたしが夫に毒を盛ったと疑ってらっしゃるの、ミステリー作家の法月さん？」

「滅相もありません。ぼくは、一号車の車両で何が起こったのか、正確な状況を知りたいだけで」

と答えたのは、今のところ、嘘偽りのない本心である。晶子はいくぶん自虐《じぎゃく》的とも取れる、含みのある表情を隠そうともしないで、あっさり言った。

「じゃあどうぞ、お訊きになって。無粋な刑事さんに答えるよりか話しやすいかもしれないし、何よりわたしも気が紛《まぎ》れるわ」

「すみません。ええと、これはさっき電車の中でも言いかけたことですが、ご主人はあの列車に乗ってから、何か食べたり飲んだりされましたか？」

「ええ。車内販売のワゴンが回ってきた時に、のどが渇いたと言って、わたしの分と二本、

缶入りの烏龍茶《ウーロン》を買いました。たしか松本駅の手前だったと思います」

「缶入りの烏龍茶を二本。それはすぐに飲んだ?」

「はい」

「奥さんも?」

「そうです。わたしものどが渇いてましたから」

「空き缶はどうしたんです? あの場には見当たりませんでしたが」

「松本駅を出てからすぐ、わたしがトイレに立ったついでに、デッキのゴミ入れに捨てました」

綸太郎は穂波に目をやった。通路側の席にすわっていたから、前の席で出入りがあれば、覚えているはずだ。そういえば、と思い当たるような顔で、穂波がうなずく。

「それ以外に、ご主人が口にしたものは?」

「ないと思います。じきに眠ってしまいましたから。わたしもその後ずっとうとうとしていたので、はっきりそうとは言い切れませんが、たぶん」

「なるほど。デッキのゴミ入れか——それから、これは最初からずっと気になっていたんですが、ぼくがご主人の遺体を調べて、毒を盛られた可能性があると言った時、奥さん、あなたはたしか、やっぱりそうだったのね、あの女のしわざなのね、と口走りましたね。ぼくだけでなく、沢田クンもはっきりそう聞いています。あれはどういう意味ですか? あの女というのは、いったい何者ですか？」

晶子の表情が固くなった。すぐには答えず、顔をそむけるようにふっと視線を足下に落とすと、目に見えるほど肩を上下して、ため息をつく。それからまた顔を上げ、今度ははっきりと自嘲《じちょう》をさらけ出すように、息の多い恨みがましい声で言った。

「夫の浮気相手です」

3

「――お坊ちゃん育ちというと月並みですけど、品野は自信過剰なくせに、妙にもろいところのある人でした。勤めていた会社がつぶれた時も、自分は打たれ強いから、こんなことでへばったりするもんかって、強がりばかり。しかも、その強がり方があんまり本気じみているので、わたしもそれが虚勢だとは言えなくって。自分があの人より年上だということがいつも頭にあったせいか、かえって気持ちの上で夫を甘えさせてはいけない、姉さん女房めいたふるまいはすまい、と思っていたつもりでしたが、結局、そんなふうに思うこと自体、年上の妻が夫を甘やかす典型みたいなものだったんでしょうね。

それでも、初めのうちはそれでよかったんです。以前の品野は、それこそ絵に描いたようなやり手の営業マン気取りで、得意先の受けがいいのを鼻にかけてて、景気のいい頃はいつも、自分はこんなハンパな会社に使われる身で終る男じゃない、いずれ時期が来ればもっと広い海に泳ぎ出て、世間をあっと言わせるようなビッグ・ビジネスを手がけるんだよって、夢みたいなことばかり。でも、わたしはそれがまんざら嘘でもないような気がして。というより、そういう夢とか志とかを語っている時の品野がいちばん好きだったんでしょう、話の中身はほとんど聞きもしないで、十九の小娘みたいにうっとりして、相槌《あいづち》ばかり打っていて。二十五の冬に初めて会った時から、ずっとそんなでした。

わたしは教育大を出て、そのまま高校の先生になって、それはもちろん、そこまで人並みにいろいろありましたけど、やはりそういう夢とか、世間の華やかな動きなんかとはあまり縁のない平凡な女でしたから、余計に品野のそういうところに惹《ひ》かれたのかもしれません。今にして思えば、当時流行《はや》っていたヤンエグだとか、どこかの社長の立志伝なんかの受け売りだったような気もしますが、それをさも自分のことみたいに鵜呑《うの》みにして——。

こう言うと、あの人が人一倍上昇志向が強いだけの、頭が空っぽでいい加減な男のように聞こえるかもしれませんが、全然そうではなくて、むしろ根はものすごくまじめな人でした。少し物の見方が狭いというか、一度こうと思い込んだら、なかなか融通《ゆうずう》の利《き》かない面もたしかにありましたけど、だからこそ浮ついた人ではなかった。身持ちも堅かったんです、本当は。今度のことが起こるまで、よその女の人と何かしでかしたりは一度もありませんでした。ええ、それだけはまちがいありません。そういうことを隠せるような、器用な人ではなかった――でもごめんなさい、なんだかとりとめのない話になってしまって。回り道ばかりで肝心なところにちっとも行き着かないわ」

「かまいませんよ、奥さん。どうぞお好きなように話してください。ぼくは刑事じゃなくて、作家ですからね。簡潔な報告書文体も悪くないが、回り道も決して嫌いではないんです」

綸太郎は退屈していない証《あかし》にそう言ったが、晶子はかぶりを振った。急に髪のほつれが気になりでもしたように、額《ひたい》の生《は》え際《ぎわ》のあたりを左手で撫《な》で、その時ふとした加減で指輪が目に入ったのか、無言のまま自分の手に見入っている。綸太郎はなんとなく、昼間に安曇野で見た男女一対の道祖神を思い出した。やがて晶子は、軽くこぶしを作ると、その手を長椅子の表貼りの革に押しつけて、やや改まった感じの声で話を続けた。

「景気が冷え込んで、夫の勤め先の資金繰りが悪化して、それから何がなんだかわからないうちにあっという間に会社がつぶれてしまって。たしかに品野の仕事ぶりは、若干社員の中でも一目置かれていたと思いますが、それも会社がある間のことで、いきなりひとりで放り出されてしまうと、世間は甘くはありませんね。それでも、元の取引先には目をかけてくださる人もいて、いくつか新しい働き口を世話してもらいましたが、引き抜きでもされたならともかく、ただでさえ不況が長引いてリストラ流行りのご時世に、品野のプライドを満たすような職場がおいそれと見つかるはずがありません。オレは施《ほどこ》しは受けないなんて、口では威勢のいいことを言いながら、結局どれも辛抱できずに辞めてしまって。

元の同僚と何人かで新しい事業を興すという話もあったんですが、資金のメドがつかなくてそれも立ち消えになり、おまけに元の会社の営業方針とかで、ローンを組んで買ったリゾート・マンションを処分したりなんかで、貯《たくわ》えもじきになくなったものですから、家計を支えるために、知人の紹介で、わたしが今の学校に再就職することにしたんです。それで何とか生活の方はやっていけるようになりましたが、品野はああいう人でしたから、わたしが養っているというそぶりは極力控えるようにして、家事なんかも向こうが言い出さない限り、今まで通り、自分で全部こなすようにしてました。わたしの方は、別にそれで不満があったわけではないんです。でも、夫は口にこそ出しませんでしたが、そういうわたしのやり方が負担というか、かえって気がふさぐ原因になっていたようです。そのことにうすうす気づいてはいましたが、さっきも言ったように、あの人のプライドを傷つけたくなくて、ずっと見て見ぬふりをしていたので——だから、今度のことについては、半分はわたしにも責任があるんです」

晶子の言葉がふっつり途切れた。顔をそらすようにして、まばたきもせず、唇をぎゅっと絞っている。すこし間を置いてから、綸太郎は先を促すようにたずねた。

「品野さんはここ二年間、ほとんど失業状態だったそうですが、その間、何をしていたんですか?」

「ぶらぶら遊んでいたわけではありません。あの人なりにこれからのこととか、自分の夢を立て直す方策を真剣に考えていたようです。ところが、それがいかにもあの人らしいというか、自信過剰というか——ある時、週刊誌の記事でだれかミステリー作家のインタビューを読んで、自分も推理小説の新人賞に応募する、と言い出しました。もともと影響を受けやすい人だったし、賞金が高額なのも魅力だったんでしょう。始めは冗談かと思っていたんですが、まもなく中古のワープロを手に入れて、公募マニュアルみたいな本を参考に、本腰を入れて執筆に取り組むようになりました」

「なるほど。ご主人が図書館でミステリーを借りまくっていたというのは、それだったんですか」

と綸太郎が言うと、晶子はうなずいて、

「ええ。三ヵ月ぐらいの間、毎日ものすごい勢いでミステリーを読みあさって、だいたいコツはつかんだよ、これぐらいならオレにも書ける、いや、オレは世間の裏をこの目でしっかり見届けた人間だから、もっとすごい傑作が書けるはずだ、じきに長者番付に名前が載るようなベストセラー作家の仲間入りしてやるからなって、まだ何も書きもしないうちから、ひとりですっかりその気になって——」

「ひょっとして、ご主人はカルチャー・センターの小説講座か何かに通っていたんじゃないですか。そしてそこで、奥さん以外の女性と知り合った？」

晶子は目を曇らせながら、今度は首を横に振り、

「それはちがいます。品野は、そういうところに行く人たちをバカにしてましたから。あの人の性格を考えれば、当然のことですが、でもこうなってみると、そうしていた方がよかったのかもしれない——品野があの女と深い仲になったのも、知り合ったきっかけは別ですけど、あながち小説のことが無関係だったともいえないのですから」

「というと？」

晶子はぎこちないしぐさで体の重心を移し替えると、短いため息をひとつついた。また前のように表情が固くなり、答える声もざらつき始めた。

「品野の相手というのは、眼科医で受付をしていた娘なんです。去年の春、品野は花粉症になって、目がかゆくて涙が止まらず、医者に診《み》てもらいに行きました。相手の女と知り合ったのは、そこでです。保険証の名義がわたしの名前になっていたせいで、何か訊かれたのでしょう。あの人は見栄を張って、ミステリー作家の卵だとか何とか、調子のいいことを言ったようです。受付の娘もミステリー好きだったらしく、デビューしたら教えてくださいね、みたいなやりとりがたぶんあって、その後、何度か通院を重ねるうち、親しく口を利く仲になり——。

さっきも言いましたが、わたしは小説というのがさっぱり読めないたちで。あの人は自分の書いた原稿を読ませて、面白いか、感想はどうだと訊くのですが、わたしはとんちんかん

なことばかり言って、それが品野は気に入らなかったようで、そのうち、原稿を読めとは言わなくなりました。こちらに悪気はなくて、本当によしあしがわからなかっただけですが、あの人は自分が必死でやっていることをないがしろにされたと思い込んだみたいで。品野が目標を持って、以前のように夢中になって小説を書いている姿が、わたしは嬉《うれ》しかったですし、ずいぶん励ましたつもりでしたが、やはり肝心なところで頼りにならなかったんでしょうね。わたしのかわりにその女を呼び出して、自分の原稿を読んでもらうことにしたのが、今度のことの始まりでした」

晶子はまた口をつぐみ、放心というよりは、内に閉じこもるような目つきになった。穂波がしきりに目配せしているのに、綸太郎は気づいた。言わんとするところはわかっている。あの女というのが眼科医で受付をしている娘なら、点眼薬に用いるアトロピンを容易に入手できるはずだった。

「ご主人がその女と関係を持っていることに、あなたはいつ気づいたのですか?」

「――はっきり確信したのは、今年に入ってからでした。実際にそういう仲になったのは、去年の秋ぐらいだと思います。品野の態度がおかしいのにその時点で気づいていましたが、せっかく書いて応募した小説がどこの予選にも引っかからなかったせいで、気が立っているのだと思い、腫《は》れものに触るような接し方をしてましたから。ちょうど学校が冬休みに入って、わたしが家にいた時、昼間に女から電話がかかってきて、それでピンと来て。夫を問い詰めると、原稿を読んでもらってるだけだと言い張って、絶対に認めようとはしませんでしたが、わたしはもう情けなくて。

さんざん迷った末、あの人には内緒で休みの日に女を外に呼び出し、もう夫とは会わないでほしいと言って、恥も外聞もなく、土下座のような真似までしました。色白でぽっちゃりしていて、どこか垢抜《あかぬ》けない感じの娘でしたが、そういえば品野と知り合った頃の自分と雰囲気が似ているような気もして、余計に悲しくなったのを覚えています。女の歳もちょうどそれぐらいでした。わたしが働きに出るようになって、夫婦間のバランスが崩れたせいで、品野もずいぶん鬱憤《うっぷん》がたまっていたんでしょう。それをああいう形で吐き出したので、本気でわたしを裏切ったとは考えないように努めました。半分はわたしにも責任があると言ったのは、そういう意味です」

「奥さんがその女性に会ったのは——？」

「今年の二月、それ一度きりです。品野は最後まで浮気を認めませんでしたが、女と直談判《じかだんぱん》に及んだ効き目があったのか、かなり反省の色が濃かったのはたしかです。当分は鳴りを潜めていたので、すっかり手が切れたものだと高をくくって。ちょうど五月末が締切りのS社のミステリー賞の原稿に取りかかっていた時期で、あの人は背水《はいすい》の陣を敷いて、相当な熱の入れようでしたから、こちらも一度の過ちなら水に流すぐらいの気持ちで、今度はできる限り、夫の支えになれるように気を配っていました。

やがて小説の方は無事完成して、よほど自信があったんでしょう。品野もここ何年かは見たことがないぐらい顔を輝かせ、今度こそは絶対入賞まちがいなしだって、自分で自分に太鼓判を押して、結果がわかる前からすっかり受賞者気取りです。アッコにもずいぶん心配かけたけど、もうこれで大丈夫だからなんてやさしいことを言って、わたしまで半分その気になってしまったほどです——今から思うと、選考結果が出るまでの一月あまりが、夫婦で同じ夢を見ることのできた最後の日々でした」

それまでこらえていたものが、ひとしずくの涙となって女の右頰を伝い落ちた。だが、晶子はそれを拭おうともしなかった。プライドが許さないのだろうか、と綸太郎は思った。晶子の声がわずかによそよそしさを増した。

「もちろん品野の小説は、受賞どころか、一次予選すら通りませんでした。わたしもがっかりしましたが、品野の落ち込みようはその比ではなかった。まるで人が変ってしまったように見えるほどで、考えてみれば、四年前に会社がつぶれた時から、何とか持ちこたえてきたあの人の心の中の芯《しん》が、ぽきんと折れてしまったんでしょう。軽いうつ病みたいな状態で、何日も口を利かないでいるかと思うと、急にわたしに当たり散らしてみたり。こちらもつい我慢しきれなくて、働きもしないでごろごろしてるだけのくせにとか、そういういちばん言ってはいけないことが口に出るようになって。学校が夏休みになって、わたしが家にいる時間が増えると、余計にイライラを募《つの》らせて、どこに行くとも言わずに出かけたきり、遅くまで帰ってこない日が続いて。またあの女とよりを戻したんです。もしかしたら、二月以来、ずっと切れてなかったのかもしれませんが」

「それなら、今回の旅行の目的は？　そもそも、どちらが言い出したことなんですか」

「品野です。数日前あの人が突然、一泊二日の信州旅行に行くと言い出して。目的も何も言いませんでしたが、女と示し合わせたにちがいないとすぐ気づきました。それで学校が休みだから、わたしも一緒に行くと言うと、品野はやけにあっさり、勝手にしろとだけ。どこかで女と約束していて、わたしの目を盗んで、駆け落ちか何かするつもりなら、絶対にそうはさせまいと、必死になって目を光らせていたのですが、結局、こういうことだったんですね」

暗いほむらのようなものがうるんだ目の底をよぎったような気がした。綸太郎は改まった口調で晶子にたずねた。

「奥さん、あなたはさっきも、主人があんなことをしでかして、迷惑をかけてすまない、という意味のことをおっしゃいましたね。それはつまり、ご主人が自分で毒を飲んだということなのですか？　でもそれなら、浮気相手を責めるのは筋違いでしょう。もう一度おたずねします。あの女のしわざというのは、いったいどういう意味ですか？」

「――夫が目の前で死んだというのに、泣き崩れもしないでこんな身の上話をして、ずいぶん薄情な女だと思われたかもしれませんね」

かみ合わない答に、質問をけぐらかすつもりなのかと綸太郎は思った。だが、そうではなかった。

「でもわたしは、悲しいのより悔しい気持ちの方がずっと強いんです。あんな女に夫を奪われたことが。品野は最初からこうするつもりだった。当てつけみたいに、わたしの目の前で。浮気の相手と示し合わせて。だから、あの女のしわざだと言いました。わたしにはわかります、心中したんです」

「――心中？」

綸太郎が訊き返そうとした時だった。靴が床を踏み鳴らす音がロビーに反響した。大月署の篠原刑事の顔が見えた。小走りでこちらに近づいてくる。

「やっと解剖の結果が出ました。毒殺の線が濃厚です。毒物もほぼ特定されて、やはりアトロピンでした。精製してかなり純度の高いものを、相当量服用させられた模様です」

篠原は半ば耳打ちするように言った。晶子に向ける視線が厳しいものになっている。綸太郎はかばうような身振りで晶子の顔に目をやりながら、毒殺の線は薄いと篠原に告げた。それから、鉄道警察隊に連絡して、「あずさ68号」の一号車と二号車の間のデッキのゴミ入れから、烏龍茶の空き缶を回収して検査に回すようにと指示する。篠原は晶子から目を離して、

「すぐそのように手配しますが、毒殺の線は薄いというのは、自殺ということですか？　事

故の可能性は考えられないと思うので」

　綸太郎はちょっと口ごもり、また晶子の顔を見た。晶子はうなずくと、すばやく涙の跡を拭い、長椅子から立ち上がって、

「あなたに聞いてもらったおかげで、ずいぶん気が軽くなりました。刑事さんにはやはり、わたしの口から説明するのが筋だと思います」

　綸太郎に一礼し、穂波の方にも軽く頭を下げるしぐさをする。綸太郎もお辞儀を返した。篠原刑事はなんとなく空気を読み取った様子で、余計なことは言わず、身振りでエントランスの方を指しながら、晶子と一緒に歩き出す。綸太郎はふと思いついて、歩み去ろうとする女の背中に声をかけた。

「ご主人の相手の女性の名前は？」

「──西島《にしじま》あづさ」

　晶子は足を止めたが、振り返らずに答えたので、その名を口にした時の表情はわからない。しかし、晶子が再び歩き出した時、綸太郎の目はもう遠ざかる後ろ姿を追ってはいなかった。

　西島あづさ。

「あずさ」

　品野道弘は「あずさ68号」の車中で死んだ。

あづさと品野。

「あずさ」と「しなの」！

綸太郎は頭の中がわあっとなった状態で、穂波に時刻表を見せてくれと頼んだ。どうしちゃったのよ？　突然の剣幕《けんまく》にたじろぎながら、穂波は自分の鞄を開けて中を探し始める。手渡されるのを待つのももどかしく、カラフルな表紙が見えたとたんに、穂波の手から時刻表をもぎ取った。

「何なのよ、いったい？」

穂波の悲鳴も無視して、長椅子の上に時刻表を置く。まず巻頭の索引地図のページを開き、特急の運転系統図をチェックした。L特急「しなの」は名古屋と長野の間を結んで、中央本線を走っている。地図を見て、「しなの」と「あずさ」が篠《しの》ノ井《い》線の松本—塩尻の区間で、同じ路線を運行しているのを確認した。

さらに晶子の証言によれば、品野夫妻は松本駅の手前で車内販売の烏龍茶を買い、そして松本駅を出てからまもなく、晶子が空き缶をデッキのゴミ入れに捨てたという。つまり品野道弘は、列車が松本駅に停車している間に、烏龍茶を飲んだということになる。アトロピンの粉末は水に溶けやすい。道弘は妻の隙《すき》を見て、烏龍茶に致死量のアトロピンを溶かし、そのまま一気にあおったにちがいない。

自分の乗っていた列車が松本駅を出たのは、たしか五時過ぎだったと思うが——綸太郎は時刻表を繰って、中央本線「上り」（松本—甲府—新宿）のページを開き、「あずさ68号」が松本駅を発車する時刻を調べた。

17時16分。

だが、今日の「あずさ68号」は季節運転をしており、大糸線の南小谷駅が始発である。時刻表のその欄に「運転日注意」の表示はあるが、松本着の時刻は書いてない。しかし、発車するまでしばらく待たされた覚えがある。矢印で示された大糸線のページを参照すると、松本着17時10分とあった。差し引き約六分間、松本駅のホームに停車していたわけだ。

漠然とした期待を抱きながら、今度は「しなの」に当たってみることにした。索引地図に戻って、中央本線・篠ノ井線「下り」（名古屋—塩尻—長野）のページを捜し出す。松本駅での発着時刻を示したラインに沿って、左から右へ、太字で記入された特急の数字の列に指を走らせる。

あったぞ！

17時14分着、17時15分発。「しなの23号」。

綸太郎は時刻表から顔を上げた。穂波が何か言いながら袖を引っぱっているのもそっちのけで、ロビーを見回す。制服姿の警官が行き来しているのが目に入り、そっちに向かって駆け出した。そして、手当たり次第にその中のひとりをつかまえ、早口でこうまくしたてた。

「名古屋発『しなの23号』の乗客で、西島あづさという名前の女性が車内で服毒自殺を図っていないかどうか、今すぐ長野駅に確認を取ってください」

4

東京を起点とする中央本線は、いちおう名古屋がその終点とされているが、現在、両駅を直通する旅客列車はない。昭和五十七年の配線変更工事によって、途中の塩尻駅が東西の分界点とされ、東京・新宿方面、あるいは名古屋・大阪方面から来た列車は、塩尻で合流して松本や長野に向かうし、その逆方向に向かう列車も、塩尻を境に分かれていく。したがって、塩尻より西の区間については、名古屋を事実上の起点として扱うのが普通になっていて、たとえば列車番号でも、名古屋発の列車には「下り」を示す奇数番号が付いている。

L特急「しなの23号」は、15時ちょうどに名古屋駅を出発、塩尻・松本を経て篠ノ井線を下り、18時05分に終点長野駅に到着する。車両は九両編成で、先頭から一～七号車が指定席、八、九号車が自由席。西島あづさの死体は、最後尾の九号車、自由席車両の８A席で発見された。車両の中央部、進行方向右手の窓側席に当たる。

死体を見つけたのは「しなの23号」の乗務員で、列車が終点長野に到着した直後のことだった。乗客がすべて降りたことを確認するために、各車両を見回った際、九号車にひとりだけ若い女性客が残っていた。最初は座席でぐっすり眠っているように見えたので、起こそう

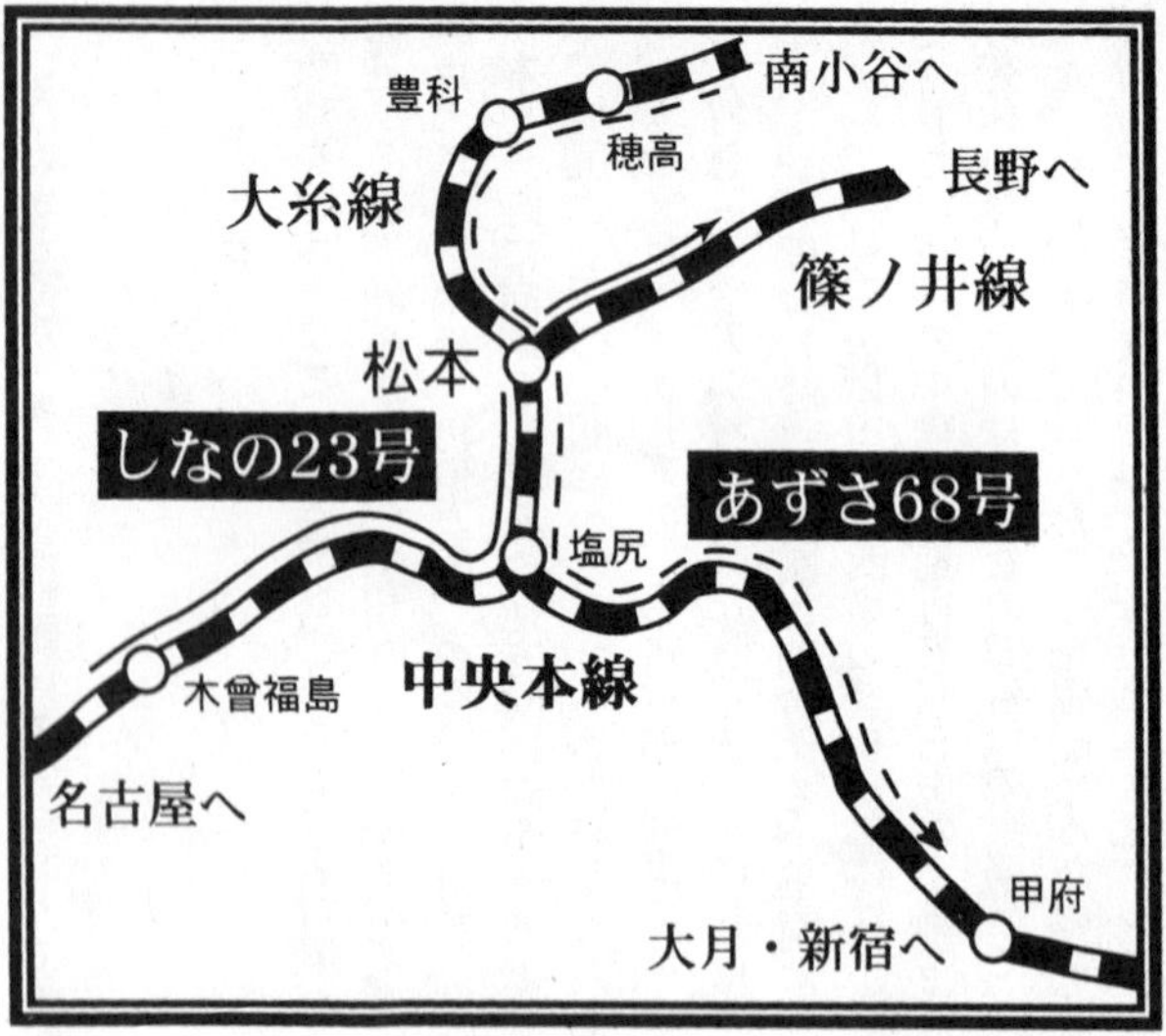

としたが、体に触れると明らかに様子がおかしい。すぐに救急車を呼び、長野市内の病院に運んだが、その時点ですでに死亡していた。死因は、急性アトロピン中毒による心不全。座席のテーブルに置いてあったオレンジ・ジュースの空き缶から、硫酸アトロピンが検出された。

網棚に載っていた荷物から、運転免許証が見つかり、身元はすぐに判明した。西島あづさは東京都板橋区の住民で、年齢は二十七歳。長野県警の捜査員が本籍地（大田区）の両親に連絡を取り、死体の特徴が長女のそれと一致すること、前日からひとりで旅行に出かけると言っていたことなどを確認した。父親の話によれば、あづさは板橋区内で開業している「橋爪《はしづめ》眼科」に事務員として勤務、親元から独立して自活していたが、今年に入って縁談の話が持ち上がり、春に見合いした相手と今年の暮れに結婚することが決まっていたという。

西島あづさが身に付けていた切符は、事件当日、名古屋駅で発券されたもので、長野までの乗車券と自由席特急券の二枚。検札に当たった「しなの23号」の車掌の証言で、あづさが券面の記載通り、始発駅の名古屋から乗車したこと、また同行者はおらず、彼女がひとりで旅行していたらしいことがわかった。後者の判断については、あづさがオレンジ・ジュースを買った車内販売の売り子の証言とも合致している。売り子によれば、あづさは木曾福島《きそふくしま》と塩尻の間で、ワゴン販売の缶ジュースを一本だけ買ったという。午後四時四十七分と、販売記録にも残っている。車掌と売り子は、再三にわたって車両を往復したが、あづさの隣りのシートがずっと空席だったのをはっきりと記憶していた。

西島あづさの着衣のポケットから遺書が発見され、両親が娘の筆跡にまちがいないと認めたことから、長野県警は事件を服毒による自殺として発表。あづさがオレンジ・ジュースに溶かして飲んだ硫酸アトロピンの入手先も、すぐに特定された。勤務先である「橋爪眼科」の薬品庫を調べたところ、点眼薬に用いられるアトロピンの製剤が大量に紛失していたことがわかったからである。薬品の管理はあづさが担当しており、帳簿にも彼女の手でその場しのぎの操作が加えられていた。

あづさが残した遺書の文面は、両親とフィアンセにそれぞれ宛てたものだったが、ただひたすら謝罪の言葉に終始するばかりで、具体的な自殺の動機については一言も触れられていなかった。しかし、その後の調べで、あづさの縁談が父親の勤める会社の常務から持ち込まれたものであり、娘の方は親の期待の半分ほども乗り気でなかったらしいことが明らかになった。それどころか、あづさはごく最近も、職場の同僚や友人に、フィアンセと話が合わないこと、目前に迫った結婚生活に対する不安などをほのめかしていたという。

親しい友人のひとりは声を詰まらせながら、

「――でも、あづさには心の中に決めた人が、もっと前から誰かほかにいたような気もするんです」

と語った。

火曜日の夕方、綸太郎は区立図書館の二階、閲覧室のリファレンス・コーナーを訪れた。「あずさ68号」の車内で事件に遭遇してから、五日がたっている。もうじき二学期が始まるせいか、閲覧室は夏休みの宿題を抱えた小中学生で埋めつくされていた。穂波のいるカウンターの前にも子供たちの人垣ができていて、ひっきりなしの注文をさばくのにてんてこまいという状態。綸太郎の姿を認めると、穂波はぱっと顔を輝かせたが、今は目前の仕事でそれどころじゃないのに気づいて、

「あと少しでこのガキどもから解放されるから、閉館時刻まで待っててちょうだい」

とこっそり耳打ちする。表の喫茶店にいるよ、と伝えてカウンターから離れようとすると、デートだ、デートだと囃《はや》し立てる子供らの声に混じって、「あんなのは彼氏じゃない！」と穂波が叫ぶのが聞こえた。あんなの呼ばわりはひどいんじゃないか、と心中《しんちゅう》ひそかに綸太郎は思う。

カフェテラス〈らんぶる〉で待っていると、三十分ほどして、穂波が現われた。見るからに興味津々《しんしん》という雰囲気で、向かいの席に腰を下ろしコーヒーを注文する暇もあらばこそ、前置きもなしにいきなり綸太郎を問い詰める。

「新聞やＴＶでは、一言も心中だとは言ってなかったわよ。まるで無関係な二人が、別々に自殺したみたいな扱いで。いったい、どうなってるの？」

「まあまあ、そういきり立たないで」

綸太郎は穂波をなだめた。事件のあった木曜日の夜、穂波は3時19分大月発の急行「アルプス」に乗って一足先に東京に帰ったので、長野駅で西島あづさの死が確認された後の詳しい捜査の進展については、何も知らない。綸太郎は週末、大月から松本、長野まで出向いて、山梨・長野両県警に事件のあらましを説明するので忙殺されたうえ、帰京してからも、死んだ二人に関する事後処理的な身辺調査に付き合わされたせいで、今日まで穂波と話す機会がなかったのである。

「あれは双方の遺族感情を慮《おもんぱか》って、警察がマスコミへの発表を控えたからなんだ。特に西島あづさの両親のね。四ヵ月後に結婚を控えた娘が、妻のある男性と不倫の果てに旅先で心中したなんて、わざわざ世間に公表しなくてもいいだろう。そうでなくても、強引な縁談を進めたのが娘を死に追いやる結果を招いたと知って、ひどく心を痛めているのに」

穂波は大きくため息をついて、

「じゃあ、やっぱり二人は心中したのね」

「うん、品野晶子がにらんだ通りだった。二人ともはっきりそうほのめかして、死んだわけではないが。品野道弘は遺書を残さなかったし、西島あづさの遺書にも彼の名はまったく出てこない。そのかわりあづさは、見る人が見ればわかるようなヒントを残していたよ。彼女は死んだ時、左手をしっかり握りしめていたそうでね、解剖の際、その手を広げてみたら、掌に赤いマジックで〈あづさ・しなの〉と名前の入った相合い傘の絵が描かれていたんだ」

「見る人が見ればわかる、か。たしかにそうね。西島あづさという女が『しなの23号』で、品野道弘という男が『あづさ68号』で、それぞれ同じ日、同じ毒を飲んで死んだとわかれば、別々の場所で死体が発見されても、二人が情を通じてそうしたのは、火を見るより明らかだわ——あっ、そうか！」

穂波は自分に言い聞かせるうち、急に思い立ったようにこぶしで掌を打って、

「ということは、さっきの遺族感情云々《うんぬん》っていうのも考慮に入れたうえで、二人はああいう

死に方を選んだのかもしれない。表向きは別々の事件、まったく無関係な二人がバラバラに自殺したような状況に見えるけれど、ごく身近な人だけには、二人の心中の意図がはっきり知れるように」

「たぶん、そうだろう。もちろんそれだけじゃなくて、品野道弘にはまた別の思惑《おもわく》もあったはずだが。おそらく奥さんが察していた通り、彼女が隣りにすわっている目と鼻の先で、ほかの女と心中する——そうした行為に、道弘は一種独特のスリルを感じていたにちがいないと思う」

穂波は感に堪《た》えないような顔つきで、運ばれてきたコーヒーをひとしきりすすった後、目を上げて、

「奥さんの言葉通りだとすれば、品野道弘は『あずさ68号』が松本駅に停まっている間に、毒入りの烏龍茶を飲んだことになるわね。そして中央本線の反対方向から、四分の差で到着した『しなの23号』の松本駅での停車時間は、たしか一分ほど。西島あづさもこの一分の間に、毒入りジュースを飲んだの？」

「そうだ。一日に何十本も走っている『あずさ』と『しなの』の中から、あの二本が選ばれたのは偶然じゃない。同じ時刻、同じ場所で毒を飲むことが計画の要《かなめ》だったからで、松本駅が始発ないし終点の『あずさ』を除けば、この条件を満たす組み合わせはそれしかなかった。しかも二人は、お互いの姿を目で見ながら、同時に毒を飲んだ可能性が高いんだ」

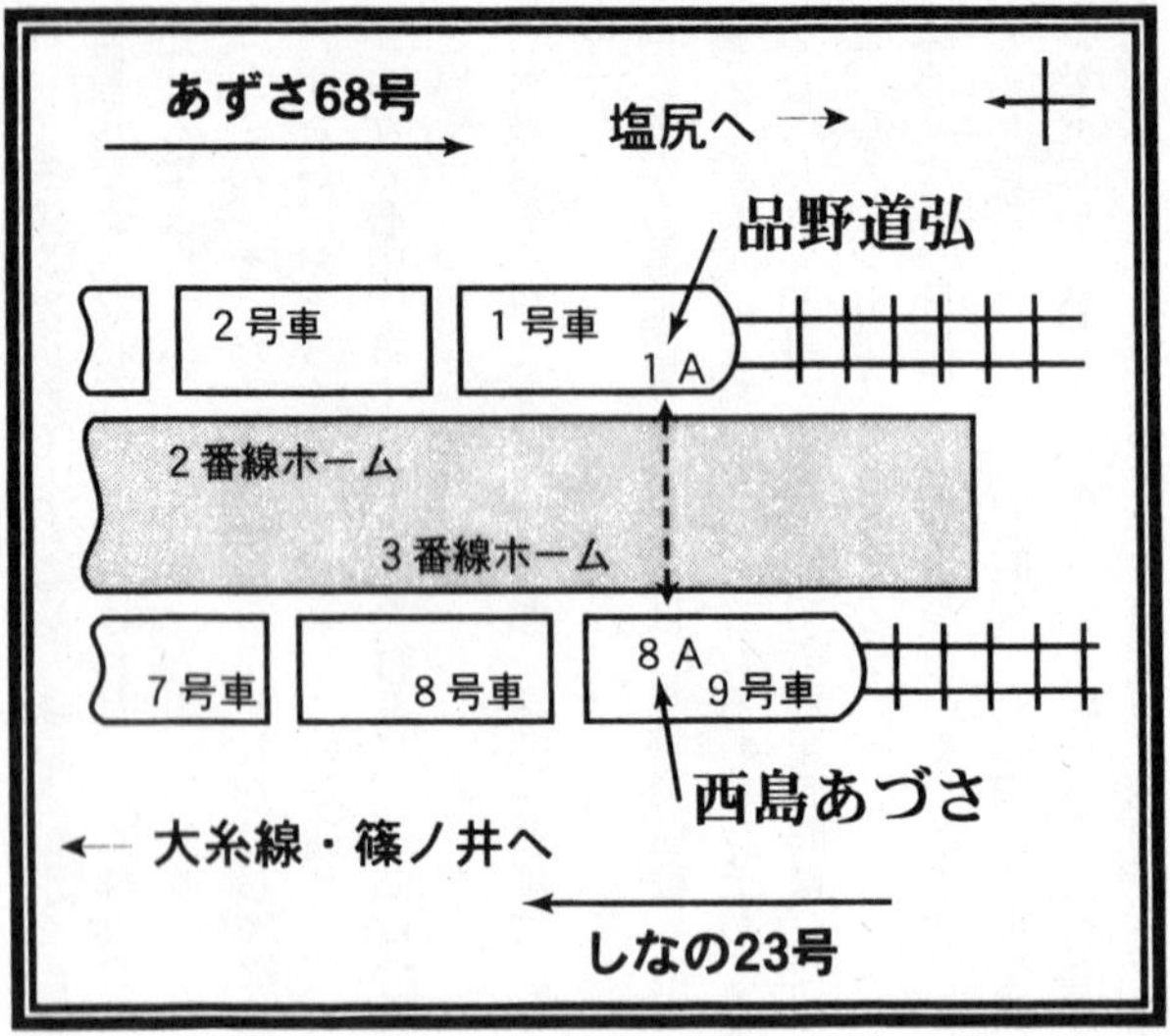

穂波はちょっと予想外だったように、

「電車の窓から顔が見えるの？」

「うん。事件の翌日、松本駅のホームで実地に確認した。松本駅のプラットホームは、駅本屋《ほんや》手前から西に向かって四列あって、それぞれの両側に0番線から7番線の線路が並んでいる。つまり手前から順番に、0・1番線、2・3番線、4・5番線、6・7番線が、それぞれ同じホームの左右に位置しているということだ。現地で調べたら、大糸線の豊《とよ》科《しな》駅を出た『あずさ68号』は2番線に、反対方向の塩尻から来て篠ノ井線で長野に向かう『しなの23号』は3番線に停車することがわかった。

いま言ったように、2番線と3番線は同じホームの両側に当たるわけだから、双方の列車は、後から来て先に出る『しなの23号』が停車している17時14分から15分までのおよそ一分間、ホームの幅約五メートルをはさんで、隣接した状態で停まっていることになる」

「でも、お互いの車両がずれてたら、列車が同じホームの右と左に停まっても、すれらがいになるだけじゃないかしら？　一方が動いている電車の窓からでは、必ず相手の姿を確認できるとは限らない」

穂波の質問に、綸太郎はニヤリとして、

「もちろん、二人は事前にそこまで計算して、それぞれが乗る車両と座席を決めていたのさ。品野夫妻が乗っていた『あずさ68号』の先頭一号車は、2番線ホームの南端に停まる。一方、西島あづさを乗せた『しなの23号』の最後尾の九号車の停車位置も、3番線ホームの南端に当たるんだ。ただし、『しなの23号』の最後尾車両は、ホームの反対側に停まっている『あずさ68号』の先頭より、南に車両半台分だけはみ出す位置で停止するんだけどね。このずれの分も勘定に入れると、品野道弘がいた一号車最前列の1A席と、西島あづさがいた九号車中央部の8A席は、ホームをはさんで完全に重なる格好になる。しかもこの位置は、ホーム南端のいちばん外れた場所なので、跨線橋《こせんきょう》の階段や売店、自販機などで目隠しされることもない。それから、死んだ二人の座席は両方とも進行方向右手の窓側席で、これは言うまでもなく、ホームに接している側なんだ。事故でもない限り、列車の停止位置が大きくずれることはありえないから、二人がお互いの最期の姿をしっかり目に焼き付けたのは、ほぼ確実といっていい。

ついでにもうひとつ、これは後から思い出したことだけど、松本駅に着く前、ぼくらがいた方の窓側の席は、西日が射し込んでかなりまぶしかったのに、品野道弘だけは列車が松本駅を出るまで、窓のブラインドを下ろそうとしなかった。あれは松本駅で、窓越しに西島あづさの顔を見るのに備えていたせいなんだ。もし松本駅に着く前にいったんブラインドを下げ、停車中にまたそれを上げたりしたら、隣りにいる奥さんに気づかれるおそれがある。それでずっとまぶしいのを我慢していたにちがいない」

穂波はすっかり目を丸くして、説明に聞き入っていたが、ふと不審を覚えた顔つきで、

「ちょっと待って。それならどうして、二人とも自由席に乗ってたの？　たとえ事前に二人で相談して、車両と座席を決めていたとしても、もしその席が先にほかの乗客で埋まってたとしたら――」

「だからこそ、二人は始発駅から乗車したのさ。考えてごらん、かりに二人が指定席を取ろうとしたとしても、ちょうどいま説明したような条件を満たす席が、別々の列車でうまく手に入るかどうかわからないじゃないか。それだったら、始発駅から乗って目当ての自由席を押さえる方が確実だ。発車時刻よりかなり前にホームに出て、いちばんに乗り込めばすむことなんだから。待ち時間が少々長くかかることぐらい、これから死出の旅に赴《おもむ》く人間にとっ

てはさして苦にもならなかったはずだし、品野夫妻の場合、『あずさ68号』に始発の南小谷駅で乗車する客自体、そう多くはなかったはずなんだ」

　穂波は腑に落ちたみたいにうなずくと、テーブルに頬杖をついて、視線を宙にさまよわせながら、

「〈あづさ・しなの〉の相合い傘か。亡くなった二人の家族が聞いたら怒ると思うけど、ある意味ではすごくロマンチックな死に方みたいな気もするわね。許されない愛に殉《じゅん》じる決意をした男女が、お互いの名前の付いた列車に乗って、一方は北アルプスの麓《ふもと》から大糸線を南下、もう一方は名古屋から長野に向かう。ひとり旅だけど、でもひとりじゃない。反対方向からやってきた二本の列車は、松本駅でたった一分間だけ、同じホームに停まる。窓越しに二人の視線がからまり合う、永遠のような一瞬。やがて、毒を飲んだ二人の肉体は、上りと下り、全然ちがう方向にむかって離れ離れになってしまうけれど、結びついた魂はもう永久に別れることがない。そういう心中の形っていうのも、ありかもしれない――そう、松本といえば、松本清張の『点と線』もたしかそんなストーリーじゃなかったかしら」

「東京駅の〈四分間の間隙《かんげき》〉ってやつだな。ただしあれは、無関係な男女を心中に偽装して殺す話だから、今度の事件とは正反対だけど、もしかしたら品野道弘は『点と線』を読んで、そのプロットを参考にしながら、ああいう心中方法を案出したのかもしれない。きみが言うように、頭の中で組み立てたストーリーがあまりにもロマンチックで絵になるものだか

ら、道弘もあづさもそのストーリーに引きずられるような格好で、心中という結末に駆り立てられてしまった可能性もある。まあ、それはぼくの想像にすぎないが、生前の道弘がいろいろとトリックを考えていたのはたしかなことだよ。いくつか出版社に問い合わせてみたら、ここ一、二年、彼があちこちのミステリー新人賞に原稿を応募していたことがわかった。どれも出来はあまりよくなくて、一次予選にもかすらなかったそうだ」

「あ、それで思い出した。実はわたしも、あれから奥さんの話の裏を取ろうと思って、板橋の図書館の知り合いに頼んで、品野道弘の貸出記録を調べてもらったの。本当は図書館員の倫理綱領《りんりこうりょう》に反するんだけど、まあ今回は大目に見てもらって。そしたら、やっぱりミステリーをいっぱい借りてたんですって。全部きちんと目を通したかどうかは別として、貸出の冊数を聞いた限りでは、ものすごく勉強熱心だったみたい」

得意げに報告するのを聞いて、綸太郎は半分あきれた顔になり、じろりと穂波をにらみつけた。

「きみはそんなことまでしてたのか。じゃあ、本気で品野晶子を疑っていたんだな。ぼくが未亡人の色香にたぶらかされるとでも思って。だが、根拠もなしに彼女の肩を持ったわけじゃないし、大月市の病院のロビーで話した内容も、ほとんど裏が取れている。まず『あずさ68号』のデッキのゴミ入れから回収された烏龍茶の空き缶の一本から、アトロピンが検出され、唾液《だえき》や指紋の付き具合からみても、道弘が自分でプルトップを開けて、飲んだものにまちがいないと判明した。隣りの席の人間が本人に気づかれないように、缶入り烏龍茶の狭い飲み口から毒を混ぜるなんて、およそ無理な相談だ。道弘自身がこっそりそうするのとはわけがちがう。だいいち、いくら同じホームに停車しているからといって、『しなの23号』に乗っている西島あづさに、晶子が毒を飲ませるのは絶対に不可能だ。また『あずさ68号』の車内販売員は、松本駅の手前で道弘に烏龍茶を売ったことを覚えていて、これも彼女の供述と一致している。

道弘とあづさの関係を裏付ける証拠もある。去年の春から、道弘が『橋爪眼科』に通院していたことはカルテで確認できたし、念のためＮＴＴの通話記録に当たったところ、事件の直前まで、二人が自宅からお互いの家に幾度も電話をかけ合っていたことが明らかになった。最終的な計画の打ち合わせも、晶子の留守中に、電話で行なわれたにちがいない。肉体関係があったことを立証する事実は発見できなかったが、二人はそのことを隠そうとしていたのだから、むしろ当然だろう。さらに『橋爪眼科』の薬品庫から紛失した点眼薬に含まれる硫酸アトロピンの総量が、二人が服毒した量の合計とほぼ一致することもわかってる。これだけ証拠が揃《そろ》っていれば、もう疑う余地はないよ。品野晶子が自分を裏切った夫とその浮気相手を罰するために、心中に見せかけて二人を殺害したということはありえない」

語調を強くしてたたみかけると、穂波はばつの悪そうな顔になって、ぺこりと頭を下げた。

「ごめんなさい。でもわたしは、決して悪気があってあの人を疑ったわけじゃないのよ。別に偏見《へんけん》とか思い込みとか、そういうんじゃなくて、ただちょっと、どうしても気になることがあったものだから」

「どうしても気になることって？」

「ううん、別に大したことじゃないのよ。ひとつは後から思い出したことで、わたしの思いちがいかもしれないし、もうひとつは本当にたわいもない、どうでもいいようなことだから」

そんなふうに言われると、かえって聞きたくなるのが人情である。綸太郎は少し顎を突き出して、

「怒らないから、どういうことか話してくれよ」

それでも穂波はうつむいて、しばらくためらうそぶりだったが、やがて顔を上げ、

「病院のロビーで彼女と話した時、真っ先に車内販売で買った烏龍茶について訊いたでしょ。それで、わたしも松本駅の手前でワゴンが回ってきた時のことを思い出そうとしたの。わたしは通路側の席にいたから、前の席の様子も目に入ってくるのよ。売り子の証言通り、烏龍茶を買ったのは旦那さんの方だった。でもその時は、彼が通路側にいたような気がして。後から変だなって思ったけど、注意して見てたわけじゃないから、きっと勘違いだったのね」

松本駅の手前で、品野道弘が通路側の席にすわっていた？　綸太郎は頭の芯がしびれるような感覚にとらわれた。もし、ひょっとして、勘違いしているのが穂波ではなく、自分の方だったとしたら――。

「もうひとつは本当にささいなことだけど、あなたが彼女と病院のロビーで話している間、わたしは少し離れて聞いていたでしょ。そのやりとりの最中、彼女が一度だけ、ものすごく奇妙な表情を見せた時があって。あなたは気づかなかったでしょうね。でも、わたしはずっとそれが頭から離れなくて、あんなおかしな顔をするからには、きっと何か裏があるはずだと思ったのよ。それでどうしても、品野晶子の話が真に受けられなくて――」

綸太郎はあわてて記憶を探ってみたが、穂波が言うような表情に思い当たりはしなかった。

「それはいつ？　何の話をしてる時？」

「あなたが田村正和のへたくそな物真似で、法月綸太郎と申しますって名乗った時。それを聞いて、品野晶子は、ただ単にあなたの名前と職業を知ってるだけじゃない、もっと別のことで、なんていうか、心の中にトゲが刺さってるのに気づいたみたいな、そういう引っかかりのある表情を見せたの」

穂波は頬に手を当てて、首をかしげた。

「――今でもよくわからない、あれはいったい何だったのかしら」

5

今年は九月一日が日曜なので、二学期は二日から始まる。始業式だけで、本格的な授業開始は明日からになるらしく、まだ二時過ぎだというのに、校舎の窓から見える教室はどこもがらんとしていた。綸太郎は事務室で品野教諭の所在をたずね、化学実験室までの道順を教えてもらった。

実験室の前まで来ると、扉が半分開いていて、中で人の立ち働く気配がしていた。綸太郎は扉の隙間から、物音を立てずに体をすべり込ませた。白衣姿の品野晶子がひとり、真剣な面持ちで、備品棚の薬瓶と実験器具を点検しているところだった。白衣の着こなしや、眼鏡をかけているせいで、最初に会った時とはまるで別人のような印象を受ける。仕事をしている時の穂波に、ちょっと雰囲気が似ていた。点検作業に没頭していて、綸太郎が入ってきたことにも気づいていないようだった。

「——それだけいろんな実験器具が揃っていれば、医薬品の点眼液に混じった余計な成分を取り除いて、純度の高い、致死量の硫酸アトロピンの粉末をこしらえるぐらい、朝飯前なんでしょうね」

いきなり背中に言葉を投げつけると、晶子はしゃっくりのようにびくっと肩を震わせた。

そして、手にしていた三角フラスコをそっと棚に戻してから、とがめるような顔つきでこっちに振り向いた。

「こんなふうに不意打ちをかけるのも、田村正和の真似ですか？　でも、およしになった方がいいと申し上げたはずです。もうちょっとでフラスコを落とすところだったわ」

「驚かせてすみません。でも、今回は物真似じゃなくて、ぼくのオリジナルですよ」

晶子は疑うように首をかしげてみせると、備品棚のガラス戸を閉め、鍵をかけた。綸太郎は室内をあちこち見回しながら、実験用の大きな机の間を縫《ぬ》って晶子のいる方へ近づいた。

「病院で話を聞いた時から、理科の先生だろうと見当をつけていたんです。高校で教えているのに、小説は苦手だと、何度も認めていましたからね。すくなくとも、文科系の科目ではなかろうと」

「ずいぶん当てずっぽうな推理ですね。だって音楽か、家庭科を教えているかもしれませんん」

綸太郎は正直にうなずいて、

「あるいは、体育の先生だったかも」

「運動は苦手でした。生徒時代もクラスでいちばん走るのが遅くって。鬼ごっことかでも、逃げ足が遅いので、いつもすぐつかまってしまうんです」

晶子はほんの少し口許《くちもと》を緩《ゆる》ませたが、どこかよそよそしい目つきのままで、気を許しているようには見えない。綸太郎は手近にあった椅子を引き寄せ、そこにすわった。机をはさんでちょうど対角線に当たる席に、相次いで晶子も腰を下ろす。

「実を言うと、今回の一件に関わったおかげで、月末の雑誌の締切りを落としてしまいました。まあ、いずれ借りは返せると思いますが。ちょっとしたプロットの腹案がありましてね、いわゆるトラベル・ミステリーってやつです」

「前置きはいりません。わざわざここに来たのは、小説の話をするためではないでしょう?」

晶子はぴしゃりとはねつけるように言った。綸太郎は肩をすくめ、はぐらかされたばかりの質問をもう一度ぶつけた。

「西島あづさが自分の手で、点眼薬の硫酸アトロピンを精製したとは思えないんです。彼女には化学の知識が乏しかったはずだし、住んでいた部屋を調べてみましたが、そうした作業を行なった形跡は皆無だった。彼女が点眼薬を入手したのはまちがいありませんが、それを服毒自殺に使えるように手を加えた人間がほかに存在するはずです」

「つまりわたしが、あの毒を精製したとおっしゃりたいのね。この実験室で、備品の器具を使って。たしかに、わたしなら可能でしょう。でも、それでは筋が通りません。どうして一度しか会ったことのない、夫の浮気相手なんかのために、わたしがそんなことをする必要があるのかしら?」

「西島あづさがご主人の浮気相手だったなら、あなたにそんなことを頼むわけがない。だが本当に、二人はそうした関係にあったのでしょうか？　実際、あなたの供述を除けば、道弘さんが彼女と浮気をしていたという確たる証拠はないんです」

「わたしが嘘をついたというのね。それなら、『橋爪眼科』のカルテは？　それに二人がちょくちょく電話をかけ合っていたことが、NTTの通話記録で確かめられたはずではないんですか」

　綸太郎はかぶりを振って、

「カルテについては、二人に面識があったことを証拠立てる以上のものではありません。それから、NTTの通話記録ですが、これに関しても別の見方が成り立ちます。たしかに電話加入権は、ご主人の道弘さんの名義になっていましたが、お宅の電話を使えるのは、彼だけではないでしょう。奥さん、あの通話記録には、あなたが回線を使用した場合も当然含まれているはずなんです」

　品野晶子は黙ったまま、それで？　というように顎をしゃくった。綸太郎は話を続けた。

「話がややそれますが、これと同じことがあなたの名前にも当てはまる。今回の事件は、一口に言って『あずさ68号』と『しなの23号』が同時刻、松本駅の同じホームに停車するのを利用した一種の遠隔心中だったということができます。そして、特急列車の愛称とクロスする形で、品野道弘と西島あづさという名前の組み合わせが意味を持ってきたわけですが、

『あずさ68号』の一号車の乗客で〈しなの〉に対応する人物は、ご主人の道弘さんだけではなかった。品野晶子さん、あなたの名前も、西島あづさが掌に記した〈あづさ・しなの〉という組み合わせを満たしているんです。

ぼくがそのことに気づいたきっかけは、沢田穂波クン——例のメガネの彼女です——の一言でした。彼女の記憶によれば、『あずさ68号』が松本駅に着く前、ご主人が車内販売の烏龍茶を買った時、彼は通路側の席にいたそうです。この点は後から担当の販売員に詳しく訊いて、はっきり確認を取りました。販売員の証言でも、その時点では道弘さんが通路側、あなたが窓側の席にすわっていたということです。この事実は明らかに、これまで考えられていた説明と矛盾している。しかも、二つの点で。ひとつは言うまでもなく、道弘さんの死が確認された際のあなたとご主人の座席の位置です。甲府を過ぎた時点で、道弘さんは窓側の席、あなたは通路側の席にすわっていた。これはさっきの証言と、逆の位置関係になっています。ということは、あなたたちは松本—甲府間のどこかで、座席を入れ替えたということになる。おそらく列車が松本駅を出た直後、あなたが用を足すために席を立った時でしょう。それ以降だと、すでに道弘さんがアトロピンの作用で昏睡状態に陥っていたはずなので、席替えはスムーズにできなかったと思います。それならきっと、ぼくか沢田クンが気づいたでしょう」

綸太郎が一息入れると、晶子がさして気のないふうを装った口調でたずねた。

「もうひとつの矛盾というのは？」

「はい。そっちの方がもっと重要です。『あずさ68号』が松本駅に着いた時、ご主人ではなく、あなたの方が窓側の席にいたとすると、これまで考えられていた説明、すなわち道弘さんと西島あづさが示し合わせて心中を図ったという解釈が、土台から引っくり返ってしまうからです。この解釈の柱になっているのは、死んだ二人がホームを隔てて、列車の窓越しにお互いの姿を見ながら毒を飲んだという点にほかならない。しかし、窓側の席にいたのがあなただとすると、あなたの頭が邪魔になって、二人は心中相手の顔を見ることができなくなってしまう。いや、それどころか、もしあなたがホームの反対側に停まっている列車の窓に目をやりでもしたら、そこにご主人の浮気相手の顔を発見する可能性が高い。しかも、同時にご主人が毒を飲んだとすれば、あなたはすぐに二人の意図を察知して、心中を妨げようとするにちがいありません。つまり、彼が本気で西島あづさと心中するつもりだったなら、どんなことをしても列車が松本駅に着くまでに、窓側の席を確保しておかなければならないはずです。にもかかわらず、道弘さんは通路側の席にすわっていた。これは絶対に見逃すことのできない矛盾《むじゅん》です」

晶子は自分自身をつなぎ止めるように、左手で反対の二の腕を白衣の上から強く握りしめた。その指にまだ結婚指輪がはめられているのに綸太郎は気づき、病院のロビーでそれを見つめていた彼女の横顔を思い出した。内心の動揺を表に出さない押し殺した声で、晶子が応じる。

「どういうことなのか、よくわかりませんが、ひょっとして、夫があの女と心中することをわたしが事前に知っていながら、わざと見殺しにしたと、そんなふうに疑っているのですか？」

「ちがいます、奥さん。いや、とぼけるふりをしても、あなたは今までの話の内容から、ぼくが核心に近づいていることがわかっているはずだ——仮に道弘さんが心中を考えていたとしても、その相手は西島あづさではありえない。証拠もあります。事件の前日、あなたたち夫婦が宿泊した栂池のペンションのオーナーに会って、興味深い昔話を聞かせてもらいました。九年前、スキー旅行先で、あなたと道弘さんが初めて出会ったのが、同じそのペンションだったそうですね。ほかの女性と心中を考えている男が、わざわざそんな思い出深い場所で、最後の夜を過ごすものでしょうか」

「——だから、それもきっと、わたしへの当てつけか、油断させるつもりだったのでは？」

晶子はかろうじてそう反論した。綸太郎はきっぱりと首を横に振り、一気にたたみかけるように、

「ぼくはそうは思わない。鑑識の検査で、もうひとつ奇妙な事実が明らかになったからです。『あずさ68号』のデッキのゴミ入れから回収された二本の烏龍茶の空き缶のうち、ご主人が飲んだのとは別の方から、通常の成分には含まれないグルタミン酸ナトリウム、俗にい

う味の素が検出されました。言うまでもなく、これはあなたが『あずさ68号』の車内で飲んだものです。味の素は無色無臭の粉末で、外見は硫酸アトロピンと大差ありません。あなたはそれを自分の烏龍茶に溶かして飲んだ。そんなおかしなことをしたのは、ご主人の日を欺《あざむ》くためとしか考えられない。つまり、こういうことです。あの日、道弘さんが一緒に死のうとしていた相手は、西島あづさではなかった。最愛の妻である、あなただったのです。同じことは、西島あづさの側にも言える。『しなの23号』に乗っていた西島あづさの心中の相手はやはり道弘さんではなかった。窓側の席にすわっていたあなたの顔を見ながら、毒を飲んだ。相合い傘の〈しなの〉という文字は、品野晶子さん、あなたを指していたんです」

「主人の方はともかくとして、どうして、わたしがあんな女と――」

「大月市の病院で、ご主人について話してくれた時、あなたは教育大を出て、そのまま高校の先生になり、道弘さんと知り合うまでに、人並みにいろいろあったとおっしゃいましたね。人並みにいろいろあったというのは、たとえば勤め先の高校で、教え子の女生徒さんと、女どうしの親密な関係が生じてしまったような出来事を指すのでしょうか？」

息苦しいほどの沈黙が、いっとき化学実験室を満たした。晶子は唇をぎゅっと結んだまま、まじまじと綸太郎の顔を見つめていたが、やがてふっと息を抜いたような面持《おもも》ちになっ

て、

「そんなに回りくどい言い方をしなくてもいいんです。少なくともわたしは、レズビアンという言葉が侮蔑《ぶべつ》的だとは思っていませんから——ということはもうすっかり調べがついているんですね」

綸太郎も肩の力を抜きながら、うなずいて、

「あなたと西島あづさを結びつける線を探ったところ、彼女が三年間通った高校に、高杉《たかすぎ》晶子という化学教師が在職していたことがわかりました。もちろん、高杉というのはあなたの旧姓で、二年生の時は西島あづさのクラス担任だったそうですね。当時の同僚の先生や、彼女の同級生に何人か話を聞いてみました。誰もはっきりと言明したわけではありませんが、当時、二人の仲を怪しむ噂がささやかれていたのは事実です。道弘さんと知り合う以前から、あなたと西島あづさが、教師と生徒の間柄を越えた深い関係にあったことは否定できない」

晶子は視線をはずして、やや伏し目がちに実験室の黒板の方を見た。まもなく、それが自分の過去を投影するスクリーンであるかのように、黒板に目を釘付けにしたまま、問わず語りに二人のなれそめを話し始めた。

「あづさのクラスの担任になったのが、ちょうど十年前、品野と知り合う前の年です。一年生の時から授業であの子の顔と名前は知っていましたが、特に目をかけていたつもりはなか

った。ところが初めてクラス担任を持つことになって、始めのうちはものすごく緊張して。共学校の理系クラスでしたから、女生徒が少なくて、その中であづさは最初からなついてくれて、それがずいぶん励みになりました。でも、化学の成績は悪かった。後でわかったのですが、理系を選択したのは、わたしに接近したい一心からだったそうです。あの子は男性にまったく興味を感じない娘だった。夏頃からそれをほのめかし、わたしに言い寄るようになったんです。もちろん、最初は拒《こば》みました。教師という立場もあるし、それ以前に男の人と付き合ったこともあります。あづさのことは好きでしたが、わたしは普通の女で、そうした関係を受け入れるには時間が必要でした。

あの子と実際にそういう関係を持った最初は、その年の冬、白馬にスキー合宿に行った時です。帰りの電車の中で、急に気分が悪いと言い出し、わたしが付き添って松本で下車しました。あづさは二人きりになるために、仮病を使ったんです。でも旅先で、知らない土地に取り残されたせいでしょうか、あづさの情にほだされ、その時は一度きりの約束で、肌を合わせました。それが始まりで、わたしは一度きりの約束なんて、すぐに忘れてしまった。そうなってみると、あれほど拒んだのが嘘のようで、わたしにはそれがちっとも不自然な関係だとは思えなくなって。今でもあの頃の自分を後悔したりしません。わたしはあづさのことが好きでしたから――あの子が三年になって、担任をはずれてからも、関係は続きました。ただ教師という立場上、あまり表立った付き合いはできませんでしたが」

　綸太郎はいったん晶子の話をさえぎって、

「そうすると、西島あづさにとって松本という土地は、あなたとの思い出の場所だったことになりますね。一緒に毒を飲む場所として松本駅を選んだのは、そういう含みもあったのですか？」

　晶子はようやく黒板から目を離し、居ずまいを正して、綸太郎の顔をしっかりと見据え、

「そうです。だからあの筋書きも、もともとあづさが考え出したものです。病院のロビーで、あの子がミステリー好きだと言ったのは、本当でした。軽いトラベル・ミステリーとかTVの二時間サスペンスの部類でしたが、そういうものの影響を受けて、時刻表で『しなの23号』と『あずさ68号』の組み合わせを見つけてからは、もうそのことで頭がいっぱいになってしまったようで」

「なるほど。話の腰を折ってすみません。それで、西島あづさが卒業した後も、あなたたちの関係は続いたのですか？　あなたはちょうどその頃から、道弘さんと付き合い始めていたはずですが」

　晶子はうなずいてから、綸太郎の表情に非難めいた含みがあるのを嗅ぎつけたように、

「けれど、わたしの中で二人の占める場所は別々のところにあって、二股《ふたまた》をかけているような意識はまったくありませんでした。あづさが女の子だったので、余計にそうだったんでしょう。昨日あづさとじゃれ合っていた体が、今日は品野の腕に抱かれていても、何の違和感

もなかった。誤解しないでほしいのですが、前に主人について話したことは、浮気の件を除けば、嘘も誇張もないんです。わたしはあの人を愛していたし、あづさのことも好きでした。当時のわたしには、それがいちばん自然なあり方で、自分に恥じるところもなかった。二人にはそのことを隠していましたが、後ろめたかったせいではなくて、説明してもわかってもらえない気がしたからです。その気持ちは今、あなたに話していても同じことですけど。それでもあづさの方は敏感で、男の人と付き合っているのを察して、わたしの裏切りを責め、男と別れるように迫りました。裏切ったつもりはない、全然別のことだからと言って、あの子をなだめようとしましたが、こちらの言い分が通用するはずもありません。結局、あづさの方から離れていきました——それから一年ほどして、品野と一緒になって。その時、結婚の通知を送りましたが、あづさから返事は来ませんでした」

「では、それから最近までずっと、彼女とは連絡もなかったのですか？」

「短大を卒業してから、あづさがどこで何をしているかさえ知りませんでした。再会のきっかけは偶然で、去年の春、大があづさの勤める病院に行ったからです。いきなり電話がかかってきて、七年ぶりにあの子の声を聞きました。保険証を見て、すぐにわかったそうです。久しぶりに会いませんかと誘われて、わたしも懐かしさのあまり、ついＯＫしてしまって。それでもすぐに昔のような関係に戻りはしませんでした。古い友達どうしのように、時々外で会ってお喋りするぐらいで。わたしもあの子も大人になって、お互いに警戒していましたから。今年の春になるまで、そのガードは崩れませんでした」

「今年の春というと、彼女が見合いをして、婚約が決まった頃ですね」

「ええ。親の都合で、どうしても断われない縁談だったそうですが、あづさは心底《しんそこ》嫌がっていました。それはたまたまですけど、相手の男の苗字がわたしの旧姓と同じ高杉といって、そのせいであの子も本人に会うまでは、同じ名前の人ならもしかしたらうまくやっていけるかも、という気持ちが少しはあったかもしれません。でも、親の顔を立てるために会うだけでも会ってみようと思ったのが、裏目に出て。その男にむりやり抱かれて、ひどく傷ついたようです。レイプされたのと同じだ、とわたしの胸で泣きじゃくるあづさを慰めようとして、それでまた、ずるずると昔のような関係に戻ってしまって――梅雨が明ける頃だったでしょうか、あの子が、先生、あづさと一緒に死んで、と言い始めたのは。同性愛者だと親たちに打ち明ける勇気はないし、あんな男と結婚するぐらいなら、死んだ方がましだと。高杉という名前に対するアレルギーが、わたしの今の苗字に対する抵抗感も帳消しにしてしまったんでしょう。『しなの23号』と『あずさ68号』のダイヤを示しながら、先生、今度はわたしのことを見捨てないでね、と言われると、昔の負《お》い目を感じて、むげに突き放すこともできず、もしまた見捨てられたら、夫と今の職場にわたしの過去を告げ口して死ぬ、と脅《おど》しめいたことまで口にするようになり。しかも悪いことは重なるもので、ちょうど同じ頃、夫までであづさと同じようなことを口にし始めたんです」

晶子はやりきれない、というように身を揺すってため息をつくと、また声の調子を改めて、

「新人賞に応募した自信作が落選した七月頃から、品野がうつ病のような状態に陥ったのは、前にも話した通りです。その後も口論があったり、夜中に突然包丁を自分ののどに押し当てて、もう生きてる甲斐がない、死なせてくれ、死なせてくれと一晩中、泣きわめいたり。浮気の件は全部嘘ですが、品野がほかの女と何かあるような男だったら、それはそれで、気の紛らわせようもあったかもしれません。でもあの人にとっては、わたしひとりが頼みの綱で、それでいっそう夫婦の間で、自家中毒みたいに悪い方へ、悪い方へと事態が進んでいくのを止められなかった。わたしにはあづさのこともあったので、夏休みが始まる頃には、もうすっかり疲れ果ててしまって。ある晩ふと、もう一度思い出の栂池のペンションに行って、それから二人で一緒に死のうかと洩らしたら、品野もそれがいいと答えたんです。八月になってからは、心中旅行の日取りを指折り数えて待つことだけが、おかしな言い方ですが、あの人の唯一の生きがいみたいな様子になっていました」

　綸太郎は厳しい目つきで、首を横に振り、

「ふと洩らしたという言い方は、不正確ですね。あなたは西島あづさの考え出した心中プランを土台にして、自分の生活をめちゃくちゃにした二人をいっぺんに亡き者にする一石二鳥の解決策、その布石を着々と整えていたのですから。あなたは二人の人間を交互に操りなが

ら、自らを蝶番《ちょうつがい》にした二組の心中を同時進行で演出した。死んだご主人も西島あづさも、あなたが一緒に死んでくれると信じて、自ら進んで毒を飲んだというのに、あなたは最後の瞬間に二人を出し抜いて、自分ひとりが生き残るシナリオを用意していました。彼女に『橋爪眼科』の薬品庫から、硫酸アトロピンを盗ませたのもその布石のひとつだし、最後の仕上げが大月市の病院で、ぼくという観客を前にして演じた嫉妬《しっと》深い未亡人の役だったというわけです――後は細かいことですが、二、三確かめておきたい点があります。栂池のペンションではなく、人目のある『あずさ68号』の車内で服毒することについて、ご主人は何ひとつ疑問を抱かなかったのでしょうか？　それから、車内販売のワゴンが松本駅の手前で回ってこなかった場合は、どうやって毒を飲む手はずになっていたんですか？」

綸太郎がたずねると、晶子は煩《わずら》わしそうに視線を宙に投げ、他人事《ひとごと》のような口調で、

「その場合は、松本駅でホームに下りて、自販機を使うつもりでした。『しなの23号』が到着するまでに、四分ほど余裕があったはずです。品野が不審を抱かなかったのは、昔、あの人にプロポーズされた場所が、二人でスキー旅行に出かけた帰りの『あずさ』の車中だったからでしょう」

「なるほど。見事なものですね。あまりにもあなたの手際《てぎわ》がよかったので、もう少しですっかりだまされるところでした。ご主人ではなく、あなたが小説を書けば、受賞も夢ではなかったかもしれない」

晶子はもう答えなかった。疲れ果てたようにうつむいて、ほとんど背中を向けかねないほどだった。綸太郎はその肩口をかすめるように問いかけた。

「最後にもうひとつだけ聞かせてください。病院のロビーで、あなたの様子をうかがっていた沢田クンが気になることを言っていました。ぼくが最初に名乗った時、あなたはひどく奇妙な表情をしたそうですね。彼女によれば、心の中にトゲが刺さってるのに気づいたみたいな、そういう引っかかりのある表情だったとか。その時、何を考えていたんですか」

ゆっくりと振り向いた晶子の顔に、ぞっとするような笑みが浮かんでいるのを綸太郎は認めた。笑みというのは、たぶんまちがいだが、ほかにふさわしい言葉が思いつかなかった。穂波が見たという表情も、これに近かったのかもしれない。

「夫が自分の小説の参考にするために、図書館でミステリーを借りて読み、その中にあなたの本があったことは前に言いましたね、法月さん。品野はとりわけ、あなたのことが一番のお気に入りでした。いろいろ読んでみたけど、法月綸太郎、こいつが最低だ。こんな下等なやつでも、プロの作家としてやっていけるんだから、オレにできないはずがないと、ずいぶん励みになったようで。それであなたの名前を覚えていたんです。あれほど目の敵《かたき》にしていた当人が、品野の死んだ場所に居合わせたと知って、わたしは因縁《いんねん》めいたものさえ感じました。ええ、だからその時、わたしは夫のかわりに、あなたを出し抜いてやろう、欺き通してやろうと思ったんです」

論太郎は言葉を失い、呆然《ぼうぜん》として女の顔を見つめるばかりだった。脳裏を占めているのは、病院のロビーで晶子が流したひとしずくの涙のことだった。あれも演技の一部だったのか、それとも死んだ夫のために流した本物の涙だったのか。綸太郎にはわからなかった。晶子は聞き手の動揺さえも突き放すように、淡々と話を続けた。

「あなたがそのことを持ち出さなければ、黙っているつもりでしたが、気が変りました。あなたの推理はほとんど正しかったけれど、いちばん肝心な点でまちがっています。二人を操ったのはたしかですが、自分ひとり生き残ろうとは思っていませんでした。品野とあづさと、相次いで二人から心中を持ちかけられて、本当はわたしも死ぬつもりでした。ただ二人のうち、どちらと一緒に死んだらいいのか、最後まで決心がつかなかった。わたしは夫を愛していたし、あづさのことも好きでした。私の中で二人が占める場所は別々のところにあって、いずれか一方だけ選ぶことはできなかった。かといって、それこそ本当に二股をかけた状態で、三人とも死んでしまうのは嘘のような気がして。だからわたしは、運を天に任せようと思いました」

「運を天に――？」

「あづさから受け取った点眼薬をここで精製して、二人分の致死量になる硫酸アトロピンの薬包を作ってから、味の素を用意して、同じような薬包をもうひとつ作ったのです。どれもそっくりで、自分の目でも外見から区別がつかないように。事件の数日前、わたしはあづさと落ち合い、精製した毒を渡すと言って、事前に三つの包みから無作為に選んでおいた二つを取り出し、好きな方をあづさに選ばせました。残った二つは自分で持っていて、あの日、『あずさ68号』が松本駅に停まった時、主人にそれを見せ、やはり好きな方を選んでもらい、残った最後の包みを自分の烏龍茶に溶かして飲んだのです。だから、実際に薬の効き目が現われる時間が過ぎるまで、自分が飲んだのが毒なのか、それとも無害な味の素なのか、わたしには全然わかりませんでした。自分が死ぬ確率は三分の二で、相手は品野か、あづさのどちらかです。死んでしまえば、どちらかなんてわかりっこありませんが、わたしはその方がさっぱりしていてよかった。仮に自分に毒が回ってこなくても、その時はその時、そういう巡り合わせで、どちらも選べないということなんだ、そんなふうに考えながら、烏龍茶を飲み干しました。そうやって、運を天に任せた結果がこれです。まさか自分が生き残るなんて、皮肉なものです。もちろんこうなった場合に備えて、あらかじめ供述の内容は考えておきましたが、あなたにそれを話している間ずっと、生き残ってしまったことで、逆に何も知らずに死んだ二人に出し抜かれたような気がしてなりませんでした。だから、わたしは決して、あなたが思っているような冷酷で、計算高い操り手ではなかった。優柔不断で、貧乏くじを引かされただけの女です」

　綸太郎は机の上に手を突き、身を乗り出して、強くかぶりを振った。息が荒くなっているのを自覚しながら、食い下がるように晶子に迫った。

「奥さん、それは嘘だ。責任逃れをしようとしているだけだ。そう考える根拠があります。あの日のあなたの車内での行動は、最初からひとりだけ生き残るつもりだったことをはっきりと示している。列車が松本駅を出た直後、ご主人と席を替ったのがその証拠です。それは明らかに、ご主人と西島あづさが死ぬのを計算に入れた行動です。本気で死ぬつもりだったら、その時点で通路側の席に移動する必要はなかった。自分が生き残ると確信していたからこそ、後のことを考えて、そうしたのではないですか？」

品野晶子は隔たりのある静かな目で、綸太郎を見つめた。さっきまでの争うような態度は消え去って、他人を寄せつけないうつろな諦念《ていねん》のみが残っているようだった。

「今さら、責任逃れをするつもりはありません。こうして生き残ってしまったことで、わたしはもう罰を受けているのですから。わたしが自分でわかっていれば、あなたや警察の人に信じてもらえなくてもかまわない。でもやはり、あなたの考えはまちがっています。あの時、席が入れ替ったのは偶然で、わたしの意志とは無関係です。用を足しに席を離れ、戻ってきた時、夫が窓側の席に移っているのに気がついたのです。薬のせいで、あの人はすでにうとうとしていました。起こして場所を替るまでもないので、そのまま通路側の席にすわっただけです」

「しかし、なぜ彼はそんなことを――」

その時ふいに、綸太郎の脳裏に、前の座席でブラインドを下げている男の腕の映像がよみがえった。あれは列車が松本駅を出た直後だった。品野道弘は人生最後の眠りに就こうとして、窓から射し込む西日のまぶしさが気になったにちがいない。彼は窓のブラインドを下げるために席を移り、そしてそのまま窓際の席にすわってまぶたを閉じたのである。

（作中の時刻表は、一九九六年八月現在のものを使用しました）

音の密室

今邑　彩

著者紹介　一九五五年長野県生まれ。都留文科大学卒業。会社勤務を経て、フリーに。八九年『卍の殺人』で作家活動に入る。作品に『i』『「裏窓」殺人事件』『金雀枝荘の殺人』『「死霊」殺人事件』『繭の密室』『七人の中にいる』『悪魔がここにいる』『盗まれて』他。

1

ピンポーンというチャイムの音がした。千織《ちおり》の「はーい」という声。玄関に出てドアを開けたような気配が伝わってくる。

「いらっしゃい」

「大事な話って何だね」

低い男の声が聞こえてきた。私はその声にドキリとした。聞き覚えのある声だった。まさか……。

「もちろん、あのことです」

落ち着きはらった千織の声。

「あのことって――」

うろたえたような男の声。

「あたし、ようやく決心がついたんです」

「決心って？」

「子供は生むつもりです」

「野田君……」

「そんな顔なさらないでください。大丈夫です。先生にはご迷惑はおかけしませんから」

「野田君、ちょっと聞いてくれ――」

「今、コーヒーでもいれますね」

千織の声がやや遠のいた。カチャカチャと陶器の触れ合うような音がする。

「子供は一人で育てるつもりです。大学を辞めて働けばなんとかなると思います」

「きみね……」

「言うまでもなく、瀬川教授に告げ口なんかするつもりもありません。そんなことをしたら、先生と教授のお嬢さんとの婚約は間違いなく破棄されるでしょうし、先生の学内での立場も何かと不利になってしまいますものね。瀬川教授に睨まれたら、どんなに努力しても、教授になることは難しいという話を聞いたことがあります。安心してください。あたし、そんなことは絶対にしませんから。そのことをご報告したかっただけなんです」

男は何も答えなかった。

そのとき、遠くで何かが破裂するようなパーンという音がした。

「あら、見て。花火だわ」

千織のはしゃいだ声。それに続いて、ガラッと戸が開くような音がした。誰かがベランダ側の窓を開けたらしい。パーンパーンという炸裂音が少し大きくなった。

「きれい。先生もこちらにいらっしゃいません？」

そんな声がした。窓を開けてベランダに出たのは千織のようだった。

「コーヒー、お飲みにならないんですか。インスタントではお口に合わないかしら」

しばらくして、部屋に戻ってきたらしい千織の声がした。

男の返事はなかった。部屋の中は奇妙な沈黙に包まれていた。コンポから流れるボリノバだけが聞こえてくる。

「変だわ……」

やがて、千織の呟くような声がした。

「先生、まさか、この中に……」

それが私が聞いた彼女の最後の声だった。

ふいにルルルという音がした。電話だ。電話が鳴っている。しかし、いつまでたっても受話器が取られる気配がない。千織はなぜか電話に出ようとはしなかった。電話は十三回鳴って切れた。

誰かが部屋の中を歩き回っているような気配が伝わってきた。水音。何か洗っているようだ。千織だろうか。だとしたら、彼女はなぜかかってきた電話に出なかったのだろうか。私は不審に思った。

やがて、カチャカチャという音が聞こえてきた。ワープロか何かのキーを叩く音に似ていた。

その音が止んだかと思うと、奇妙な物音が聞こえてきた。何か重たいものを引きずるような……。そのうち、部屋の中からは何も聞こえてこなくなった。時折、外で花火のあがる音がかすかに響き、ボサノバだけが低く流れている以外は……。

どうしたのだろう。なぜ二人とも黙りこんでいるのだろう。

部屋の中に再び物音が起こったのは、それから、十分ほどしてからだった。

2

ベッドに寝転がってテレビを見ていた私は、ヒュルヒュル、パーンという音にはっとして、思わず外を眺めた。暗い窓の向こうに大輪の花が咲いていた。花火だ。

「おい、溝口」

私はシャワーを浴びていた友人の溝口博に呼び掛けた。

「何だ」

溝口が頭をタオルで拭きながらシャワールームから出てきた。

「花火だよ」

窓を開けながら、私は言った。眼下に上田電鉄の駅舎が見える。

「花火？」

溝口は上半身裸のまま窓辺に近付いてきた。ヒュルヒュルという音とともに、また花火があがった。華麗な花が幾つも夜空に炸裂する。

フロント係の話では、今夜、千曲川で花火大会が行われるということだった。あれは千曲川辺で打ち上げられた花火に違いない。

「そういえば――」

口を開けて花火を眺めていた溝口がポツンと言った。

「野田君のマンションからも夏には花火が見えるって言ってたっけ」

「ああ……」

「彼女、あの夜も花火を見たのだろうか。九階のベランダから飛び下りる前に」

溝口は暗い横顔を見せて言った。

「見た――かもしれないね」

私はやや間を置いて答えた。かもしれない、ではない。あの夜、千織は花火を見ていた。それを私は知っている。でも、私がそれを知っているということを、溝口に話すことはできなかった。

「彼女、一人娘だったんだな」

溝口は溜息を漏らすような声でなおも言った。

私は昼間見た千織の両親の憔悴しきった姿を思い出した。ちょうど一週間前に下宿先のマンションから飛び下り自殺をした野田千織の葬儀が、今日、彼女の故郷である上田で執り行われたのである。

私も溝口も野田千織のゼミ仲間だった関係から、千織の葬儀に列席するために、この上田駅前のビジネスホテルに宿を取ったというわけだった。

東京から同じ列車で来た佐伯助教授と他のゼミ仲間たちはトンボ返りで帰って行った。

「野田君、なんで自殺なんかしたんだろう。遺書には、両親に先立つ不孝を詫びる言葉があっただけで詳しい理由はなにも書いてなかったというし——」

「自殺、なのかな」

私は夜空を見上げながら言った。

「そうじゃないって言うのか」

溝口は鋭い目付きになって私の方を見た。

「遺書って言ったって、ワープロで打たれたものだったんだろう？　彼女が書いたかどうか分からないじゃないか。それに、飛び下りる前に睡眠薬を飲んでいたって話だよな。なんで睡眠薬なんか飲んだんだ……」

「それはさ」

溝口はすぐに言った。

「飛び下りる直前の恐怖を睡眠薬でまぎらわそうとしたんじゃないのか。あるいは、最初は睡眠薬自殺を図ろうとしたが、量が少なくて死に切れなかった。それで、思い切ってベランダから飛び下りることを思い付いたのかもしれない」

「でも、睡眠薬はコーヒーの中に入っていたっていうんだぜ。自殺するのに、わざわざコーヒーの中に入れるものかな」

「そのへんは、おれもちょっと腑に落ちないんだがな……」

溝口は考えこむような顔をした。

「おれには、どうしても彼女が自殺するような人には思えないんだよ。だって、彼女は前におれに言ったことがあるんだ。私は自殺というものを否定する。どのような理由づけをしたところで、自殺が、人生からの逃避であることにかわりはない。私はどんなことがあってもけっして自分の人生から逃げない。野田君、きっぱりとした口調でそう言ったんだよ。彼女はそういう強い人なんだよ。その彼女が――」

「強いと言ったって、しょせんは、二十歳の女の子だからね。衝動的に死を願うこともあるだろう」

溝口はそう言って肩をすくめた。

「野田君の受験のときのエピソードを聞いたことがないか」

私は言った。

「エピソードって？」

溝口は目を丸くした。

「受験勉強をしていて眠くなると、真冬だというのに、バケツに水をくんできて、それに素足を突っ込んで眠気をさましたっていうんだ。それでも、眠くなると、ピンで体中を突き刺したこともあるって――」

「…………」

溝口はあぜんとしたような顔をしていた。

「難関中の難関といわれているうちの大学の電子工学科に現役で入るには、生半可な受験勉強では、駄目だと思ったからって、彼女、笑いながら言ってたよ。目的を果すためなら、そこまでやる人なんだよ。そんな人が、いくら衝動的とはいえ、自殺なんかするものだろうか……」

「しかしさ。もし、自殺ではないとしたら、事故だったとでも言うのか」

溝口は疑わしそうな目付きをした。

「でも、事故って線は考えられないぜ。おまえだって見たことあるだろう？　あそこのマンションのベランダは大人の胸まであるコンクリートの囲いでガッチリ囲まれていたんだ。たとえ、睡眠薬を飲んでふらついていたとしても、あれを乗り越えて転落したなんて考えられないよ。それに、遺書の件もあることだし――」

「事故だなんて思ってないよ」

私は短く答えた。

「えっ」

溝口は目を剝いた。

「自殺でも事故でもないとしたら――」

そう言って、私の顔をまじまじと見た。

私は頷いた。

「おれは野田君は誰かに殺されたのではないかと思っているんだ……」

3

「殺された?」

溝口はごくんと唾を飲み込んでから言った。

「誰かが自殺に見せ掛けて彼女を殺したんだ。そう考えれば、コーヒーの中に睡眠薬が入っていたことも、遺書がワープロで打たれていたことも納得がいくじゃないか。犯人は、野田君を睡眠薬で眠らせてから、ワープロで偽の遺書を作り、意識のなくなった彼女をベランダまで引きずっていって、突き落としたんだ……」

「だ、誰がそんなことをしたっていうんだ?」

「彼女に生きていられては困る人物だよ」

「誰なんだ?」

「前に、彼女が妊娠したんじゃないかって噂が流れたことがあっただろう」

「ああ、聞いたことがある。野田君が洗面所で吐いているのを見掛けたやつがいたとかで。でも――」

「犯人は野田君を妊娠させた相手かもしれない」

「ちょっと待てよ。でも、結局、解剖の結果では、彼女は妊娠してなかったって話だぜ」

「事実はそうだったとしても、野田君が妊娠したと思いこんでいたとしたらどうだろう？　たとえば、想像妊娠って可能性もありうる。とにかく、彼女は自分が妊娠したと思いこんでいた。それで、相手の男にそのことを打ち明けた。子供を生むと言い張ったのかもしれない。しかし、相手の男にはそうされてはまずい事情があった。それで、思い余って、彼女を自殺に見せ掛けて殺した……」

「それは変だ」

溝口は即座に切り返した。

「どこが変なんだ？　殺人の動機としてはありえないことじゃないだろう」

「動機としてはな。でも、そう考えると、野田君のコーヒーの中に入っていた睡眠薬は犯人が持参してきたってことになるんじゃないのか」

「たぶん、そうだろうね」

「それはおかしいよ」

「なぜ」

「あの睡眠薬は、佐伯先生の姉さんがやっているクリニックで処方されたものなんだ。これは間違いない。佐伯先生の話では、以前、野田君が不眠症で悩んでいると言うので、姉がやっているクリニックを紹介したということだった。実際、彼女のマンションのテーブルの上にあった薬の紙包みはそのクリニックのものだった。ということは──」

「だから、犯人も同じクリニックの睡眠薬を手に入れていたんだよ。つまり、犯人は、野田君が不眠症で佐伯先生の姉のクリニックに通院していたことを知っていた人物ということになる。犯人はこの事実をうまく利用したんだ」

「だけど、だとしたら、犯人は一体誰なんだ？」

「まだ見当がつかないのか」

私は溝口を見詰めながら言った。

「犯人像がだいぶ絞られてきたじゃないか。犯人は、野田君が不眠症で睡眠薬を一時常用していたことを知っていた人物で、しかも、彼女を妊娠させたのが自分だと知られたら、非常にまずい立場に追い込まれる人物だということだ。たとえば、既に妻子があるか、あるいは、別の女性と結婚することが決まっていて、しかも、その女性との結婚が、野田君の件で帳消しにでもなれば、その人物としては大変困ったことになる……」

「おまえ、まさか」

溝口の目にはっとした色が宿った。ようやく犯人の目星がついたらしい。

「佐伯先生のことを疑っているんじゃないだろうな」

溝口は飛び出しそうな目で、私の顔を覗きこみながら言った。

「残念ながら、疑っている。いや、疑っているどころか、あいつが野田君を殺したとほぼ確信を持っているんだ」

　私はついそう言ってしまった。

4

「確信しているって？」

　溝口は信じられないという顔をした。

「何を根拠にそんなことを言うんだ？」

「野田君が死ぬ少し前に、おれ、彼女から電話を貰ったんだよ」

　私は渋々そう告白した。

「えっ。おまえ、そんなこと、何も言ってなかったじゃないか」

「実はまだ警察にも話していない。どうしようかと思って」

「電話ってどんな内容だったんだ？　野田君は佐伯先生のことを何か話したのか」

　溝口はかみ付くような勢いでたずねた。

「いや、そうじゃない。話はたわいもないことだった。前に彼女に貸してやった映画のビデオの感想を話してくれただけだった。ふだんと全く変わらない様子だった。あのときの声の調子からしても、あのあとで自殺するようにはとても思えなかった」

「ビデオの話をしただけなのか。佐伯先生のことは何も言ってなかったのか」

「ああ。ただ、しばらく話していて、彼女は言ったんだ。『あら、もう九時。ごめんなさい。これから人が来ることになってるの。もう切るわ』って」

「人が来るってそう言ったのか」

「そうだ。彼女はハッキリそう言ったんだ」

「でも、それが佐伯だとは言わなかったんだな」

「『人』としか言わなかった」

「だったら、佐伯とは限らないじゃないか」

「いや、佐伯だったんだよ……」

私は少し迷った末に言った。こうなったら、溝口に洗いざらい話してしまおうかと思いはじめていた。彼は高校時代からの親友だ。何か良い知恵を貸してくれるかもしれない。

「どうして、そんなことが分かるんだ?」

溝口はきょとんとした顔をした。

「声で分かったんだよ。あれは佐伯の声だった。間違いないよ。それに、野田君も、『先生』って呼んでいた。二人の会話の内容からしても、訪問者が佐伯だったことは間違いない」

「お、おい。おまえ、何を言ってるんだ。声で分かったって、野田君は電話を切ったんだろう?」

「でも、おれには聞こえていたんだよ。電話を切ったあとの二人の会話が」

「どういうことだ?」

「実は——」

すべて話そうと決心しても、さすがに、あのことを親友に話すのはためらわれた。それでも私は喉のあたりでわだかまっていた言葉を思い切って吐き出した。

「七月二十五日が野田君の誕生日だったことをおぼえているか」

そうたずねると、溝口は軽く頷き、「それがどうした」という顔をした。

「あの日、おれは誕生祝いに、彼女にデジタル式の置き時計をプレゼントしたんだ」

「それで?」

何かを察知したように、溝口の目がかすかに光った。

「その中にマイクを仕込んでおいたんだよ……」

5

「マイクって、おまえ……」

溝口の目が咎めるように私を見た。

「盗聴していたのか」

　私は黙って頷いた。

「どうして、そんなことをしたんだ」

「相手を知りたかったんだ」

　私は溝口の顔から目をそらして言った。

「相手って？」

「あの頃、野田君が妊娠しているんじゃないかって噂があった。根も葉もない噂とは思えなかった。確かに彼女の様子は少しおかしかった。でも、付き合っている男がいるなんて話は聞いたことがなかったし、それで相手が誰だか知りたくて、ついあんなことをしてしまったんだ……」

「おまえ、まさか、野田君のこと……」

　溝口ははっとしたような顔になった。私はただ頷いた。

「だから、さっき言ったことは推理でも想像でもないんだ。この耳で聞いたことだったんだよ。あの夜、おれは野田君のマンションの近くに車を停めていたんだ。マンションは見えなかったけれど、電波は拾える、空き地にね。野田君がかけてきたのは、おれの携帯電話だったんだ。電話を切ったあとで、おれはすぐに受信機の準備をした。きっと訪ねてくるのはその相手に違いないと思ったから、誰だか確かめてやろうと思って。そうしたら、玄関チャイムの音がして、男の声が聞こえてきた……」

「それが佐伯だったのか」

「声ですぐに分かった。どうも二人の会話からすると、野田君が『話がある』とか言って佐伯を呼び出したらしい。野田君は佐伯の子供を生んで一人で育てると言っていたよ。それを聞いた佐伯はひどくうろたえたみたいだった」

「本当かよ。おれにはまだ信じられない……」

溝口は呆然としたような顔つきで呟いた。

「嘘じゃない。本当に聞いたんだ。さっき、おまえ、野田君が飛び下りる前に花火を見ただろうかって言ってたな。野出君は花火を見ていたよ。しかも、佐伯が彼女のコーヒーの中に睡眠薬を入れたのが、彼女が花火を見るためにベランダに出ていた隙だったらしいことが、二人の会話や物音からなんとなく察しがついたんだ……」

私は、溝口に、あの夜耳にした二人の会話や物音を思い出す限り残らず話した。

溝口はじっと腕組みして聞いていたが、

「それが本当だとしたら、野田君の死は自殺ではなかったということになるな」

「佐伯が殺したんだ」

「おまえ、まだその話を警察にはしてないと言っていたな」

「ああ。まさか、野田君の部屋を盗聴していたなんて言えないじゃないか。それで、ここ数日、ずっと悩んでいたんだ」

「やはり警察に話すべきだよ」

溝口は私の目を見据えてきっぱりと言った。

「盗聴のこともか」

私はおそるおそる言った。

「そこまで話さなくてもいいんじゃないか。ただ、あの夜、野田君から電話がかかってきて、切る直前に、『これから人が来る予定になっている』と言ったことだけ話せばいい」

「でも、それだけだと弱いだろう。野田君がそう言ったというだけで、実際には誰も訪ねてこなかったかもしれないと取られる恐れがある。あのあと、佐伯が訪ねてきたことは確かなんだ」

「だったら、そうだな。玄関チャイムの鳴る音を受話器を通して聞いたとでも言うか。ちょっと嘘が混じるが、まあ、このくらいの嘘は許されるだろう」

「それが佐伯だったってことは？」

「そこまで言わなくてもいいだろう。警察だって馬鹿じゃない。他殺の疑いが出てきたら、当然、関係者を徹底的に洗い直すだろう。そうなれば、佐伯が捜査線上に浮かんでくるのは時間の問題だと思うね」

「そうだな……」

「それにしても、あの先生が――」

溝口はまだ信じられないというように呟いた。

6

「で、野田千織さんから電話がかかってきたのは、九時少し前だったというんだね」

年配の刑事は扇子をせわしなく使いながら、念を押すように言った。

「そうです。たぶん、八時四十分くらいのことだったと思います」

私はそう答えた。

翌朝、上田から帰ってきた私は、溝口のアドバイスに促されて、さっそく千織の事件を担当している所轄署を訪れたのである。

「そして、九時直前になった頃、野田さんが、『人が来る予定になっている』ときみに言ったんだね」

刑事はなおも私の話を確かめるように繰り返した。

「はい」

「そのあとで、玄関のチャイムの鳴る音が受話器を通して聞こえてきた？」

「そうです」

「チャイムの音を本当に聞いたのかね？」

刑事はしつこいくらいに念を押した。

「聞きました」

「それは本当に玄関チャイムの音だったのか。何か他の音じゃなかったのかね」

刑事は私の目をじっと見て、そんなことを言い出した。

「あれは玄関チャイムの音でした。間違いありません。ピンポーンという音です。それに、その音が聞こえたあと、野田君が、『あ、いらしたみたい』と呟くのが聞こえました。それで電話を切ったんです」

これは、訪問者の正体をそれとなく警察にほのめかすための、私の苦し紛れの嘘だった。

「いらしたみたい？　野田さんはそう言ったのかね」

刑事は目を光らせて聞いてきた。そばにいた二人の若い刑事が何か意味ありげに顔を見合わせている。

私は漠然とした不安をおぼえながら頷いた。

「敬語を使ったんだね？」

「そうです。ぼくもそれを聞いて、咄嗟に、訪問者は友達や何かではないなと思いました」

「もう一度訊くが、野田さんの部屋に誰か訪ねてきたような音を聞いたのは、午後九時少し前だったんだね」

「はい、そうです」

「きみの時計が狂っていたとか、そういうことはないんだね」

刑事はなおもそんなことを言った。私はなんとなく妙な気分になった。刑事はなぜこんなにしつこく念を押すのだろう。

「そんなことはありません」

私はきっぱりと言ってやった。

「しかし、となると、妙なことになるな……」

年配の刑事は五分刈りの頭をカリカリと指で掻きながら、困ったように天井を見上げた。

「あの、妙なことって？」

私は思わずたずねた。

「いやね、きみの言う通りだとすると、その訪問者というのは透明人間だったということになってしまうんでね……」

年配の刑事のとぼけた言い草に、若い刑事がぷっと噴き出した。私はその刑事を睨みつけてやった。

「どういう意味ですか、それは？」

私はだんだん腹がたってきて、つい荒い口調で聞き返した。

「我々だって、あの事件をすぐに自殺と断定したわけじゃない。コーヒーの中に睡眠薬が入っていたというのがどうも引っ掛かってね、他殺という線も当初は考えられたのだが——」

「当初はってことは、今はそうじゃないってことですか」

「被害者のマンションの住人をあたってみたところ、あの夜、被害者の部屋の斜め前の住人が、下の階の住人と一時間ほど玄関先で立ち話をしていたという証言を得ることができたんだよ。その一時間というのが、ちょうど、午後八時半から九時半くらいまでの間だったというのだ。つまり、もし、他殺だとしたら、犯人の姿はこの二人に目撃されていたはずなのだ。ところが、二人の話では、この間、猫の子一匹出入りするのを見てはいないというのだ……」

「そんな馬鹿な。九時少し前に野田君の部屋を訪ねてきた人物がいたはずです。ぼくはチャイムの音を確かに聞いたのだから。そして——」

その人物は野田千織をベランダから突き落としたあとで部屋から逃げて行ったはずだ、と言いそうになるのをぐっとこらえた。

「しかし、マンションの住人は二人とも誰も見てはいないと言うのだよ。とすると、きみが言う訪問者というのは、透明人間だったということになってしまうじゃないか……」

刑事は困惑したような顔でそう言った。

7

「一体どういうことだ……」

　私の話を聞いた溝口は眉間に皺を寄せた。

「おまえは、あの夜、九時頃に野田君の部屋を訪ねてきた佐伯らしき男の声を聞いている。ところが、その頃、野田君の部屋の近くで立ち話をしていた住人は、野田君の部屋には誰も出入りしなかったと言っている。どちらかが嘘をついているのでないとしたら、これは、推理小説なんかに出てくる密室的状況ってやつじゃないか」

「そうなんだ」

　私も狐につままれたような気分で相槌をうった。

「そのマンションの住人の証言だが、信用できるものなのかな」

　溝口は疑わしそうにたずねた。

「おれもそう思ったから、警察を出た足で、野田君のマンションを訪ねてみたんだよ。その住人とやらに直接会って、詳しい話を聞くためにさ」

　私は言った。

「で、どうだった？　その住人には会えたのか」

「ああ。専業主婦らしくて、訪ねて行ったらうちにいたよ。野田君の友人だと言って、話を聞いてみると、あの夜、下の階の親しくしている住人が訪ねてきたのは、八時半くらいのことに間違いないと言う。下の住人は家族で香港に行っていたとかで、その土産を持って訪ねてきたらしいんだ。それで、つい、玄関先で長々と立ち話をしてしまったというのだよ」

「その主婦の部屋からは野田君の部屋は丸見えなのか」

「うん。野田君の部屋に行くには、階段でもエレベーターでも、どちらを使うにせよ、その主婦の部屋の前を通らなければならないんだ。しかも、もう一人の住人の方も全く同じことを言っていた。この二人の目に触れないようにして、野田君の部屋に入り、出てくるのは、どう考えても不可能なんだよ。まさか、あの二人が佐伯に頼まれて偽証をしているとは思えないし……」

「二人が立ち話をしていたのが、八時半から九時半までだとしたら、佐伯が野田君の部屋を訪ねてきたのは、八時半より前のことで、部屋を出たのは、九時半以降だったということになる。そうすれば、二人に姿を見られることはないわけだが――」

溝口は唸るような声で言った。

「でも、それはありえない。何度も言うように、おれが玄関チャイムの音を聞いたのは、電話を切った数分後のことだから、九時頃だったんだ。野田君も、あのとき、『あら、もう九時』と言ったんだ。時間に関しては間違いないと思う。佐伯が訪ねてきたのが八時半前ということはありえないよ。それに、部屋を出たのもそうだ。九時半以降ということは考えられない。なぜなら、その頃には、もう、マンションの住人からの通報を受けて警官が野田君の部屋に駆け付けていたからだ。おれは、警官たちが入ってきたときの物音や声をマイクを通してちゃんと聞いていた。それに、例の主婦たちも、警官が野田君の部屋にやって来るまで立ち話をしていたというのだ。だから、唯一考えられる可能性は、警官が来るまで、佐伯が逃げずに部屋に残っていたことだが、これはとても考えられない。野田君の部屋はユニットバス付きのワンルームだ。隠れるスペースなんてどこにもないはずだ」

「それに、殺人犯の心理として、いつまでも現場にぐずぐずしているというのも解せないしな」

溝口もすぐにそう言った。

「野田君の部屋には他に出入り口はなかったよな」

「玄関ドアとベランダ側の窓だけだよ」

「そのどちらでもないとすると……」

溝口はそう呟いて、考えこむような顔になった。

8

溝口から電話がかかってきたのは、翌日の夜のことだった。

私が受話器を取るなり、彼は、「わかったよ」とやや興奮した声でいきなり言った。

「え」

私は一瞬何のことかと面食らった。

「野田君の部屋から男がどうやって消えたか、わかった」

溝口はそう言い直した。

「わかったのか」

「わかってみれば、馬鹿馬鹿しいほど簡単な方法だった」

「ど、どうやったんだ？」

「その前にさ、その男というのは、確かに佐伯のことだったよ」

溝口はそんなことを言った。

「そんなことは――」

わかっていると言いかけて、あれと思った。「確かに」とはどういうことだ。溝口の言い方に引っ掛かるものを感じて、聞き直すと、溝口は笑いながら、「本人に聞いて確かめたからさ」と答えた。

「本人にって、佐伯に聞いたのか」

　私はびっくりして言った。

「そうさ。そうしたら、佐伯のやつ、さすがに話し渋っていたが、おまえが盗聴していたことを言ってやったら、観念したらしくて、全部話してくれたよ」

「全部って――」

「佐伯は確かに野田君と関係があったことを認めたよ。しかも、彼女から電話で『大事な話がある』と言われて、野田君のマンションを訪れたこともな」

「認めたのか」

　私は驚いて聞き返した。

「ああ、アッサリ認めたよ」

「野田君を自殺に見せ掛けて殺したことも？」

「いや、それは否定した。やつの話によると、野田君に呼び出されて、彼女のマンションに行き、おまえが盗み聞いた通りの会話を彼女としたことは本当らしい。ただ、そのあとのことが、おまえの話とはだいぶ違うんだよ」

「違うって？」

「野田君は確かに最初は子供を生むと言い張っていたらしいが、佐伯がそれだけはやめてくれと必死に頼むと、最後には、子供を生むことを思いとどまってくれたというのだ」

「う、嘘だ」

「まあ、聞けよ。それで、ひとまず安心して、野田君のマンションを出たというんだ」

「出たって、どこから出たんだ」

「玄関ドアから出たそうだ」

「だったら、外で立ち話をしていた主婦に見られたはずじゃないか」

「それが見られなかったらしい」

「どういうことだ」

「佐伯の話だと、立ち話をしている主婦などどこにもいなかったそうだ」

「なんだって……」

私には溝口の言っていることがサッパリわからなかった。

「それから、花火の件だがな、これもおまえの話と食い違っているんだよ。佐伯は、野田君のマンションを訪ねたとき、花火などどこにもあがっていなかったと言ってるんだ」

「それも嘘だ。おれはちゃんと聞いたんだ。花火のパーンという音とか、『あら、見て。花火だわ』って叫んだ野田君の声とか——」

「佐伯が嘘を言っているようには見えなかったけどね」

溝口はそう言った。

「それじゃ、おれが嘘を言っているというのか」

「いや、おまえもたぶん本当のことを言っているんだろう」

溝口は涼しい声で言った。

「ど、どういうことだ……？」

「まだ、わからないのか」

「…………」

「おまえも佐伯も本当のことを言っているとすれば、この謎を解く解答はひとつしかない。佐伯が野田君のマンションを訪ねたのは、あの夜ではなかったということだ」

「あの夜じゃなかった……」

私はボンヤリと繰り返した。混乱していた頭に一筋の光が射したような気がした。

「佐伯が野田君のマンションを訪ねたのは、六月末のことだったんだ。事件のあった日から一月以上も前のことさ」

「それじゃ、おれが聞いたのは――」

「再生された音だったんだよ」

9

「サイセイ……」

「つまり、おまえが聞いたのは、ライブ音ではなくて、録音された音だったってことさ。さらに言い換えれば、あの夜、佐伯は野田君の部屋から煙のように消えたわけでもなんでもない。最初から声しか存在していなかったんだ」

「そんな馬鹿な」

「どうして馬鹿なんだ。そう考えるしかないじゃないか。おまえは受信機を通して音しか聞いていなかったはずだ。佐伯の姿を見たわけじゃない」

「ろ、録音って、誰がしたんだ」

「そりゃ、考えられる可能性はひとつしかない。佐伯が自分で自分の不利になるようなことをするわけがないから、野田君のしたことだろう」

「野田君が？」

「いいかい。こういうことなんだよ」

溝口はじれったそうに言った。

「彼女がおまえのところに電話をかけたのは、映画のビデオの話をするためなんかじゃない。これから誰か訪ねてくるということをさりげなくおまえに伝えるためだったんだ。そうすれば、おまえが好奇心をおこして、盗聴するだろうと考えてね」

「と、ということは、彼女は知っていたということか。おれがプレゼントした置き時計の中にマイクが仕込まれていたことを」

「そういうことになるね。最近、盗聴のことは色々なメディアで取り沙汰されているからな、知らない方が不思議だ。野田君は気が付いていたんだよ。おまえがくれた置き時計の中にマイクが仕込まれていることを承知の上で、というか、それを知ったから、あんなことを思い付いたんだろう」

　溝口の言わんとすることがようやく分かりかけてきたが、それでも、私の頭はまだ混乱していて整理がつかなかった。

「電話を切ったあと、おまえが慌てて盗聴の準備をしたように、野田君の方も、前に録音したテープを再生する準備をしていたんだ。そして、さも、あの夜、佐伯が訪ねてきたかのようにおまえに思いこませようとした。何度も言うようだが、おまえが聞いた玄関チャイムの音とか、そのあとの野田君と佐伯の会話は、一月以上も前のものを再生したものだったんだよ」

「で、でも、あの花火は――」

「花火の音はライブ音、つまり、あの夜のものだろう。その証拠に、野田君が花火のことを言い出したあとで、佐伯の声を聞いたか」

「いや、そういえば、あのあと、佐伯の声は全く聞いていない。野田君が一人でしゃべっていただけだった。おれはてっきり、佐伯が黙りこんでいるのだとばかり思っていたが」

「黙っていたんじゃないよ。あそこまでしか佐伯の声は録音されていなかったのさ。というか、野田君が編集して、そのあとの佐伯との会話を消してしまったんだろう。佐伯の話だと、あのあと、野田君を説得して子供を生むことをあきらめさせたということらしいからね。野田君はそこの部分は消してしまったんだ。そして、あとは一人芝居をしたというわけさ」

「それじゃ、ワープロのキーを叩くような音とか、重たいものを引きずるような音とかは――」

「野田君自身のしたことだろう。彼女は、ワープロで遺書を作り、何か重たいものを引きずって、おまえに聞かせたあとで、ベランダから飛び下りたんだ……」

「自殺だったって言いたいのか」

私はようやく言った。

「そう考えるしかないね。あの夜、部屋には野田君しかいなかったのだから。彼女が自分で自分を殺したと考えるしかない。あの事件は、自殺を装った殺人ではなくて、他殺を装った自殺だったということさ」

「で、でも、おれにはわからない。なんで、彼女はそんなことをしたんだ。佐伯に殺されたようにおれに思わせようとしたんだ？」

「さあな。しいて言えば、佐伯に復讐するつもりだったのかもしれないな。もし、あの主婦たちが立ち話をしていなかったら、警察だって、他殺の線でもっと捜査を続けていただろうし、おまえだって、盗聴した内容をいつまでも自分の胸だけにおさめてはいられなかったはずだ。誰かに話したくなったはずだ。げんに、おれに話してくれたんだからな。そうなれば、いずれ佐伯に捜査の手がのびる。もし、佐伯に確かなアリバイがあって、殺人犯に仕立てることができなかったとしても、瀬川教授の娘との結婚をぶち壊すだけのダメージを与えることはできるだろう。たぶん、野田君は、自分が死んだあと、佐伯が何食わぬ顔で瀬川教授の娘と結婚するのが許せなかったんじゃないだろうか。だから、おまえを利用して、佐伯に疑惑がかかるようにしたかったんだよ」

「野田君はなぜ佐伯との会話を録音したんだろう。そのときからこんな計画をたてていたとは思えない。だって、おれが彼女に置き時計をあげたのは、そのあとのことなんだから」

「これも憶測にすぎないけれど、もしかしたら、佐伯との会話を録音したのは、いざというときに、それを瀬川教授にでも聞かせるつもりだったのかもしれないな。録音しておけば、あとで何かの役にたつと思ったんだろう。おまえが盗聴マイク入りの時計をプレゼントしたおかげで、こんな形で役にたったたというわけだ」

溝口は耳の痛いことを言った。

「野田君は野田君なりに真剣に佐伯を愛していたのかもしれないね。おそらく、真剣すぎるほどに。そして、相手も自分と同じだと思いこんでいたのかもしれない。ところが、いざ子供ができたと分かると――といっても、これはどうやら彼女の想像妊娠にすぎなかったようだが――佐伯はひどくうろたえ、彼女に中絶を懇願した。相手の気持ちがその程度だったことを思い知らされて、野田君は絶望したんじゃないだろうか。野田君には、そういう純粋というか、こうと思いこんだら突っ走るような傾向があったからね。前におまえが言っていたように、自分の体にピンまで刺して受験勉強に目一杯頑張った彼女は、恋愛にも目一杯のめりこんでしまったんじゃないだろうか。

おまえは、野田君のことを強い人だと言っていたけれど、おれはそうは思わないね。彼女は強いというより、一本気だったんだよ。どんなにたたかれてもはい上がってくるような本当の強さは持っていなかったと思うな。硬くスッと伸びきった木みたいなもんでさ、一見、強そうに見えるんだけれど、ちょっと強い風が吹くと意外に弱くて、根本からポキリと折れてしまうような人だったんだと思う。風が吹いたら風にまかせて、雪が積もったら、その重さに耐えてというような、柳のしなやかな強さは持ち合わせてはいなかったんじゃないだろうか……」

溝口のそんな言葉を、私はぼんやりと聞いていた。

プラットホームのカオス

歌野晶午

著者紹介　一九六一年福岡県生まれ。東京農工大学環境保護学科卒業。出版プロダクション勤務の後、島田荘司氏の推薦により八八年『長い家の殺人』でデビュー。作品に『白い家の殺人』『ブードゥー・チャイルド』『死体を買う男』『正月十一日、鏡殺し』『安達ヶ原の鬼密室』他。

1

ぼくの毎日はめちゃくちゃだ。学校でだけじゃなく、うちに帰ってもめちゃくちゃだ。

一年のときは何ともなかったのに、二年になってめちゃくちゃになった。寺岡《てらおか》と同じクラスになってめちゃくちゃになった。

あと半年もこんな毎日が続くのかと思うと気が遠くなる。いや、三年になってクラス替えがあっても、また寺岡と一緒にされるかもしれないし、別のクラスになったとしても、ぼくはもう寺岡に目をつけられてしまったのだから、けっきょく卒業するまでの一年半、ぼくは毎日毎日寺岡におもちゃにされ続ける。

そんなのいやだ。死んだほうがましだ。でも死ぬのはもっといやだよ。

だからぼくは、寺岡がいなくなればいいのにと思っていた。ベッドに入っても寝つけないときは、あした学校に行ったら寺岡の席があいていて、ホームルームで先生が、寺岡は転校したよと発表して、そしてぼくはまた昔のように高代《たかしろ》君やネモっちゃんと仲良く遊ぶようになる、なーんてことを子守歌の代わりに想像していた。

でも、寺岡なんて死んじまえばいいのにとは、一度も思わなかった。まして寺岡を殺そうだなんて……。

だれも信じてくれないけれど、ぼくはただ、寺岡がいなくなればいいのにと、そう思っていただけなんだ。

2

その月曜日、須藤尚武《すどうなおたけ》はいつものようにJR＊＊駅の改札口を通り抜けた。跨線橋《こせんきよう》を渡り、4番線までの狭く急な階段をくだりきると、線路脇の蕎麦屋《そばや》から漏れ出てくる、醬油《しようゆ》や鰹節《かつおぶし》や葱《ねぎ》の香気《こうき》が鼻孔深くに染み入って、さて今晩の食卓には何が並ぶのかしらと、須藤は決まってうきうきした気分にさせられる。

ロータリーを囲む背の低いビルは、そろそろ看板に明かりを灯《とも》しはじめ、それが西に落ちる陽を浴びて、自然とも人工ともつかぬ奇妙な色彩を放っている。

ホームは、勤め帰りのサラリーマンで、そろそろ混みはじめている。ここは、駅前のランドマークがパチンコ屋という小さな街なのだが、近くに自動車部品の工場があるので、朝夕はそこそこ活気がある。

その人ごみの間を、声高《こわだか》に喋《しやべ》りながら、あるいは横に広がって歩く紫紺《しこん》の制服は、部活を終えた＊＊学園の生徒たちだ。勤め帰りの人々は、傍若無人《ぼうじやくぶじん》な中学生に鞄《かばん》をぶつけられても、ズボンの裾《すそ》を汚されても、とりたてて迷惑がる様子もなく、整然と、しかしぼんやりと列車の到着を待っている。

毎日がだいたいそんなふうで、そしてその月曜日もいつもと変わらぬ夕暮れだった。

ただ一つ、いつもと違っていたのは、須藤尚武の左手に松葉杖があったことだ。

その二日前、進路指導研修会に参加した須藤尚武は、会がひけたあと、同僚の教師たちと渋谷で酒席を囲んだ。夜半前から大雨になるとの注意報が出ていたからなのか、土曜日だというのに客席はまばらだった。だから彼らの声をとらえることができた。

「やべぇ」

囁《ささや》くような響きだったが、確かに聞こえた。須藤は反射的に顔を転じた。びしゃっと戸が閉まり、声の主はもう見えなかった。須藤は靴をつっかけて店外に走り出た。

「高代！」

そう叫ぶと、雨足の向こうで黒い影が動きを止めた。

はたして須藤のクラスの生徒だった。「やべぇ」と言った高代広太《こうた》のほかに、寺岡真己人《まこと》、根本翼《ねもとつばさ》、誉田雄気《ほんだゆうき》がいた。

「何がやばいんだ？」

須藤は四人に歩み寄った。高代は答えなかった。

「おまえら何歳だ？」

根本と誉田が背中を丸めた。

「中学生が飲んでいいと思ってるのか？」

「やべぇ、店を間違った、ってこと。ボックスは……、あ、ここだここだ、看板がごっちゃでわけわかんねえやな」

と涼《すず》しい顔で隣のビルを指さしたのは寺岡真己人だった。

「見えすいた嘘をつくな。おまえら、いつもこういうところに来ているのか？」

「嘘じゃないって。いつも行くのはカラオケ。今日もカラオケ。あー、さみぃさみぃ。早く入ろうぜ」

寺岡は仲間をうながし、ビルの入口に足を向けた。

「ふざけるな！」

須藤は寺岡の茶色がかった長髪をひっつかんだ。顔の線があらわになり、耳たぶに光るものが見えた。

「いてて！　何すんだよー、暴力教師！」

寺岡は大仰《おおぎょう》にわめき、それに呼応したように、あとを追ってきた教師の一人が須藤の腕を摑んだ。

「カラオケにしてももう遅い。この時間は保護者同伴でないと入れないぞ。さあ今日は帰りなさい。ほら、傘さして。風邪ひくぞ」

阿部《あべ》教諭は穏やかに言った。高代、根本、誉田の三人は、雨に打たれたままうなずいた。

しかし寺岡は、

「あー、しらけたしらけた」

そう吐き捨て、須藤に背中を向けた。

「何だ、その言い草は」

須藤はとがめた。

「独り言、独り言」

寺岡は平然と言い、仲間を駅の方にうながした。須藤は彼らの行く手に回り込んだ。

「寺岡、耳を見せろ」

「何だよ」

「ピアスしていたな？」

「それがぁ？」

「おまえ、中学生だぞ」

「学校でははずしてるだろ」

「そういう問題じゃない。中学生として、ピアスがふさわしいかどうか、考えてみろ」

「は！　ふさわしいときた」

寺岡はせせら笑った。

「そのだらしない格好もどうにかしろ。シャツはズボンの中に入れろ。靴の踵《かかと》は踏むな」

「これはファッション。そっちだってカカト踏んでるじゃんよー」

須藤は一瞬言葉に詰まった。

「あのさ、オレがいつ、そのダサダサのループタイにケチつけた？　あー、ランニングシャツも透《す》けちゃってよ、そっちの方がよっぽどみっともないぜ。でもオレは別にケチつけないぜ。そっちが好きでやってるんだから。それが自由主義ってやつだろう」

「ふざけるな！」

「ふざけてるのはそっちじゃねえか。学校を離れたら、そっちはただのオッサンだろ。こっちはただの小僧。グチグチ言うなって」

「オッ、サン……」

須藤は拳を握りしめた。

「ただのオッサンがただの小僧に説教する？　そうだ、あのゲーセンの前の三人、見える？オレらと同じようにシャツを出して靴の踵を踏んでる。トシもオレらと同じくらいだ。あ、パンツまで見えてら。さあオッサン、あいつらのとこ行って、だらしないからやめろって言う？」

「オッサンとは何だ？」

須藤は一歩踏み出した。

「ほら、行けよ。中学生らしくしろって説教してこいよ」

須藤は足を踏ん張った。

「できねえよな。そりゃそうだ。今オレらに偉ぶってるのは、教師の看板をしょってるからだ。でも今この時間、オッサンの立場は教師じゃないし、オレらは生徒じゃない。そこんとこ勘違いしないでほしいよなあ」

須藤尚武はそれで切れた。右腕を弓のように振り絞り、全体重を寺岡真己人に向けた。

しかし今度も阿部教諭に止められた。膝下を後ろから抱えられたのだ。そして須藤は、アルコールが回っていたせいか、雨で濡れた足下のせいか、あるいは靴をきちんと履いていなかったことが災いしたのか、ともかくあっと思う間もなくバランスを崩し、みじめにアスファルトを舐《な》めた。

須藤はそれで脚を傷《いた》めた。

その場ではただの打撲としか思わなかった。実際、歩けたし、駅の階段も昇れた。ところが翌朝、猛烈な痛みに目が覚めた。見ると、左の膝が信じられないほど醜い紫色で、信じられないほど膨れていた。膝蓋骨《しつがいこつ》が折れていたのだ。

原因は自分にあるようで、阿部の止め方も悪いようで、いやそもそも寺岡がいけないのだとも思い、しかし自分が手を挙げなければ怪我をせずにすんだのだからと、判然としない責任の所在に須藤はいらついた。

それ以上に須藤をいらだたせたのが、四人の生徒への対応だった。

土曜の晩は須藤の醜態で幕引きとなった。須藤が路上でうずくまっている隙《すき》に、ほかの教師たちが四人を帰してしまったのだ。

月曜朝の職員会議にかけられることもなかった。須藤は問題として提議したのだが、阿部たちは仕方ないと言い、教頭はうなずいただけで次の議題に移った。

今、＊＊学園中学は坂道を転がりはじめている。

先年の体罰事件（須藤は事件だとは思わないのだが、マスメディアはそう表現する）を契機に、父母が学園の教育方針に口を出すようになった。その集会をマスメディアが取りあげるものだから、彼らはますます調子づいて、結果、校則は緩《ゆる》められ、教師は重要文化財でも扱うような感じで生徒と接するようになった。

出生率は減少の一途をたどり、黙っていても生徒が集まってくる時代は終わった。急落した評判を回復するために、学園は教育方針を転換したのである。

今年の春、新入生の数が事件以前に戻った。しかし教育方針は戻らなかった。

そして学園は荒廃の兆《きざ》しを見せはじめている。寺岡真己人がその顕著《けんちょ》な例だ。

父母は言う。手は出すな、心で接しろ、個性を伸ばせ、常識を教えろ——。無茶もはなはだしい。

教員として二十五年の経験で須藤尚武はわかっている。中学生など犬猫と人差ない、話だけで通じる年齢に達していない、そういった連中は力をもって教え込むしかない、自由とは分別を具《そな》えた人間にのみ与えられる権利だ、分別が未熟な中学生を自由にすることは、ただの放し飼いと一緒なのだ。

放し飼いの犬猫は、いつか必ず害をもたらす。そのとき父母は、放し飼いを許した学園を糾弾《きゅうだん》するのだろう。

学園は今、自由という毒が確実に回りはじめている。


蕎麦屋の匂いに腹を鳴らしていた須藤は、急に不快を催《もよお》した。

ホームの最後方にあの四人が見えたのだ。だらしない格好でたむろしている。下品な笑い声も聞こえる。

須藤は無視しようとした。しかし染みついた性癖がそれを許さず、不自由な脚を引きずって、まだ雨に濡れたプラットホームを彼らに近寄っていった。

ホームの後方部分には屋根がなく、前線が去ったあとの南風が、ときおり突風のように舞い込んでくる。その風を嫌ってか、列車待ちの列はホームの中央寄りに集中していて、最後尾には四人の生徒以外に人はいなかった。

四人は、ひそひそ話でもするように、頭をつきあわせ、輪になってしゃがみ込んでいた。

「おい、何の相談だ」

須藤が声をかけると、高代広太と根本翼が顔をあげ、二人揃《そろ》ってぴょこんと立ちあがった。二人とも制服のボタンを二つはずし、靴の踵を踏みつけている。

「なんだ、そのだらしない格好は」

高代と根本は、唇を尖《とが》らせながらも、須藤の指導にしたがった。

「おまえたち、部活やってないのに、なんでこんなに帰りが遅いんだ？」

「え、それは……」

高代が口ごもった。

「それに、おまえたちが乗る電車は向こうだろう」

須藤は、線路を隔てたホームを指さした。

「試験が近いんだ。寄り道しないで帰りなさい」

「図書館で勉強してたんだよねー」

しゃがんだままの寺岡真己人が、雑誌をめくりながらたいぎそうに言った。彼の制服のボタンは全部はずれ、シャツの裾はズボンからはみ出し、靴の踵は潰《つぶ》れている。

「これから誉田君の家に行くんだよねー、勉強教わりに」

寺岡はまたページをめくる。

「みっともない格好はやめなさい。登下校時は学校の中と一緒だ」

こみあげてくるものを抑えつけ、須藤はつとめて淡々とうながした。

「はいはい、先生、わかりました」

寺岡真己人は皮肉らしく笑いながら腰をあげた。誉田雄気は蒼《あお》ざめた表情で、しかしそこには作ったような笑みをたたえて、背中を丸めて立ちあがった。

須藤は四人の足下に目をやった。煙草の回し喫《の》みをしていたのではないかと思ったのだ。しかし吸殻《すいがら》は見あたらなかった。

「その漫画は没収だ。登下校時は学校の中と一緒だからな」

須藤は一歩寺岡に近づき、手を差し出した。同時に鼻の神経を集中させた。煙草の臭いはなかった。

「これ、ゲーム雑誌だぜ。ほら、漫画はこのページだけ。禁止されてるのはコミックとエロ本だけだろ」

寺岡は右手で制服のボタンをはめながら、左手の雑誌をひらひらさせた。

寺岡真己人は万事がこの調子だった。部分的に茶色になった髪を注意するとドライヤーのせいだと言い、ガムの臭いを指摘すると口臭予防のスプレーだと言う。それでも須藤が指導を続けると、決まって、証拠を出せと嚙《か》みついてくる。

そんな輩は問答無用で殴りつけるべきなのだ。その痛みが曲がった心を矯正《きょうせい》し、学内の秩序は保たれる。ところが今、須藤はそうすることを許されない。だから寺岡のような生徒は増長し、その姿を格好がいいと誤解する生徒が現われる。

高代広太や根本翼がそうだ。一年生の時には素直で身なりもきちんとしていたのに、学年があがって寺岡の毒に冒され、彼のあとを金魚の糞《ふん》のようについて回っている。

そして最近、あんなにおとなしかった誉田雄気までもが寺岡と行動をともにしている。それと歩調を合わせるように、彼の成績は下降をたどっている。

「マコっちゃん、やっぱ今日は帰るわ」

高代が言った。根本も須藤の顔色を窺《うかが》って、「オレも」と続いた。

「なんだなんだ。おまえたち、また赤点でいいのか？　あ、そう。じゃ、オレだけ誉田君に教えてもらおっと。ねー、誉田君」

寺岡はにやにや笑って、誉田の肩に腕を回した。

「おまえも家に帰れ」

須藤は言った。

「なんでー？　勉強するんだぜ」

「時間を考えろ。誉田の家に迷惑だろう」

「そんなことないよな？」

寺岡が言うと、誉田はへへっと中途半端に笑ってうなずいた。

「ほら。オレら、親友だもん」

寺岡はまたにたりと笑って、誉田と肩を組んだままホームの前列に歩み進んだ。

須藤の眉がぴりっと震えた。

誉田はまだ寺岡の毒が回りきっていない。試験勉強をしなければという気持ちが残っている。だから煮えきらない笑顔を見せた。高代と根本にしてもそうだ。しかしこの状態が続けば、早晩三人は寺岡と同じように腐りきってしまう。そう、寺岡は腐った蜜柑《みかん》だ。

須藤は拳を握りしめ、見つめ、溜め息をついてポケットに収めた。

蕎麦の匂いが漂ってくる。夕飯のことを考えようと思う。しかし頭はどうしても寺岡に向かう。

何が試験勉強だ。どうせテレビゲームでもするのだろう。夜更《よふ》けまでバーチャなんとかをやって、明日の一時間目は居眠りだ。決まっている。しかしそうだろうと詰問《きつもん》したところで、証拠を出せとわめきたてる。仮に証拠を出せたとしても、放課後何をしようと勝手だろうと開き直る。

須藤はいらだち、松葉杖で足下を連打した。すると水が跳ね、頬を汚し、須藤はますますいらだった。

ふと見ると、寺岡の靴の踵が潰れていた。制服の裾からシャツが覗いていた。

須藤は完全になめられていた。

いま一度拳を握りしめ、しかし妻と子どもの顔を思い浮かべ、須藤は力なく舌打ちを繰り返した。

3

あの月曜日も、ぼくは寺岡にひどい目にあっていた。

寺岡は掃除をサボって帰っちゃったから、ああ今日はだいじょうぶだとホッとしたのに、校門を出たところでしっかり待ち伏せていた。高代君とネモっちゃんも一緒だ。

そしてぼくはゲーセンに連れていかれたんだけど、ぼくはいつものように一回もさせてもらえなかった。パンとコーラを買いに行かされて、あとはずっと、先生が来ないかどうかゲーセンの外で見張らされていた。

三人のゲーム代は、やっぱりぼくが出した。あの日は五千円だった。それと、パンが二百五十円で、コーラが三百三十円。

高代君とネモっちゃんは悪くない。たまに、「ごめんよごめんよ」って言ってくれるし、お金を返してくれるときもある。寺岡にいやいやしたがっているだけだ。一年のときはあんなに仲良くしてたんだし、寺岡がいなくなれば、また三人で楽しくやっていける。だからぼくは、寺岡がいなくなればいいのにと思っていたんだ。

それで、二時間くらいして、やっと三人がゲーセンから出てきて、ぼくの家に行こうって言い出した。ぼくはジュクがあるからと言ったけど、通用しなかった。ジュクは火金だと知っていて、ウソをついた罰だって、エッチな本を買ってこいと命令された。イヤだと言ったらなぐられるので、ぼくはゲーム雑誌と一緒にエッチな本を買った。本屋のおじさんがこっちをちらっと見て、ぼくののどはカラカラになった。もう＊＊駅前のあの本屋には一生行けない。

須藤先生が来たときも、のどがカラカラになった。ぼくたちはエッチな本を見ていた。ぼくは、あんなとこで見たくなかったんだけど、寺岡に無理やり見せられた。そして、「立ってる立ってる」って、ズボンの前をさわられていた。

そんなとき須藤先生が来たのでびっくりした。ぼくの頭の中はまっ白になった。でも寺岡は悪知恵の働くやつで、エッチな本をさっとぼくの制服の中にかくして、かわりにゲーム雑誌を読んでいるふりをした。それで、もし先生がぼくの制服の中からエッチな本を見つけたら、寺岡はぼくが買ったと言うつもりだったにちがいない。そしたらぼくは反論できない。あとでボコボコになぐられる。それがこわくって、寺岡にお金を取られてもパシリをやらされても、先生に言えなかったんだし。それに、もし勇気をふりしぼって、寺岡に買わされたと反論したとしても、本屋のレジでお金をはらったのはぼくなのだから、本屋のおじさんはぼくが買ったって証言して、先生はそれを信じてしまう。寺岡はそこまで計算するやつだ。

そんなふうに、あの月曜日もめちゃめちゃだったんだけど、寺岡なんて死んじまえとは思ってなかった。寺岡に無理やり肩を組まされていたぼくが思っていたことは、一人で帰りたいって、ただそれだけだった。

でも寺岡は死んでしまった。それもぼくのすぐ目の前で。

あっと思ったときにはもう、寺岡の体は飛んでいた。ほんとに飛んだ。ＡＫＩＲＡの鉄山《てつざん》靠《こう》をカウンターで食らったように、すごい勢いで飛んでいった。

三十メートルくらい飛ばされて、入ってきたのが特急列車だったから、ものすごいブレーキの音がしたけれど全然止まらなくて、そのまま寺岡の体の上を通り過ぎていった。

寺岡が死んで、うれしくなかったと言えばウソになる。でもぼくはそれよりも、びっくりしたし、こわかったし、大変なことになったとブルブルふるえた。

だれもわかってくれないけど、寺岡が死んで一番ショックだったのは、目の前にいたぼくなんだ。

4

駅員の対応は迅速《じんそく》だった。

白い包みを抱えて線路に飛び降りると、それを二人がかりでさっと広げ、寺岡真己人の体を覆い隠した。その一方では、ホームの乗客を整理し、担架《たんか》を運び入れる。担架を運び出すと、線路やホームの壁面にブラシをかけ、水を流す。

須藤尚武は、そんな様子をぼんやり眺めていた。

寺岡の絶命は確実だった。三十メートルは飛ばされただろうか。これだけでも充分だというのに、その上を列車が通過した。遠目にも、肉片が飛び散っているのが見てとれた。あまりに無惨なさまに、近くの乗客は一様に顔をそむけている。

やがてアナウンスがあり、ホームの先に停まっていた特急列車が動き去った。それで須藤はわれに返り、さっきまで寺岡が立っていた場所に目を移した。

寺岡の姿は、ない。誉田雄気が一人、ホームの端でうなだれている。それは当然のことだったが、しかし須藤はどうしても信じられず、いったん目を閉じ、深呼吸をしてから、あらためて寺岡の姿を求めた。

寺岡の姿は、もちろんない。踵の潰れた片方の靴が、ぽつんと転がっているだけである。須藤はそして戦慄《せんりつ》した。なまなましい現実を物語る寺岡の遺品に、おそるおそる手を伸ばした。

と、バサッと音がして、次の瞬間、腰をかがめていた須藤の前を黒い影が横切った。影はホームの下に消えた。

「お、おい、どうした⁉」

落ちたのは誉田だった。レールの間に這いつくばっている。

「鞄が……。ぼっとしてて」

誉田は教科書やノートを拾い集めていた。

ぴりりと笛を鳴らしながら駅員が飛んできた。

「どうしました⁉　早くあがって！　次の電車が来ますよ！」

「この子が鞄を落としたのです。目の前であんなことが起きたから動揺しているんです」

須藤はそう説明し、線路からあがった誉田は、「ごめんなさい」と頭を下げた。

「さっきの生徒さんはここから飛び込んだのですね？」

駅員が言う。

「ええ、彼は私の受け持ちの子です。この子も」

「そうでしたか。それはお気の毒に……」

駅員は帽子を脱いで軽く頭を下げた。

「で、先生とそちらの生徒さんは、すぐ近くで飛び込みを見たのですね？」

「ええ」

「駅長室に来てもらえますか。その時の様子を聞かせてください。つらいでしょうが、ご協力願います。すぐに終わりますので」

「先生……」

誉田が泣きそうな声で須藤の袖を引いた。須藤も震える声で、

「話は先生がする。おまえはついてくるだけでいい。何も言わなくていい」

と応じ、誉田の肩を二度三度叩いた。

駅長室にはすでに制服の警察官が待っていた。

「寺岡は……、だめなんですか？」

わかりきったことだったが、須藤はまず尋ねた。

「即死です」

老いた警官はそっけなく答えた。

「停車前で減速していた列車ならまだしも、通過列車だ。それに飛び込んじゃあ、助かりようがない」

最近飛び込みが続発しているせいか、警官は責めるように言う。

「寺岡は飛び込んだのではありません。足を滑らせたのです」

須藤は言った。そして誉田にちらと目をやった。誉田が小さくうなずいたのを見て続けた。

「私は後ろから見ていましたが、前のめりに落ちていきました。飛び込んだという印象ではありません。倒れ込むような感じです。雨あがりで濡れたホームが災いしたのでしょう」

「君はどこで見ていたの？」

警官は誉田に振った。

「この子は寺岡と並んで立っていました」

須藤が答えた。

「寺岡君はどういうふうに落ちたのかな？」

「先生が言ったとおりだろう？」

須藤はあくまでも警官と誉田の間に割って入り、誉田は須藤の言葉にうなずいた。

「なるほどね。しかし先生、飛び込みとは、文字どおり飛び込むものとはかぎりませんよ。手を拝みあわせて倒れるように落ちていく場合もあります。寺岡君が自殺する心あたりは？」

須藤はかぶりを振った。学校の誰に尋ねても否定するだろう。

「寺岡君の近くには、二人のほかに誰かいました？」

「いえ。あの乗降口付近にいたのは私と誉田だけだと記憶しています。寺岡が落ちる少し前まではもう二人うちの生徒がいましたが」

「すると突き落とされたということはないか」

「突き落とす！　私が、ですか⁉」

須藤は血相《けっそう》を変えた。

「先生、誰もそう言ってないでしょう。あなたたち二人以外の第三者によってということです」

須藤は赤面した。

「靴が」

突然誉田がつぶやいた。

「寺岡君、先生の言うことを聞かないで、靴の踵を踏んでいました。いっつもです。さっきも一度は履き直したんだけど、先生が見えなくなったらまた踏みました」

「なに関係ないことを言ってるんだ」

嫌疑がかかるのを恐れ、須藤はたしなめた。

「だから足が滑ったのだと思います。今までもよく、踵を踏んだ靴でつまずいたりしてました。さっきもきっとそうです。ぼくにはそう見えました。靴がいけないんです」

誉田はほとんど泣きそうな声で言った。

「なるほど、それで納得がいった」

警官は顎《あご》をさすった。

「納得?」

須藤は訊き返した。

「いえね、死体が裸足だったもので、真っ先に飛び込みではないかと思ったのです。自殺者は履き物を脱ぐと聞くでしょう。実際、あるんですよ、列車への飛び込みの場合でも。しかし寺岡君は靴をつっかけて履いていた。となると、足を滑らせ、はね飛ばされ、靴が体から離れた、というふうに解釈できます」

ちょうどそこに若い警官が入ってきて、線路脇の土手《どて》に靴を発見したと告げた。死体から二十メートルも離れた場所だったらしい。

「寺岡君の靴に間違いありませんね？」

白いキャンバス製の靴だった。死体の無惨さに較べ、踵が潰れているほかは綺麗なものだった。

「左の方はまだ探しています」

そう言って若い警官があわただしく出ていこうとしたところ、

「ホームにあったけど」

と誉田がつぶやいた。

「ホームのどこ？」

「寺岡君が立ってたところ」

しかし左の靴はホームから発見されなかった。

「嘘じゃないです。絶対に嘘はつきません。ぼくが言うことは全部ほんとです」

誉田は異様なしつこさで言って、潤《うる》んだ目を須藤によこした。

「私も見ましたが……。乗降客がごみ箱にでも捨てたのではないですか」

須藤は首をかしげた。

事情聴取はそのような感じで中途半端に終わり、何かあったら学校に連絡するということで二人は解放された。警官は明言を避けたが、須藤の感触では、寺岡の死は事故として処理されそうだった。実際、事故としか考えようがなかった。

駅長室を出ると、柱の陰に高代広太と根本翼がたたずんでいた。

「おまえたち、まだ帰っていなかったのか？」

二人は答えず、睨《にら》みつけるような視線を誉田に向けた。

「見たのか？　その、寺岡がああなったのを……」

二人は顔つきを崩さず、うなずきもしない。

「早く帰りなさい。今日は勉強はいいから、何も考えないで早く寝なさい」

そううながし、須藤は誉田をともなって4番線に向かった。階段を降りる間際《まぎわ》振り返ると、高代と根本はまだこちらを窺っていた。

「どうした？　誉田に用か？」

須藤が問うと、二人揃《そろ》ってかぶりを振り、向こうの階段に姿を消した。

須藤と誉田は同じ列車に乗った。車中終始無言だったが、別れ際、須藤は嚙んでふくめるように言った。

「何か言いたいことがあったら、真っ先に先生に言いなさい。夜中に電話してもいいから。決して軽率な行動はとらないように」

誉田は隠しごとをしていると須藤は強く感じていた。

月曜日はそうして終わった。

火曜日は生徒の動揺が激しく、ほとんど授業にならなかった。水曜日は、二年C組の授業は午前中で打ち切られ、クラス全員が寺岡の葬儀に参列した。

木曜日の朝、須藤が教室に入ると、後方に人だかりができていた。

「チャイムはもう鳴ったぞ」

須藤は活《かつ》を入れたが、生徒たちはざわつくだけで席に着こうとしない。

「事故のあとで気持ちが揺れるのはわかるが、時間のけじめはつけろ」

寺岡真己人の机には白い菊が飾られている。野郎ばかりのクラスだというのに、気が《ぎ》利《き》く生徒もいたものだ。

「事故じゃないよ、先生」

人だかりの中で誰かが言った。須藤は目を剝《む》いた。

「コロシだって、コロシ」

また誰かが言って、教室はますますざわついた。

「なに馬鹿なことを言ってるんだ。あれは事故だ」

須藤は出席簿で教卓を叩いた。

「後ろの黒板にこんなものが張ってありました」

輪の中から学級委員長が出てきて、一枚の紙片を須藤に手渡した。

――テラオカマコトヲコロシタノハホンダユウキダ――

ルーズリーフの用紙に赤ボールペンで綴《つづ》られていた。

「何だ、これは？」

須藤は拍子抜《ひょうしぬ》けした。

「だから、朝来たら、後ろの黒板に張ってあったんです。それで本当かどうか誉田君に確かめていたところです」

須藤は背伸びをして生徒の輪を覗き込んだ。中央に、背中を丸めて顔を覆う誉田の姿を認めた。

「誰だ、こんないたずらをしたのは？　冗談ではすまされないぞ」

「いたずらって決めつけていいんですかぁ？」

生徒の一人が言った。

「あれは事故だ。警察が事故と断定したんだ。それに、寺岡が落ちるところは先生が間近で見ている。あれは間違いなく事故だ。とにかく席につきなさい。ほら、早く」

須藤は毅然《きぜん》とした態度を見せた。

「もう一度訊く。これを書いたのは誰なんだ？」

「センセー、ダメダメ。そんなふうに訊いて、誰が、『はい、オレー』って手ぇ挙げる？」

ちゃちゃが入った。

「別のクラスの人間が書いたのかもしれないと思います」

一理ある反論をする者もいた。

「とにかく、もしこの中にいるのなら、二度とこのようなまねはしないように」

須藤は紙を折り畳み、ポケットに収めた。そして誉田の肩を叩いて言った。

「気にするな。何かあったら先生のところに来い」

しかし午後には、校内はその噂で持ちきりとなった。


犯人は意外とあっさり判明した。

紙はごく普通のルーズリーフ用紙、文字は一画一画定規で引いてあって、それをたよりに犯人を突き止めることは不可能だった。

ところが目を凝らすと、紙の表面に微妙なへこみが認められた。須藤はそれを、まだこの紙がバインダーに収められていた際、前のページに強い筆圧で書いた文字が転写されたのではと推察した。そして鉛筆の芯の腹で紙の表面を薄くこすったところ、はたして素顔の文字が浮かびあがった。

放課後、須藤は根本翼を進路指導室に呼んだ。

「どうしてあんないたずらをした？」

須藤が問うと、

「何を証拠にオレを疑うんですか」

寺岡の影響からか、根本はそんな口を利いた。須藤は証拠を見せ、根本は観念した。

「どうしてこんなひどいいたずらをした？」

須藤はあらためて尋ねた。

「いたずらじゃありません。オレ、見たんです」

根本は唇を尖らせた。

「何を？」

「雄気が変なことしてるのを」

「変なこと？」

「雄気とマコっちゃん、並んで立ってたでしょ。こんなふうに」

と根本は須藤の左肩に腕を回し、須藤にも肩を組むよううながした。

「で、雄気がかがんだんですよ」

根本は中腰になった。

「あれ？　何してるのかな？　って思ったら、次にこんなことしたんです」

須藤の肩に回していた左腕をほどき、それを須藤の頭越しに振りおろすような感じで下方に持っていった。

「そしたらマコっちゃんがぐらっとして、線路に落ちていった。だからオレ、こう思うんです。今の動きをもっと早くしてみますよ」

根本はいったん腰を伸ばして須藤と肩を組み直すと、あらためて中腰になり、肩に回した左手で須藤の左側頭部を突いた。須藤はバランスを崩し、あやうく松葉杖を取り落としそうになった。

「何するんだ」

須藤は声を荒らげた。

「力抜いたつもりだったんだけど……。でも先生、グラッときたでしょ。これをもっと勢いよくやれば倒れるよ」

「先生は足を怪我しているからよろけたんだ。寺岡は怪我していなかった」

「でも、マコっちゃん、靴の踵を踏んでた。それで大きくバランスを崩したんだ」

靴の踵——須藤はごくりと唾を飲み込み、あのときのことを思い返した。

根本が言うような奇妙なしぐさを誉田はしただろうか。憶えていない。あのとき自分は寺岡の下半身に目をやっていた。潰れた靴の踵を見て憤りを感じていた。

「根本はそれをどこで見ていたんだ？」

はっとして須藤は尋ねた。

「連絡通路の窓から」

か？」


「高代と一緒にだな？」

「あいつは便所に行ってたから見てないです」

「誉田が腰をかがめて腕を大きく動かしたのと、寺岡が線路に落ちたのと、ほかに何か見たか？」

「えー？　別にぃ」

「先生のこと、見えたか？」

「えー、憶えてないけど、何で？」

「いや、つまり距離だよ、そう、距離の問題。跨線橋《こせんきょう》の窓からだと、五十メートルはあるんじゃないか、ホームの端まで。しかもあの時は日がかなり落ちて薄暗かった」

須藤は根本の目を見つめた。誉田と違って、隠しごとをしている感じはなかった。

「オレ、ほんとに見たんだ」

根本は頬を膨らませた。

「嘘をついているとは言っていない。先生も見た」

須藤は嘘をついた。

「しかし先生が見た感じでは、足を滑らせた寺岡を誉田が支えようとした、というふうだったぞ。ところが寺岡が倒れるのが速かったので誉田の腕がすっぽぬけた。遠くから見ていた根本はそれを勘違いした」

見てはいないが、それが須藤の見解であり、間違いないという確信があった。

「そうかなあ。雄気が先に動いて、そのあとマコっちゃんが倒れたように見えたけど」

「だから距離だと言っているだろう。根本は遠くから見ていたので、誉田が腰をかがめる前の、最初の最初に寺岡がグラッとした小さな動きを見逃したんだよ。先生はおまえよりずっと近くから見ていたんだ。間違いない」

「でも……」

「そもそも、どうして誉田が寺岡を突き落とすんだ？　いつも一緒に遊んでいた仲間だろうが」

　すると根本は目を丸くして、そして溜め息をつき、さらにふんと鼻を鳴らして吐き捨てた。

「全然わかってない人とは話になんないよ」

　須藤はきょとんとした。

「一緒に遊んでた？　先生、何見てたの。雄気はマコっちゃんに無理やりつきあわされてただけだ」

「それは、つまり……、いじめられていたということか？」

「そういう言い方はあんまし好きじゃないけど、だから雄気はマコっちゃんのことを……、って思ったんだ。二人の間がなんともなくて、ただああやって落ちるのを見ただけだったら、雄気が突き落としたなんて言わないよ」

根本は肩を落とした。報復がなされてもおかしくないほどひどいいじめだったのか。

「クラスのみんなは知っているのか?」

須藤は動揺を隠して尋ねた。

「知ってるんじゃないの」

「おまえや高代も寺岡にいじめられていたのか?　それとも一緒になって誉田をいじめていたのか?」

「オレは……、もういいよ、どっちでも」

根本は力なく首を振った。

「よくあるもんか。どうして誉田がいじめられていると先生に言わなかった。どうして助けてやらなかった」

「じゃあ先生は雄気に何をしてやったんだよ。いちいちチクらなきゃ何もできないのかよ」

見据《みす》えられ、須藤は身を引いた。

「雄気が手を大きく動かして、マコっちゃんが線路に落ちて、雄気には動機があったし、それでやばいことになったと思って、でも雄気とはつきあいが長いしかわいそうだったから黙っておこうかと思ったんだけど、でもやっぱり人殺しは許せないから本当のことは言わなきゃって、でもオレがチクったってわかったら嫌だから、だから高代と相談してこれを書い……」

根本は瞼《まぶた》をこすって、それきり黙りこんでしまった。

須藤もしばらく頭と体が凍結したが、やっと理性が戻ってくると、言った。

「誉田は突き落としていない。誉田は、先生がすぐ後ろにいると知っていた。そんな状況で突き落とすか？」

根本は洟《はな》をすすりながらうなずいた。

「寺岡のあれは事故だ。今日ここでのことは誰にも言わないから、約束する、だから二度とこんなまねはよせ。寺岡は事故で死んだんだ」

須藤はせいいっぱいの威厳を込めてルーズリーフ用紙を破り裂いた。

ひと月が経ち、須藤尚武はようやく松葉杖から解放された。

根本翼の告発文が出て数日は誉田雄気を責める声が聞こえたが、須藤が執拗《しつよう》に注意を続けたので、徐々に教室は静かになった。しかしその後も誉田は、どこかクラス内で浮いているようで、いつも思いつめたような表情をしていた。寺岡真己人にいじめられていた時でも、これほど暗くはなかった（だからいじめに気づかなかったのだと、須藤は自分に言い訳をした）。

須藤は折にふれて、何かあったら真っ先に先生に言いなさい、と誉田に声をかけた。しかし誉田は何も語らず、表情も硬いままで、そしてひと月が過ぎた。

そして誉田雄気は死んだ。

その日の放課後、須藤が職員室で教材の草稿を練っていると、誉田が週番日誌を持ってきた。須藤は日誌にざっと目を通すと、誉田にごくろうさんと声をかけ、また原稿に戻った。

ところがふと気づくとまだ誉田が立っている。

「何だ？」

と尋ねると、何でもないと首を振って職員室を出ていった。

それから何十分かして、お茶でも飲もうかと席を立つと、窓の外に誉田の顔があった。そして須藤と目があったとたん、校庭に向かって走り出した。須藤は嫌な予感がした。

さらに一時間ほどして、ワープロに向かっていると、突然背後から、

「先生」

と生気《せいき》のない囁《ささや》き声がかかった。びくっとして振り返ると、廊下側の窓が細く開いていて、誉田の顔半分が覗いていた。

「どうした、さっきから？」

須藤も声をひそめた。誉田は答えず、異様にぎらぎらした目で須藤を見つめた。

「どうしたんだ？」

須藤は唾を飲み込み、さらに声を落とした。すると誉田は顔を伏せてつぶやいた。

「ぼく、ほんとのことを言います」

「ほんとのこと？」

聞き返し、職員室内を見渡した。熱心な教師が二人残っていた。

「教室で——」

須藤が囁いたのと同時に誉田も口を開いた。

「寺岡君は、ただ足を滑らせたんじゃない」

5

ぼくの頭にはあのときの光景がしっかりと焼きついている。

ぼくのすぐ横にいた寺岡が、線路のほうに首を突き出して、体がぐらりと揺れて、「あ」という小さな声と同時にふわりと浮いて、次にはもう天高く舞っていて、ものすごい悲鳴のようなブレーキの音がして、そうして電車が行ってしまった線路の上に奇妙なかっこうをしたボロボロの制服が見えて……。

駅のホームで電車を待っていると、あのときの光景がよみがえってくる。ベッドの中でも思い出す。授業中でもジュクのテストのときでも、スローモーションで再生される。あれからひと月たった今でもそうだ。

それだけでもうヘトヘトなのに、学校のみんなは、ぼくが寺岡を突き落としたと思っている。須藤先生がくりかえし注意してくれているから、面と向かって「人殺し」とののしられることはなくなったけれど、ぼくが教室に入るといっせいにこっちをにらみつけてくるし、そしてすぐにそっぽを向いてひそひそ話をする。クラスメイトだけでなく、学校のみんなが冷たい目を送ってくる。寺岡がいなくなっても、ぼくの毎日はめちゃくちゃだ。寺岡がいたときよりひどいかもしれない。

ぼくはそのことを、しばらく家では言わないでおいた。でもあまりにもつらくて、食事ものどを通らなくなってきたので、とうとう学校での出来事を話すことにした。だからぼくは学校に行きたくないとも言った。

すると母さんは、「ヒガイモウソウじゃないの」と笑った。父さんは、「潔白《けっぱく》なら胸を張って学校に行きなさい」と言った。ただそれだけだ。

やっぱり言うんじゃなかった。話しても相手にされないって、わかってたんだ。

寺岡にお金を要求されて、はじめは小づかいから出していたんだけど、すぐに全然足りなくなって、お年玉の残りもなくなって、だから父さんや母さんの財布からちょろまかしたんだけど、しばらくしてそれがバレた。そのときぼくは、寺岡におどされているんだ、持っていかないとなぐられるんだって、本当のことを言った。なのに母さんは、「この、ウソつき」とぼくをたたいた。小学生のとき、母さんの財布からちょろまかして買い食いしたことが何度かあったので、またそうやっていると思いこんで、ぼくのうったえなど聞きやしない。それから、うちに押しかけてくる寺岡は、すごく礼儀正しくて、ニコニコしていて、だから母さんは寺岡にいい印象を持っていて（だまされていたとも知らずに！）、ぼくにも、「あんたも寺岡君みたいだったらよかったのに」なんてマジな顔で言うほどだったから、寺岡がぼくをいじめてるなんて想像もつかなかったのだろう。すごくつらかった。

だから、話してもどうにもならなかったんだ。わかってたんだ。でも、一人で苦しむのがつらくって、ついしゃべってしまって、ますますつらくなった。

それから、もっとひどいことが起きた。寺岡の親が押しかけてきたときだ。

どこで聞いたのか、あのウワサを知っていて、「おまえ、真己人を殺したな！」って、ものすごい勢いで肩をゆさぶられた。「ちがいますちがいます」って言っても、「この、人殺し！」としか言わなくて、そのうち、「警察に行くぞ」と、えり首をつかまれた。「警察」と聞いて、ぼくは泣き出した。すると父さんも泣き出して、「もうしわけありません。少し時間をください」って、ペコペコ頭を下げた。それで寺岡の親は帰っていったんだけど、そのあと母さんが、「本当に突き落としてないの？」と、おこるような顔でせまってきた。ショックだった。まるっきり信じられてないんだもの。

ぼくはそれでまた涙が出てきて、自分の部屋にひっこんだ。すると父さんが入ってきて、「おこらないから正直に言いなさい」と言った。父さんの口調はおだやかだった。でも、「正直に言いなさい」をくりかえしたので、やっぱりぼくをうたがっていた。そして最後に、「一度、警察に行こう。寺岡さんも、うちも、おたがい気持ち悪いから、はっきりさせよう」と言った。

これから、ぼくはどうなっちゃうんだろう。警察に連れていかれて、ろう屋に入れられて、どなられたりこづかれたりしながら、朝から晩まで取り調べを受けるのだろうか。

そんなことされたら、ぼくはたぶん、ぼくが悪かったんです、ぼくが寺岡君を死なせたんですって言ってしまうと思う。

そうしたら、ぼくの人生はめちゃめちゃだ。

でも、警察に行かずにすんだとしても、学校に行けばみんなにいじめられるし、父さんや母さんには信用されていないし、やっぱりぼくの人生はめちゃくちゃだ。

6

誉田雄気の死体は夜警によって発見された。死体は、二年C組の真下、校舎と校庭の間の側溝にはまっていた。頭蓋骨を損傷し、即死だった。

夜半過ぎ、須藤尚武は学校に呼ばれ、警察の聴取に応じた。

「いま思うと、誉田の様子はどこか変でした。ずいぶん思いつめた表情で、相談があると言いました。私はその時どうしても手が放せなかったので、あとにしてくれと追い返したのですが……。その場で聞いておけばよかった」

須藤はそう答えた。相談の内容に心あたりがあるのかという問いには、

「同級生の事故死についてあらぬ疑いをかけられ、相当まいっているようでした」

と答えた。

翌日は授業がすべて中止となり、全校集会が開かれた。午後は職員全員に対して事情聴取がなされ、その結果をふまえて警察は、自殺の可能性が濃厚だと発表した。

さらに翌日、葬儀の後、誉田雄気の両親が、押しかけたマスコミ各社の前で遺書を公開した。

それは誉田の勉強部屋から出てきたノートで、厳密には遺書ではなく、どちらかといえば日記に近いものだったが、そこに綴《つづ》られた彼の思いはあまりにいたましく、死を予感させるには充分だった。

「寺岡君は、ただ足を滑らせたんじゃない」

誉田雄気がそう言わなければ、須藤尚武は彼を殺さなかっただろう。

そう、寺岡真己人を線路に落としたのは須藤だった。

しかしあれは殺人ではない。過失、いや、不幸な事故だった。

あの月曜日、あのホームで、須藤は非常にいらだっていた。生徒になめられ、しかし鉄拳制裁は許されず、神経がピリピリ疼いていた。

その場を離れてしまえばよかった。だが須藤は目の前の汚れを放置できない男であり、また寺岡に対して、そっちが音《ね》をあげるまで決してあきらめないぞという姿勢を示しておきたかった。

須藤はだから、靴の踵を潰すなと、いま一度指導することにした。松葉杖の先で踵をつついて。

不幸はその時起こった。寺岡が、線路を覗き込むような感じで、その体を前に傾けたのだ。そこを松葉杖でつついた。いや、つつこうとしたところ、寺岡が体を傾けたので、靴と足の間に隙間が生じ、松葉杖がその空間に入り込んだ。そして靴の踵を押さえつける形となった。

寺岡の体重は前にかかっていた。松葉杖の力は下にかかっている。この不自然な二方向の力により、寺岡の足から靴が脱げた。予期せぬ外力に寺岡はバランスを崩した。そして線路に落ち、はねられた。

不幸だった。怒りがおさまっていなかったせいか、須藤の腕には必要以上の力が入っていた。ちょんちょんとつつこうとしたなら、たとえ靴の踵を押さえるようなことになっても、寺岡はバランスを崩さずにすんだはずだ。そして寺岡も、間《ま》が悪いことに、何を思ってか体を前に持っていっていた。

しかし須藤はいつまでも嘆いてはいられなかった。

ホームに靴を発見した。寺岡の靴だ。左の靴だ。白いキャンバス製の靴だ。潰れた踵に円形の染みがついた靴だ。

それは松葉杖の跡だった。杖の先が雨水で汚れていたため、跡が残ってしまったのだ。染みは薄茶色で、水分が飛んでも跡は残ると思われた。

警察はその染みに何を思うだろうか。生徒は警察に、自分が身だしなみに口うるさい教師だと言うだろうか。不可抗力で死なせた場合、法的にはどう罰せられる。法的には無罪でも、学校の処分は――。

考えている場合ではなかった。実際、須藤は本能的に体を動かしていた。

寺岡の靴は須藤の鞄に収められた。

しかしそれで万全の安心が得られたわけではない。

目撃者である。

さいわいあの月曜の夕刻は風がきつく、吹きさらしのホーム最後尾を人々は避けていた。

しかし一人だけいた。

誉田雄気である。

誉田は寺岡と肩を組んでいた。誉田が右で寺岡が左だ。須藤はその背後にいて、左手の松葉杖を寺岡の左の踵に持っていった。位置関係を考えると、誉田には須藤の動きが見えなかった可能性が高い。

だが断言はできない。寺岡がバランスを崩したその時、顔を少し左に向けたなら、視野の片隅に松葉杖の先が映る。

それに、靴を拾いあげたところを目撃されなかったともかぎらない。こちらの可能性は前者より高そうだ。

須藤は誉田の存在を恐れた。心中を探るように声をかけ、顔色を窺った。警察の前で口を開かせまいとした。何かあったらまず自分に言うようにと繰り返した。仮に誉田が須藤の行為を目撃していたとしても、両親や警察に話す前に、「先生、なんで寺岡君の靴を隠したの？」と須藤に言ってくれれば、それなりに対処できると考えた。

誉田は何も言わなかった。

それはそれで須藤の心を乱した。

誉田が何も言わない理由はいくつか考えられた。

そもそも何も見ていない。須藤をかばっている。失念している。憶えているが意味がわからない。

何も見ていない可能性は多分にある。しかし後ろ暗いものを抱え持つ人間の習性か、須藤は楽観的に考えられなかった。日ごろ誉田に慕《した》われていたわけではないので、すべてを知ったうえでかばってくれているのだとも思えない。

となると、忘れている、もしくは意味がわからずにいるかのどちらかであり、いつ思い出し、意味を悟るかわかったものではない。須藤の神経は日々刻々蝕《むしば》まれていった。

根本翼はさほど恐れなかった。転落場面を見ていたと聞かされ少なからず肝を冷やしたが、探りを入れたところ、須藤についてはまったく注目していなかったようだった。

やはり不安なのは誉田雄気の存在だった。

そしてとうとうその日が来た。

「ぼく、ほんとのことを言います」

誉田は言った。

「寺岡君は、ただ足を滑らせたんじゃない」

須藤は震駭《しんがい》した。心構えはできていたはずなのに、血の気が退《ひ》くのが自分でもわかった。職員室には人の耳があったので、話は教室で聞くことにした。とっさにそう判断できただけでも上出来だった。

しかし話を聞いてどうする。自分の行動をどうごまかすのか。十四歳の子どもは口先だけで言いくるめられるものではない。かといって取引きに応じるほど大人でもない。

具体的な方策が浮かばぬまま、須藤は二年C組の教室に着いた。

誉田は窓際に立っていた。暗がりの中、転落防止のパイプに体をあずけ、窓外を眺めていた。そして須藤がドアを開けても気がつかない様子で、溜め息をついたり、両耳を覆ったり、首を振ったり、拳を頭に落としたりと、尋常ではないしぐさを繰り返した。

それは、正義と人情の狭間に立ち、告白すべきか否か悩んでいるように見えた。

しかしそれは、あらぬ疑いをかけられ、傷つき、苦しみに耐えかねているようでもあった。

マイニチマイニチ、モウタクサンダ、ハヤクラクニナリタイ——。

そう、誉田雄気には自殺する動機があった。

気がついたら須藤の手は勝手に動いていた。

結果オーライの、およそ理性的ではない犯行だった。

記憶は本人の頭の中だけに存在するのではない。少し考えれば、誉田雄気は日記の類をつけているのではと疑ってみたはずだ。そして、日記にはプラットホームの記憶を記してあるだろうから、ただ誉田を殺しても意味がないと、あの日あの場で彼の背中を押すことはなかっただろう。

実際ノートは存在し、須藤は己の思慮の浅さを罵《ののし》った。

ところが須藤に終わりの時は訪れなかった。ノートに綴られていたのは、寺岡にいじめられ、殺人者の疑いをかけられ、その二つの苦しみに独り耐えている、十四歳の、痛々しい叫びだけだった。

死の真相を知る須藤が読むと、肝が冷える箇所はある。たとえば――もう＊＊駅前のあの本屋には一生行けない――とは、まだ生き続ける意志のある人間の記述である。ただ、誉田が遺《のこ》したノートは厳密には遺書の体裁を取っていないので、先の記述をした時点ではまだ自殺を考えるほど追いつめられていなかったとも解釈できる。

現実に、ノートは「遺書」と解釈され、誉田の死は自殺と断定された。学園内のいじめが招いた自殺ということで、須藤はもちろん非難を浴びた。しかし誉田の「遺書」には両親への怨み言が目立ったことから、世間はおもに親の側の問題を論じた。学校からの処分も、学年主任の肩書きをはずされるにとどまった。

それにしても須藤は不思議でならなかった。

なぜ誉田はプラットホームの記憶を書き記さなかったのか。実は須藤の行動を見ていなかった、ということはありえない。目撃したからこそ、「寺岡君は、ただ足を滑らせたんじゃない」という言葉が出てくるのだ。

そう思ってノートを読み返してみると、一つ妙なことを発見した。須藤の手元にあるものはコピーなので断言できないが、最後の記述があるページとその隣の空白ページの間がギザギザにささくれているように見えた。これはページごと破り取られた跡ではないのか。

すると、その破り取られたページに須藤の行為を記していたと考えられる。ずっと忘れていた記憶を取り戻した、あるいは当初は無意味だと思っていた記憶に意味を見出したので、最近になって書き記したわけだ。そして須藤に言おうとした。説明はつく。

しかしなぜ破り捨てたのか、これがわからない。個人の覚え書きなので、少々書き損じてもそのまま続けるだろう。仮にその部分に、家庭の恥をさらすような記述が含まれていたとしたら、発見した両親が意図的に隠したとも考えられるが、しかしそれ以前のページから「恥」の箇所を削除しなかったという事実と矛盾《むじゅん》する。それとも誉田は、プラットホームの記憶を思い出したばかりで、まだノートには記しておらず、隣のページは紙飛行機を折るために破っただけなのか。

不思議は残ったが、とにかく須藤尚武は殺した人間に助けられた。

学園は二つの死を契機に秩序を取り戻しつつある。

7

母はノートの公開を拒んだ。このような恥が表に出たら、自分も生きていけないと泣いた。

父も泣いた。しかしそれは母の涙とは別種のものだった。

いじめが息子を死に向かわせた。しかしいじめは「向かわせた」だけである。誰かが手を差し伸べれば引き戻すことは可能だった。ところが自分たちは息子に何をしたのか。息子の心をこれっぽっちも理解していなかった。自分たちが息子を殺したも同然だった。見殺しではない。後ろから背中を押したようなものだ。

父はだから、ノートを公開しようと思った。公開しなければならなかった。いじめの実態を伝えるためではない。父と母の愚かさを明かすためだ。自分たちは罰を受けなければならない。

母は、息子を亡くしたことで充分報《むく》いを受けているではないかと言った。しかし父は違うと諭《さと》した。息子の死は自分たちに対する罰ではない。自分たちが犯した罪である。罰は新たに受ける必要がある。

父は決然たる態度をとった。

そして父はもう一つ強い意志を持っていた。

息子の真の苦悩は自分たちの中だけに収めておこう。息子は断じて殺人者ではない。しかし息子の告白により、彼を責める者が必ず現われる。それだけは絶対に避けなければならない。息子をこれ以上苦しませたくない。

父はだから、ノートの最後のページを破り取った。

8

父さんは、「正直に言いなさい」と言う。でも、あのときのことをありのまま打ち明けたら、父さんはきっとおこるだろうし、寺岡の親はぼくをむちゃむちゃにたたきのめす。絶対そうだ。そして警察に連れていかれてしまう。

ぼくは人殺しじゃない。寺岡を突き落としていない。寺岡は、自分から落ちていったんだ。でも、本を落としたのはぼくだ。

あのとき、ぼくの制服の中にはエッチな本が入っていた。早く寺岡に返したかったのだけど、須藤先生がまだ後ろにいるようだったので、できなかった。

ぼくは制服の中に本をかくしたまま寺岡に肩を組まれていた。キャンプで歌を歌うような感じで左右にゆり動かされていた。そうするうちに本がずり落ちてきて、制服の上からおさえつけようとしたんだけど、カバンを持っていたのでうまくいかなくて、するりとすべって足もとに落ちてしまった。いけない、先生に見つかる、と思って、あわてて寺岡の肩から腕をはずして本を拾おうとしたんだけど、もうちょっとのところで届かなくて、本はバウンドして線路のほうに消えていった。

そのとき寺岡も、「あっ」と線路のほうに首を突き出した。そして前のめりに落ちていった。

ぼくはしばらくの間、何が起きたのかわからなかった。ちょっとしてから、寺岡が電車にはねられたとわかってビックリした。もうちょっとたってから、遠くのほうにグチャグチャになった寺岡が見えて、こわくなった。そしてまたちょっとたってから、線路に落ちた本を思い出して、ウワッとさけびそうになった。

本はぼくが落とした。寺岡はその行方《ゆくえ》を追って足をすべらせた。ぼくが本を落とさなければ寺岡は電車にひかれなかった。ぼくが寺岡を殺した。

本を拾わなければとぼくは思った。今すぐかくしてしまえば、寺岡はただ足をすべらせたということになる。

それでぼくはわざとカバンを線路に落とした。カバンのとめ金ははずしておいたので、中身が線路の上に散らばった。そうしておいて線路に飛び降りると、散らばった中身を拾い集めながら、エッチな本をカバンに隠した。カバンを落とさずに飛び降りて、本だけ拾ってホームに戻ったら、目立ってしまうと思ったからだ。近くに須藤先生がいたし。あんなときに、よく知恵が回ったと思う。あんなときだから回ったのかもしれないけど。

でも、あとになって考えてみると、ぼくが本を落とさなければ寺岡は落ちなかったわけだけど、その本はそもそも寺岡が無理やりぼくの制服の中に突っこんだわけで、ぼくには何の責任もないいんじゃないかって思った。

でもやっぱり、ぼくがもっとしっかり制服を押さえていれば何も起きなかったわけだよね。

でも、もっと前のことを考えると、寺岡がエッチな本を買おうとしなければ、ぼくの制服の中はからっぽだったんだし。

でも、寺岡がエッチな本を要求したときに、ぼくが勇気を出して反抗していれば……。

いや、そんなにむずかしく考えなくていいんだ。ぼくが本を落としたのは事実なんだ。ぼくは寺岡を突き落としていない。殺していない。けど、責任みたいなものはあると思う。

だからぼくは本当のことが言えない。学校のみんなには、どっちにしたっておまえのせいじゃないかって言われるだろうし、寺岡の親には絶対むちゃむちゃにされる。そして悪いことをしたのだから、警察に連れていかれて、少年院に入れられる。少年院には、寺岡よりもすごい不良がいっぱいいて、ぼくはまたいじめられる。そうに決まってる。

苦しいよ。だまっていてもせめられるし、正直に打ち明けてもひどいことになる。どっちに行っても行き止まりだ。苦しくってたまらないよ。

父さんや母さんに相談したところで、まともにとりあってくれないよね。ぼくがいなくなったらせいせいするんだろうな。

須藤先生ならぼくの話をしんけんに聞いてくれると思うけど、でも全部正直に話したあとで、おまえに責任があるって言われたりしたら、どうしようもないし。

ぼくは絶望している。

マリーゴールド

永井するみ

著者紹介　一九六一年東京都生まれ。東京芸術大学音楽学部中退、北海道大学農学部卒業。コンピューター会社勤務、フリーのコンピューターインストラクターを経て、九六年『枯れ蔵』で第一回新潮ミステリー倶楽部賞受賞。作品に『樹縛』『ミレニアム』などがある。

地下鉄の中で、糸川亜由美《いとかわあゆみ》はさっきから靴先ばかりを見ていた。アイボリーの靴が薄汚れて、つま先のところは特にひどい。それほど長い間、履いていたつもりはないのに、いつの間にか時間が過ぎている。

アイボリーのスーツにアイボリーの靴。秀一《しゅういち》の好きな組み合わせだ。

「きみにはそういう色がよく似合うね」いつもそう言った。だからきょうも亜由美はこの服と靴を選んだのだ。まさかあんな話を聞かされることになるとも思わずに。

「亜由美、きみのことが嫌いになったわけじゃないんだ。今でも大切に思っている」食事の後、場所をバーに移すと秀一は言った。

「ただ……分かるだろう？　オレは倉骨《くらほね》の家の長男なんだ」

そんなことは最初から分かっていた。倉骨商事社長の長男、倉骨秀一。最初に会ったとき、そう自己紹介したのは秀一だったではないか。倉骨商事は高級服地を主に扱っている商社である。本社は銀座の一等地にあり、大手ではないが格式は業界の中でも高い。

「つまりさ、そろそろオレもね」

「そろそろ、何なの？」

「亜由美、そんな恐い顔をするなよ。何も言えなくなるじゃないか」秀一は気弱な表情を見せた。

「つまり、結婚相手として私では不足だって言うのね」

「そうはっきり言われるとなんとも返答のしように困るけど、まあ、結婚というのは家と家同士のものだからね。本人同士の気持ちだけではどうにもならない部分もあるだろう？」

亜由美の家はごく普通のサラリーマン家庭だ。父親は札幌に本店を持つ銀行に勤めており、母は専業主婦。兄は地方公務員である。亜由美自身は国立大を出た後、大手のコンピュータメーカーに入社し、以来ずっと東京で一人暮らしをしている。どこに出ても恥じることはないが、取り立てて誇るべきものもない。そういった家庭だ。倉骨家と比肩しうる家柄ではないが、だからといって秀一がそんなことを平気で言うのは信じられなかった。亜由美と付き合い始めた頃、自分の付き合う相手は自分で決める。親の言いなりになどならない、といつも秀一は言っていたのだ。

「別れてほしいってことね？」亜由美が言った。

「誤解しないでくれよ。オレは今でも亜由美が好きだよ。見合いでどんなお嬢様に出会ったところで、亜由美のように好きにはなれない」

「じゃあ、なんなの」

「うん。だからさ、つまり、そういうことだよ」

「何なのよ」

「これからは、亜由美とそういう付き合いをしたいってことさ」秀一はグラスを掲げてにやっと笑った。

「バカにしないで」

そのまま亜由美はバーを出て来てしまった。結局その程度のことだったのだ。亜由美が秀一と異業種交流会という名の合コンで知り合ってから二年。いつになっても秀一が結婚を言い出さないのは、彼の親が問題なのだろうと察してはいた。それでもいつかは秀一が親を説得し自分との結婚を押し進めてくれるだろうと、そう亜由美は考えていたのだ。その結果がこれだ。もう一度つま先に目をやって、家に戻ったらこの靴を捨ててしまおう、と亜由美は決めた。薄汚れた靴をこれ以上履いているのは耐えられなかった。

ふと目を上げると、前のシートで髪を上手にシニヨンにまとめた女性が膝に広げた経済誌を熱心に読み耽っていた。三十代後半、あるいは四十代かもしれない。仕立てのいい砂色のスーツに細い金のネックレスとイヤリング。仕事をしていることが日常にぴたりと組み込まれた年季の入ったキャリアウーマン。

ページをめくり、何か気になる記事を見つけたのか雑誌を目の位置まで上げて熱心に読む。そうしては視線を外し、考え込んでいる。ちらりと見えたタイトルから株式の記事だと知れる。なるほど。ああいう女性は株式投資にも熱心なのだろう。女性の左手の薬指に金の細いリングがあった。独身かと思ったが、既婚者であるらしい。

東陽町駅でその女性は降りた。亜由美も続いて降りる。彼女は読んでいた雑誌を丸めて小脇に抱え、改札をすり抜けて行く。階段を上り、通りを足早に渡る。亜由美は小走りに後を追った。

ときどきこうして全く自分と関係のない他人の生活を覗いて見たくなる。亜由美がごく当たり前のOLの格好をしているせいか、普通の人は誰かにつけられるなどということを想像してもいないせいか、大抵の人は亜由美が後をつけていることに全く気が付かない。派手なスーツを着た華やかな女性が裏通りにある薄汚れたアパートに入っていったり、一見、ぱっとしない地味な女性が立派な門構えの邸宅に入っていくのを見ると、ああ、そうなんだ、と亜由美は思う。無駄な努力をしていたり、運を見失ったりしているのは自分だけではないのだと妙に納得する。それだけのことである。こんな趣味を亜由美は他人に言ったことはない。決していい趣味だとは言えないし、もし話したら変な目で見られるに決まっている。一人、黙って後をつけ、見たことも感じたことも自分の中に封じ込めておく。それが鉄則である。

前をゆく女性は商店街の中のスーパーマーケットに寄る気配もなく、ひたすら前だけを見て歩いている。夕食はどうするのだろう。食材を買う様子のないところを見ると、済ませてきたのだろうか。あるいは、家に帰れば夕食の支度が整っているのだろうか。

コンビニエンスストアの角を曲がったところにある針灸院でその女性は足を止めた。「佐久間針灸院」と看板が出ている。なるほど。針か。あるいはマッサージ。肩こりか腰痛に悩まされているのだろう。仕事を持つ女性の職業病だとも言われる。彼女があんなに急いでいたのは、この針灸院の診療時間に遅れまいとしてのことだったのだ。

亜由美が納得しかけたとき、その女性は亜由美の予想とは違う行動をとった。針灸院の入り口ではなく、棟続きの木造家屋の方へと入っていったのだ。女性の姿が家の中に消えたのを確かめてから表札を見る。佐久間茂。その隣に貴子。小さく、真菜、未菜、沢菜、とある。そしてその横に高岡ハツ江。ハツ江というのはあの女性の母親だろうか。そして菜のつく三人は娘だろう。あの女性は貴子。三人の子持ちだったのか。

何となく意外だった。キャリアウーマン然としたあの女性が住んでいるのは、小綺麗なマンションかセンスのいい一戸建て。そこに夫と二人暮らし。そんなところではないかと亜由美は思っていたのだ。こんな今にも崩れ落ちそうな木造家屋に家族六人で住んでいるとは思わなかった。針灸院の方に回って見ると、既に電気は消えていた。診療時間は朝の九時から夕方五時までとある。日曜日と木曜日が休み。何の飾り気もない入り口に箒とチリトリが置いてあった。

足早に歩いてきたので喉が渇いていた。何か飲物を買おうと亜由美は角のコンビニエンスストアに向かった。雑誌をぱらぱらと立ち読みしてから、店の奥で飲物を選んでいると、自動ドアの開く音がした。

「まいっちゃった。パン粉ある？」顔色の悪い中年の女が店員に向かって言った。

ヘアバンドで無造作に髪を留め、襟ぐりの伸びきったTシャツに何度も水をくぐって変色したようなおかしな色のスパッツ。手首のところに卵の黄身がついている。

「イカのフライ。最後のところでパン粉が足らなくなっちゃったの」

店員がパン粉の在処を手で指し示した。

「ありがと」

女は亜由美とぶつかりそうになって一瞬顎を引いたが、すぐにすたすたとパン粉の棚へ歩いて行った。男物のサンダルが脱げそうになっている。この女性が先ほどの佐久間貴子という女性だと気付くのには少し時間が必要だった。化粧を取り去り、ばさばさの髪にみすぼらしいなりをしたこの女性が、先ほど目の前で経済誌を広げて株式欄を検討していた、あの知的な女性と同一人物だとは、とても亜由美には思えなかった。

亜由美は奥の棚からハト麦茶を取り出し、チョコレートと一緒にレジに持って行った。店員がレジを打っていると、

「いやだあ。あの人ったら」

後ろの棚の方で大声が聞こえた。見ると、貴子がドアの前のマットに飛び乗ったところだった。開いた自動ドアの前で貴子は通りの向こうに向かってパン粉を振り回してみせた。

「あったわよ。パン粉」

「おう、おう」

紫色のジャージの上下を着た小太りの男がうなずいた。ビールでも飲んでいたのか、赤い顔をしている。男の足元には三人のよく似た女の子達がまとわりついている。どの子もたいして可愛くもなく、しつけが良さそうでもない。男の足を蹴飛ばしたり、スカートの中に手を突っ込んでパンツを引っ張り上げたりしている。

「真菜、未菜、沢菜。家に入ってなさい」貴子が怒鳴る。

「やーだべー」女の子達がアカンベーをした。

亜由美に釣り銭を渡した店員が、ちょっと肩をすくめて笑った。亜由美もつられて笑う。通りの向こうでは男が、足元の女の子達を一人ずつ抱き上げている。女の子達はその度にきゃあきゃあ言った。外の騒ぎを聞きつけたのか、男の後ろから六十年輩の女が顔を出した。貴子の母親のハツ江であろう。細い目を更に細めて男を見、そして貴子の方を見た。

「おかあさん、ちゃんと台所で火を見ててよ。すぐ戻るからさ」貴子がハツ江に向かって大声で言うと、ハツ江はうなずいて家に戻って行った。

亜由美は店の外に出てハト麦茶のプルリングを開けた。貴子はすぐに店を出てきて、サンダルをバタつかせながら走って行った。小太りの男がそれを嬉しそうに見ている。男の肩に乗っていた色の黒い猿のような顔をした女の子が、貴子の顔を見て、かあちゃん、と言って顔をくしゃくしゃにして笑った。亜由美は手に持ったハト麦茶の缶を握りしめた。胃が焼け付くようだった。心の底から羨ましかった。佐久間貴子というあの女性が。


マンションに戻ると留守番電話のライトが赤く点滅していた。再生ボタンを押し、キッチンでお湯を沸かす。電話は札幌にいる母からだった。

「亜由美、毎日毎日、遅いんだねえ。五月の連休には帰って来れるの？　仕事ばかりしていないで、これから先のことを少しは考えなさいよ。電話下さい」

ハーブティを淹れ、床に直接座ってそれを飲む。二年。秀一と共に過ごした時間。彼は今でも亜由美のことを好きだと言った。結婚はできない。けれど好きだと。だからそれなりの付き合いをしようというのだ。バーでのやりとりを思い出して、亜由美は唇を噛んだ。

　結局、自分に都合のいい夢を見ていただけなのだ。有り体に言えば、玉の輿を狙っていた。秀一のことも好きだったが、彼と一緒にいることで今までとは全く違った人生が開けるかもしれないという予感。それが強い魅力だったのだ。亜由美は立てた膝に顔を埋めた。泣きたくはなかったが、涙は意思とは無関係に流れ続けた。

　これからはもっと地道な恋をしよう。針灸院を営む夫。三人の小汚い子供。そんな幸せが、今、亜由美は無性に欲しかった。

　玄関のアイボリーの靴が目に入った。地下鉄に乗っているときは捨ててしまおうと決めた靴だったが、今夜はやめておこう。亜由美は立って行って、下駄箱の隅からボロきれを取り出すとその靴の汚れを拭った。


　デスクで資料をまとめていると、課長に呼ばれた。

「明日空いてる?」いきなり訊いてくる。

「明日ですか?　明日はS社に新規システムの件で説明に出向く予定になっていますが」課長の記憶を質すようなつもりで亜由美が言う。

「ああ。あれはいいよ。僕と北条くんとで行くから。糸川くん、きみさあ、明日、新入社員の連中を研究所見学に連れて行ってくれないかなあ」

研修を終えた新入社員が三人、先週から亜由美の属する営業一課にも配属になっていた。課長をはじめ、課のメンバーにとっては、彼らに仕事を見つけてやることがここのところの仕事になっていた。

「当初、営業二課の方にうちの連中も混ぜて貰う予定だったんだけど、二課の予定が変わってね。昨日、二課だけで行ってしまったんだ。うちの連中だけ、研究所見学させないっていうのもかわいそうな話じゃないか」

「それはそうですが」

「新入社員にしても、糸川くんのような女性に案内して貰う方が、むくつけき男に案内されるより数倍楽しいだろう。研究所の新内くんという女性に言えば、セキュリティカード云々、必要な手配はしてくれる。きみは引率するだけでいいから。じゃ、いいかね」

「ですが、課長」

「S社の方は問題ないから」課長は手振りで席に戻るようにと言った。

隣のデスクから北条がにやついた顔を上げて、災難だね、と言った。

北条と亜由美は同期入社だ。それにも拘わらず、北条は今年の四月主任に昇格し、亜由美は今までのままのヒラ。営業成績にも差はない。むしろ亜由美の方がこれまでの成績はいい筈だった。S社の情報システム部は、亜由美が入社して以来七年間ずっと担当しているところだ。新規システムの導入計画も、ここ一年、亜由美が中心になって進めてきたプロジェクトだった。それなのに、よりによって肝心の詰めの時期にきて亜由美は新入社員の研究所見学に付き合わされ、そして北条は亜由美の作成した資料でプレゼンテーションをする。何かの雑誌に、男性がエスカレーターで上へ上へと上がっていく横を女性が必死で階段を駆け上がっている風刺画が載っていた。総合職の女性を揶揄したものだった。今までは亜由美も必死で階段を駆け上がってきた。けれどその段差はどんどん大きくなり、足を上げても届かなくなっている。そんな気がするのだった。

千葉市幕張にある研究施設の見学を終えてJRの駅へと向かう。亜由美の後ろには新入社員が三人。

「糸川さん、きょうはこの後、どうするんですか」倉田という新入社員が訊く。三人の中ではリーダー格である。

「きょうは、もう解散。直帰することは課長も了承済みだから」

まだ五時前だったが、これから社に戻ったところで彼らにはやるべき仕事もない。早めに帰してくれ、というのが課長からの命令だった。

「ホントですか」高橋が言う。浅黒い肌。引き締まった体つき。彼のテニスの腕はかなりのものだという噂だ。苦労知らずのボンボンという顔だが、意外に細かいことに気が付く繊細なところもあって、課長や主任には重宝がられている。

「嬉しいなあ。ピクニックに来たみたい」唯一の女性新入社員の幸田が伸びをしながら言う。ボブカットのよく似合う小柄な女性だ。

亜由美は彼らににっこり微笑むことでそれに応じ、駅へと急ぐ。亜由美の後ろで三人が何やら小声で相談していた。それから、

「糸川さん、これから銀座に出ませんか」倉田が言った。「たまには飲みましょうよ」

「そうねえ」

「ワリカンでいいですから」

「うーん、どうしようかなあ」

亜由美が渋っていると、高橋が、糸川さん、どこに住んでるんですか、と訊いた。

「浦安」

「それじゃあ、銀座まで出ると、行ったり来たりすることになっちゃいますね。だったら、この辺で飲みましょうか」高橋が言った。「それだったら大丈夫でしょう?」

「ええ」

幸田は銀座に出たかったらしく不満そうな表情をしたが、結局、幕張駅前の居酒屋に入った。ビールと摘みを適当に注文してお手拭きを使う。

「研究所どうだった?」

引率責任者として亜由美が妥当な会話を始める。三人は義理堅く、非常に興味深かった、と答えた。ビールを飲みながら課のメンバーの噂話などをしていると、

「糸川さんと北条さんは同期入社ですよね？」幸田がビールを一息に飲んで言った。

「そうよ」

「北条さんて独身ですか？」

「おいおい」倉田がおどけて幸田を制するまねをした。「コーダ、早速、目を付けてんのかよ」

「いいじゃない。北条さんて私たち新入社員女子の間では人気あるのよ。仕事も出来るって話だし、優しいいし、いつもセンスのいいスーツをぱりっと着こなして。糸川さんと北条さんて親しいんですか」幸田が重ねて訊く。

「同期だからね。同じ課だし」

「それだけですか」

「何。他に何かある？」

「コーダ、いい加減にしろよ」倉田が幸田のビールを取り上げようとする。

「だって噂ですよ。糸川さんが北条さんの仕事を手伝って夜遅くまで残業しているって」

「そんなことないわ。残業してたのは私自身の仕事のため。別に北条さんとは関係ないわよ」

る。


「ふうん」幸田が納得いかない様子で唇を尖らせる。

「でも、女性の営業っていうのは大変でしょう？　体力的にも」倉田が話題を変えようとする。

「そうね。でも一度、営業報酬を貰ってしまうと、この仕事やめられないわね」

亜由美が言うと、三人は急に興味をそそられたように営業報酬の金額について質問してきた。営業報酬の計算方法を教えてやり、彼らが勝手に試算し始めるのを横目に亜由美は一人、ビールを飲む。二時間ほどその店にいてから三人と一緒に電車に乗った。亜由美が浦安で降りないでいると、

「糸川さん、浦安ですよ」高橋が言った。

「ちょっとね、東陽町まで行く用事を思い出したの」

三人が顔を見合わせて笑う。

「カレシですか？」幸田が言った。

「そんなんじゃないけど」

「照れないで下さいよ。糸川さんみたいな人にカレシがいない筈ないもんなあ」倉田が同意を求めるように高橋の顔を見た。

高橋は曖昧にうなずきながら、一人で大丈夫ですか、と訊いた。

「いやだ。高橋くん、何言ってるの。糸川さん、子供じゃないんだから。まだ八時よ。一人

で大丈夫に決まってるでしょ」幸田が酔っているのか甲高い声を上げた。

亜由美は三人と別れて東陽町で降りた。足は自然に佐久間針灸院に向く。駅前の商店街を抜け、児童公園の脇を通る。再び小さな商店街が始まる。そのどん詰まりの角を曲がったところが佐久間針灸院だ。針灸院の電気は消え、母屋の方から暖かな光が漏れている。夕食はもう済んだのだろうか。皆でテレビでも見ているのだろうか。あるいは、娘達を順番に風呂にいれているところなのかもしれない。

この間と同じように角のコンビニエンスストアでハト麦茶を買い、飲みながら佐久間の家の回りを歩いた。母屋を通りから隔てる生け垣は、ここしばらく手入れがされていないと見えて伸び放題になっている。生け垣の間から見える小さな庭には、ベゴニアやマリーゴールドが勝手気ままに植えられている。庭の片隅に物置。ドアが薄く開いて三輪車が覗いていた。

この家を見ていると気持ちが落ちついた。三人の新入社員と一緒にいてざらついていた神経がおさまっていく。

会議を終えて席に戻ると、電話番をしていた幸田が席を立ってきて、亜由美のデスクに屈み込んだ。

「お電話がありましたよ。クラホネさんていう方から。後でもう一度お電話下さるそうです」

「ああ、そう」出来るだけさりげなく返事を返す。

「糸川さん、クラホネさんて、まさか倉骨商事のクラホネさんとは関係ないですよね」

亜由美の返答を聞き逃すまいとするようにじっと見ている。

「関係ないわよ」

「そうですか。なーんだ。がっかり。倉骨商事の御曹司かと思ったのに。でも珍しい名字ですよね。クラホネなんて」

「そうね」

オフィスに電話をしてきた秀一に腹が立った。今頃なんだって電話をしてきたのか。しかも、倉骨と名乗るなんて。幸田が席を立ったときを見計らって、秀一のオフィスに電話をかける。倉骨商事の広報室に彼はいる。すぐに秀一が出たので、

「糸川です。電話を貰ったそうですが」そっけなく言った。

「やあやあ。ごめん。女性の声だったからさぁ、てっきりきみかと思った。きみのところ、男所帯じゃなかったの」

「新入社員に一人、女性がいるのよ」

「あ、そうなんだ。悪かったね。ところで今夜会える?」

「何を言ってるの」押し殺した声で亜由美が言った。

「この間のこと、悪かったよ。オレの言い方が悪かった」

「いいえ。言い方など悪くありませんでした。あなたは正直に話してくれたと思います。それじゃ、失礼します」亜由美が電話を切ろうとすると、

「ちょっと待ってよ。とにかくもう一度会おう。シェ・イノを予約しておいたから。今夜七時。いいね。じゃあ」

受話器を置くと、いつの間にか席に戻っていた幸田が亜由美の方をじっと見ていた。

七時に京橋にあるシェ・イノに行くと、既に秀一は来ていて一人でシェリーを飲んでいた。亜由美を認めて手を上げる。

「良かった。来てくれたんだね」

「来るだけは来ました」

秀一はボーイに合図をして亜由美にもシェリーを持ってこさせた。乾杯する。ガラスの触れ合う高く乾いた音。

「この間は悪かった」秀一がそう言って頭を下げた。亜由美が黙っていると、

「怒ってるの?」

「いいえ」

「ほんと?」

「怒ってはいないわ」

「怒ってるじゃないか」

「いいえ」

秀一は大げさにため息をついた。

「ぼくの言い方が悪かったんだな」

ムール貝と海老のオードブルが運ばれてきた。レモンを絞り、フォークですくうようにして食べる。

「亜由美はうまそうに食べるなあ。そういうところにも惚れたんだ」

「それはどうも」

「なあ、頼むよ。機嫌を直してくれよ」

「ねえ、秀一。あなたはこの間、私に愛人になれ、と言ったのよ。結婚するのは無理。でも、これからもそれなりの付き合いをしたい、っていうのはそういうことでしょう」

秀一は戸惑いを浮かべた顔でうなずいた。

「しかしさぁ、亜由美。考えてもみろよ。きみが倉骨の家に入って親父やお袋や親類縁者達の間で苦労するよりも、僕と二人だけの自由な関係でさ、今まで通り会いたいときに会って、うまいものを食って、たまに旅行をして、そういう付き合いの方が楽しいと思わない？」

「奥さんの目を盗んで、でしょ」

「まあね。僕が誰と結婚することになるかは分からないけど、どうせ世間知らずのおっとりしたお嬢様さ。その女性にはさっさと跡継ぎを産んで貰って、僕は僕で人生を楽しみたい。一緒に人生を楽しむのには亜由美、きみみたいな女性がいいんだ。仕事を持って、自立して、しっかりしていて、それでいて優しい」

「最高のプロポーズだわ」

「だろう？」

皮肉で言ったつもりだったのに、それさえ分からない秀一を亜由美は呆れて見た。彼の肩越しに入り口付近のテーブルが見える。背広姿の三人の男性に囲まれて、きりっとスーツを着こなした女性が背筋を伸ばして座っている。その女性がメニューを広げてボーイに何か言った。女性の言葉に周囲の男性が破顔する。女性は頬を染めて又、何か言った。年輩の男性がそれに対して笑顔で応じ、周囲の男達が又笑う。そのテーブルで専ら話題を提供しているのはその女性であるらしかった。その女性というのは佐久間貴子。彼女だった。

秀一はゴールデンウイークに香港に行く予定だと話し始めた。亜由美は上の空で相槌を打ちながら、入り口近くのテーブルに座っている貴子を見ていた。貴子はフォークとナイフを優雅に使い、男達に何か話題を投げかけてはすぐに聞き役に回る。ワインの回ってきた男達は次第に饒舌になり、上機嫌で笑っている。貴子はそれに笑顔を返しながら、ときどき密かに時計に視線を落としていた。子供達のことを考えているのだ、と亜由美は思った。今頃娘達は何をしているだろうか。きっとそう思っているのだ。取引先か何かの男達を接待しながら心の中では家族のことを思っている。三人の娘達。真菜、未菜、沢菜。男達に愛想笑いを振りまいているより、娘と一緒にテレビゲームでもやりたいのだろう。

そう考えたとき、亜由美の中で何かが弾けた。秀一と向かい合って食事を続けることが、耐え難いことに思われた。亜由美は急に立ち上がった。秀一が驚いて見ている。

「どうしたんだよ。亜由美」

「秀一。もう二度と電話してこないで」

ナプキンを丸めてテーブルに置き、亜由美は店を横切ってドアに向かった。

「亜由美」

秀一が追ってきた。亜由美は構わずにドアに手をかけた。店にいた客の目が二人に集まる。秀一の手を振り払って、亜由美は店を飛び出した。

新入社員歓迎会は毎年恒例の多摩川土手でのバーベキューである。北条がつい最近四駆のワゴンを買ったとかで、バーベキューに必要な機材を運ぶことを自分から申し出てくれた。亜由美は食材を用意する。軽自動車に野菜や肉、焼きそばを段ボールにいれて乗せる。札幌の母が送ってくれたジンギスカン用のラム肉も解凍して、一緒に持っていく。

「亜由美ちゃん。S社の新規システムの件、課長から聞いた？」

ワゴンからバーベキュー用の大型コンロを二人で運び出しているときに、北条が言った。

「ううん。何？」

「先方、すっごい乗り気でね。うまく行きそうなんだよ」

「そう」

「これも亜由美ちゃんのおかげだよ。亜由美ちゃんがこれまでずっとS社といい関係を続けてきたから。S社の三重次長、亜由美ちゃんに会いたがってたよ。最近、糸川くん来ないねって」

ヤキソバやチャーハンを作るための鉄板を北条が運んできた。亜由美がそれを油を染み込ませた布で拭く。

「最近は私、サポート部隊だもの。客先に出向くのは北条さんにお任せ」

「またまたあ」

北条は笑ったが、事実そうなのだ。課長からそう言われている。一線で動く営業のために資料を作成したり、事務処理を片付けたり、あとは新入社員のお守り。それが最近の亜由美の仕事だ。

課のメンバーとその家族、そして新入社員がやって来て早速パーティが始まった。バーベキューを食べ、ビールを飲み、気が向けば土手でバドミントンをしたり、子供達を交えてサッカーをしたり。新入社員歓迎会というよりはホームパーティのようなものだ。

亜由美は課長の娘とテニスを始めた。土手の向こうを北条と幸田が肩を並べて歩いて行く。ぼんやり眺めていると、

「スマッシュ」課長の娘が高い位置からボールを打ち込んだ。「糸川のおねえさん。よそ見しないで真面目にやってよ」と怒鳴る。中学校二年生だというが、体が大きく力も強い。言葉使いも課長にそっくりだ。

「ごめんごめん。もう一回、いくよ」

亜由美は軽くサーブを打つ。そして強烈なリターン。又、亜由美は受け損なう。課長の娘が大げさなため息をついた。そばで見ていた高橋が、

「糸川さん、ちょこっと交代しましょう」

亜由美に代わって課長の娘を相手にテニスを始めた。インカレでいいところまで行ったというだけあって、正確なストロークだった。今度は課長の娘が受け損なう。彼女は顔を真っ赤にして、強烈なサーブを打ってくる。高橋は軽くリターン。課長の娘の足元へ打ち返す。しばらくラリーを続けて、課長の娘が受け損なって転んだ。

「少し休憩しようか」高橋は課長の娘にそう声をかけた。

彼女は不満そうな顔をしたが黙ってうなずいて、課長達のいる方へ歩いて行った。

「さすが高橋くん、テニスがうまいって評判は聞いてたけど、想像以上だわ」

高橋はいやあ、と言って笑った。

「中学生相手にムキになってしまいました」

「ムキになってたの？　アレ」

「はい」

「相手の打ちやすい位置にボールを返してあげてたように見えたけど」

「打ちやすい位置のボールを返せないっていうのが、一番の屈辱なんですよ」

「なるほど」

高橋と並んで亜由美は土手に腰を下ろした。草の匂いがする。

「あのラム肉、うまいですね。柔らかくて。糸川さんが持ってきてくれたんですよね」

「そうなの。実家の母が送ってきたから」

「実家？」

「うん。札幌なのよ」

「へえ。いいところですねえ」高橋はニセコにスキーに行った際、札幌を訪れたことがあると言った。「人も優しいし、食い物もうまいし、言うことないですよね」

「ありがとう。高橋くんは、実家は？」

「東京です。小平市」

「へえ。じゃあ、今も実家に住んでるの」

「いいえ。吉祥寺にアパートを借りてます」

「またどうして？」

「ささやかな自立を保つため、ですね」そう言って笑う。

「仕事」しばらくして、高橋が言いづらそうに言った。「大変ですか」

「きょうは仕事の話はナシでしょ」亜由美が睨むと、

「すいません」高橋が黙る。サッカーに興じる子供達の声が響いていた。

「どうして？」今度は亜由美が訊いた。

「いや、糸川さん、最近疲れてるみたいだから」

「そんなことないけど」

「オレ達、まだ今のところ仕事がなくて、会社で暇してるじゃないですか。だからつい周りをきょろきょろしてしまうんですよね。そうすると、ときどき糸川さん、ぼんやりしてため息をついてます」

亜由美はなんと答えたらいいのか分からず、ただ高橋を見ていた。

「すいません。余計なことでした」

高橋はさっと立ち上がり、行きましょう、と促した。バーベキューの輪に戻り、課長の下らない冗談に一緒に笑う。

帰る途中、亜由美はほんの少しだけ遠回りをすることにし、東陽町にある佐久間針灸院の前を通った。通りを徐行し、コンビニエンスストアの前で車を止める。コンビニで何か買おうと思い、バッグから小銭入れを取り出していると、ちょうど向こうから、三人の女の子をつれた佐久間貴子が歩いてくるのが目に入った。亜由美は姿勢を低くして彼女達の様子を眺める。

貴子はジーンズに洗いざらしのダンガリーシャツ。化粧気はない。三人の女の子達も、ジーンズ地で出来た吊りスカートをはいている。貴子は両手にスーパーの袋を二つずつ下げていた。袋からは長葱が覗いている。道路に広がって歩こうとする娘達を、貴子は羊飼いが羊を追うようにスーパーの袋で道路の端の方へと追っている。

「ビンボー」「ボーナス」「スイカ」「カメラ」「ラッキョウ」「ウドノタイボク」

女の子達の声が聞こえた。しりとりをしているらしい。貴子は笑いながら娘達の後ろを歩いている。佐久間の家のドアが開いて、貴子の母親が顔を出した。一瞬、目が合った。亜由美は慌てて顔を伏せる。

「お帰り」

「おばあちゃん、ただいまあ」女の子達が口々に言う。

彼女達が家の中へ消えて行くのを見送ると、亜由美は車を出した。

ベッドの中から腕だけを伸ばして時計を引き寄せ、見ると十一時を過ぎていた。昨夜、アパートに戻ってから一人で飲み直したのがいけなかった。亜由美は大きく伸びをしながら思う。別段何の用事もないのだから、日曜日くらい寝坊してもいい筈なのにどこか罪悪感がある。服を着替え、顔を洗った。窓を開ける。きょうも又、いい天気だった。コーヒーを淹れ、テレビのスイッチをつけた。しばらくぼんやり眺めていると、昼のニュースが始まった。

「きょう未明、午前二時頃に江東区東陽三丁目の佐久間さん宅で火災が発生しました」

亜由美は驚いて画面を見る。見覚えのある家並み。その向こうにある筈の木造家屋は瓦礫に変わっていた。ヤジウマらしき人の群れがその瓦礫の山を遠巻きにしている。

「逃げ遅れた佐久間茂さん、四十三歳が焼死」

画面が切り替わって被害者の写真が映される。丸顔。額が広い。垂れた目がいつも笑っているような印象を与える。

「放火による出火と見られ、深川署では捜査を急いでいます。なお佐久間さんの妻の貴子さん、七歳、六歳、五歳になる真菜ちゃん、未菜ちゃん、沢菜ちゃん、同居していた貴子さんの母親、ハツ江さんは火の手を逃れ無事でした」

そんな馬鹿な。亜由美は祈るように指を組み合わせた。震えていた。佐久間の家が放火に遭うなんて。あの家が焼けてしまったなんて。あの家族はいつも仲良く幸せでいてくれなくてはならなかった。亜由美にとって幸せの象徴のようなものだった。彼らを見舞った災難。

茂という一家の大黒柱を失って、貴子は、そして三人の娘達はどうなってしまうのだろう。昨日、車で佐久間の家の前を通りかかったときのことを思い出した。しりとりをしていた三人の娘達。一緒になって笑い声をあげていた貴子。平和で過不足ない姿だった。それが壊されてしまうなんて。

信じられない思いで、亜由美はいつまでもテレビの画面を見つめ続けていた。

仕事を終えた亜由美がアパートに戻ると、部屋の前に二人の男が立っていた。年輩の方の男が亜由美に歩み寄る。

「糸川亜由美さんですね？」男は警察手帳を見せて尋ねた。亜由美がうなずくと同時に、

「ちょっと、お尋ねしたいことがありまして」男が言った。

「どうぞ」亜由美はドアを開け、部屋の明かりをつけた。「散らかっていて」亜由美がリビング兼寝室に当たる部屋を片付けようとすると、

「いや、こちらで構いません」男は入ってすぐの板の間のダイニングで言った。

亜由美はダイニングテーブルに出し放しになっていたパン皿を流しに持って行き、やかんを火にかける。

亜由美が向かい側に腰を下ろすと、年輩の刑事は友之倉と名乗った。若い方の刑事は川村だと言う。

「早速ですが、先週の土曜日の夜、正確には今週の日曜日の明け方。どこかへお出かけでしたか」友之倉はごく普通の口調で訊いた。

「土曜の晩ですか」

「はい。四月二十二日から二十三日にかけてですが」

電話台の上においてある卓上カレンダーを引き寄せ、亜由美は記憶を手繰り寄せるように目を細めた。

「二十二日は会社の新入社員歓迎会があった日だわ。えーと、夜七時頃、部屋に戻ってきて、ありあわせの物で夕食を食べ、テレビを見てビールを飲んで寝ました」

「外出はされなかった？」

「ええ、ずっと部屋におりました」

「どなたかご一緒でしたか？」

「いえ。一人でしたが」

川村と友之倉が黙ってうなずく。

「でも、どうしてそんなことを？」

「ある事件の参考のために」

亜由美の表情が不安げに揺れる。ヤカンがピーという高い音を上げる。亜由美は立って行ってガスを止め、お茶を淹れた。

「二十三日の明け方、江東区東陽で放火事件がありました」お茶を淹れている亜由美の後ろから友之倉が声をかける。「ニュースでご存知でしょう?」

「はい」

亜由美が茶を二人の刑事の前に置く。刑事達は丁寧に礼を言い、茶を飲んだ。

「東陽三丁目の佐久間という家です。自宅の棟続きが針灸院になっています」友之倉がそう言って、亜由美の顔をじっと見た。

「ご存知ですか?」

気押されるように亜由美はうなずいた。刑事達の顔に緊張の色が走る。

「その家の前を車で通ったことがあります。新歓パーティのあった日。二十二日の土曜日の夕方でした」

「一体、何の用事であそこに行かれたのですか」

「別段これと言って用事はないのです。誰もいないアパートにまっすぐ帰るのもつまらなくなって、でたら目に車を走らせました。そうしたらコンビニエンスストアがあったので、何か飲物を買おうと思って」

「それで?」

「お財布の中を見たら一万円札しかありませんでした。一万円をくずすとあっという間になくなってしまいますでしょう。それで買うのを止めて車を出しました」

「それから?」

「それだけです」

「ちょうどそのとき、佐久間さんの奥さんが娘さん達を連れて買い物から帰ってきた。その様子をあなたが車の中から窺っていたという証言があるんですよ」友之倉が強い口調で言った。

「佐久間さんの奥さんとは、ときどき地下鉄で乗り合わせるのです。見たことのある人だなあと思って見ていました」

「あなたは二十二日以前にも、佐久間さんの家の近くに行ったことがありますね?」

「いいえ」

「正直に答えて下さい。そうでないと、ご同行願わねばなりません」

亜由美が唇を嚙んだ。

「佐久間さんの家の付近に行ったことがありますね?」

「はい」

「それはいつですか」

「今月の初め、です」ためらいがちに亜由美が言った。

「何をしに行ったのです?」

亜由美が答えられずに黙っていると、

「何をしに行ったのですか？」重ねて友之倉が訊いた。温厚そうな表情の後ろに、テコでも退かない意地を見え隠れさせながら、亜由美を正面からひたと見据えていた。

「仕事からの帰り、佐久間さんの奥さんと同じ電車に乗り合わせました」やっとのことで亜由美が声を絞り出した。「さっそうとしたキャリアウーマンといった感じで、こういう女性はどんなところに住んでいるのだろう、と思いました。それで私も東陽町で降り、佐久間さんの奥さんの後をつけました」

「後をつけた？」川村が訳が分からないというように繰り返す。

「はい」

「それで、どうしたんです？」友之倉が川村を制するようにして訊いた。

「ああ、こんな所に住んでいるのかと。正直言って意外でした。もっときれいなマンションにダンナさんと二人で住んでいるものとばかり思っていたので。古い木造家屋に娘が二人。それに母親も同居。コンビニで飲物を買っていたら、貴子さん、佐久間さんの奥さんが、パン粉を買いにきて。電車で見たときとは別人のような格好でした。化粧を落として、髪はぼさぼさ。薄汚れたTシャツ。貴子さんはパン粉を買って家に戻って行きました。そのときはダンナさんと娘さんも門の所に出ていて、貴子さんの顔を見てみんなにこにこしてました」

　友之倉と川村はまじまじと亜由美を見た。

「それであなたはどうしたんです？」

「貴子さんが羨ましくなりました。無性に。職場では有能なキャリアウーマンで、家に戻れば下町のおっかちゃんをやっているあの人が」

「それで？」

「それだけです」

「しかし、その後もあなたは佐久間さんの家の近くに行っている。目撃証言があるんですよ」

「気持ちが落ち込んだとき、佐久間さんの家を見に行きました。自分を奮い立たせるために。私もいつか佐久間貴子さんのような地道な幸せを手にいれようと思って」

二人の刑事は、亜由美を珍しい魚か何かのように眺めた。それから刑事達は、亜由美にしばらくの間は所在を明らかにしておくようにと言いおいて、アパートを出て行った。


どことなくぎくしゃくとしたミーティングがようやく終わった。課員達が席を立つ。手帳を片手に亜由美も会議室を出ようとすると、糸川くん、ちょっと、課長が手振りで残るようにと言う。亜由美は小さくうなずいて、出口に一番近い椅子に再び腰を下ろすと、課長自らコーヒーを運んで来て、亜由美の前に置いた。

「糸川くん」

「はい」

「相談に乗るよ」

「何のことでしょうか」

課長は椅子の背に体重を預け、正面から亜由美を見た。

「昨日、警察が来てね」

亜由美が黙っていると、

「東陽町の放火事件、きみ、何か関係しているの」

「とんでもないです」

「しかし、警察の口ぶりでは……まあ、いい。僕はきみの言うことを信じるよ。ただねえ、噂になっては困るんだ。社内では勿論、もし客先にでも知れたら、分かるね？」

「はい」亜由美は素直にうなずいた。

会議室の空気が淀んでいる。課長は組んでいた足を外し、もう一度組み直した。それから言った。

「しばらく休暇を取ったらどうだろう。あと二日でゴールデンウイークだ。まとめて休んだらいい。有給も溜まっているだろう？」

「はい」

「じゃ、いいね。きょうは早退していいから」

そう言い残して課長は会議室を出て行った。コーヒーカップを給湯室で洗い、亜由美はデスクに戻った。課のメンバーが何か話していたが、亜由美の姿を見るなりぴたりと止んだ。デスクの上を整理し、回りの人間に早退する旨を伝えて亜由美はオフィスを出た。

地下鉄駅に向かいながら、札幌に帰ろうか、と考えた。こんな噂が立ってしまっては、たとえ疑いが晴れたところでこのまま会社にいられるかどうか分からない。札幌に帰れば、父が、母が、兄がいる。誰かしらがいつも、亜由美、と声をかけてくれる。札幌を離れて七年。今ほど故郷を懐かしく思ったことはなかった。

「糸川さん」後ろから呼ばれた。振り返ると高橋が走って来るところだった。「糸川さん。ちょっと、ちょっと。どこかで何か飲みましょうよ。喉が渇いた」息を切らせている。

高橋に引きずられるようにして、亜由美は駅前のフルーツパーラーに入った。グレープフルーツジュースを飲み終えると、高橋はやっと一息ついたように、糸川さん、しっかりして下さい、と言った。

「高橋くんも知ってるんでしょう？」亜由美が言うと、高橋がうなずいた。

警察は課長だけではなく、課の人間全部に事情を聞いて回っているのだろう。予想はしていたが、やはり亜由美にはショックだった。

「しかし、変な話ですよねえ。糸川さんが放火犯と間違われるなんて」あっけらかんとした調子で高橋が言った。

「身から出た錆なのよ」亜由美はため息と共に言った。

「どういうことですか」

刑事を相手に一度話してしまったせいだろうか、高橋にも、それほど躊躇なく打ち明けられた。佐久間貴子の後をつけたこと。貴子の生活をかいま見て心底羨ましくなったこと。それら一切がっさいを亜由美は高橋に話した。高橋にどう思われようと構わない気がした。

「あの日、アパートにまっすぐ帰りたくなくて。私、ある男性と別れて」

高橋がうなずいた。

「知ってるの？」

「コーダが喋りまくってました。倉骨商事の御曹司と糸川さんが付き合っているって」

「ああ、そう。でも彼の方は本気ではなかったみたいだけどね。ちょうどそんなときだったせいかなあ。佐久間貴子の地に足がついた幸せぶりっていうのが、理想的に見えたの。あの家族を見ていると気持ちが休まったの」

高橋は空になったジュースのグラスを脇に押しやり水を飲んだ。本当に喉が渇いていたらしい。

「それだけのことなんだけど、見ず知らずの他人の後をつけるなんて、やっぱり変よね。でも、実際は何もしていないんだから、そのうち警察も分かってくれるでしょう」ため息混じりに亜由美が言うと、

「しかし、本物の放火犯人をみつけない限り、周りの人間は納得しない。嫌な噂は消えませ

ん。そのうちなんて悠長なことを言っている場合じゃないですよ」

「そうね」亜由美がぼんやりと応じる。

「しっかりして下さいよ」

高橋はしばらく黙って亜由美を見ていたが、やがて訊いた。

「糸川さんが佐久間っていう人の家を訪ねたのは、正確には三回ですよね？」

「ええ。最初は貴子の後をつけて家まで行って、コンビニで飲物を買っていたら、貴子が偶然パン粉を買いに入ってきたの。イカのフライを作っている途中でパン粉が足らなくなったみたい。そう言っていた。それで貴子がパン粉を買ってコンビニを出ると、貴子のダンナさんや子供が家の前に出て貴子のことを待っていた。すごく幸せそうだった」

「二度目は？」

「あなたたちを研究所見学に連れて行った日」

「そういえばあの日、東陽町で降りましたね」高橋が記憶を辿るようにして言った。

「そう。あの日も佐久間の家の前まで行ったの。ぐるっと回って家の様子を見ただけ。今ごろご飯を食べているのかなあって」

「そうですか。それから？」

「三回目は多摩川で新歓バーベキューの後。車で佐久間の家まで行ったの。コンビニの前に車を止めてたら、ちょうど貴子が買い物から帰って来るところだった。娘三人連れて、スーパーの袋をぶらさげて。それが放火のあった前日。でも、それがどうしたの？」

「糸川さんの行動を正確に知りたかったんです」

「どうして」

「いいですか。警察では失恋したノイローゼ気味の女性が、幸せな家族を妬んで放火をした。そう考えているんですよ」

「ひどい」亜由美の唇が細かく震えた。

「すみません。しかし実際、そうなんですよ」

考えてみればその通りなのだった。亜由美が佐久間の家の回りをうろついていたことも、ノイローゼの一症状と言えないこともない。高橋は素早く立ち上がると伝票を手に取った。

「ちょっと、高橋くん、あなた仕事は？」亜由美が驚いて高橋を見る。

「祖母が亡くなりました」

「え？」

「僕が小学生のときに」

「何言ってるのよ」

「とにかくそういうことにしてありますから、僕も休暇です。いいから、行きましょう」

佐久間の家は黒く炭化した塊になっていた。針灸院の方は難を逃れたらしく、以前のままの姿を止めていた。箒とチリトリ以外何もなかった針灸院の入り口付近にマリーゴールドとベゴニアが植えられ、花をつけていた。

「ひどいですね」焼け落ちた母屋を眺めて高橋が言った。

何もかも失くなってしまった。亜由美が心の底から羨ましいと思った佐久間貴子の家庭。その家は焼け、貴子の夫の茂は亡くなった。今頃、貴子と三人の娘達、そして貴子の母親はどこにいるのだろう。一体どんな気持ちで。

高橋は亜由美を促し、コンビニエンスストアに入って行った。亜由美と目が合った途端、水巻という名札をつけた店員の顔に狼狽の色が走る。

「彼ですか?」高橋が亜由美を振り返って訊いた。

亜由美がうなずき返すと、高橋は、ちょっとすみません、と水巻に話しかけた。

「何ですか」

「この女性、知ってるでしょ?」高橋が目顔で亜由美を示す。

水巻がうなずく。それから急に慌てて、

「別にオレはさぁ、この人が放火犯人だなんて言ったわけじゃないぜぇ」水巻は顔の前で手を何度も振った。「ただ、この人がときどきうちの店に来てたって言っただけでさ。でもって佐久間さんの家をじっと見てたし。この人の車のことを話したのだって、警察に訊かれたから言っただけでさぁ。別にあんたのこと、放火犯だとは言ってないし、思ってないよ。オレはまた」水巻が言葉を飲み込む。

「オレはまた、なんだよ」高橋が詰め寄った。

「コレかと思ったんだ」水巻は小指をたてて見せた。「佐久間さんちのダンナの」

「冗談じゃないわ」亜由美が声を上げた。

「だよなあ。変だと思ったんだけどさ」水巻は肩をすくめた。

「なんでそんな風に思ったわけ？」高橋が訊く。

「だってよお、あそこのダンナさん、相当好きものだったって噂だぜぇ。オレんちのねえちゃんも、一度腰痛であそこの針治療に行ってさ、変なところ触られそうになったって怒り狂って帰ってきた」

「そうなの？」

「うん。あのダンナ、よそに女作って遊んでそうだって姉ちゃんも言ってたし。だからさぁ、あんたがあそこの家をじっと見てたとき、オレはてっきりさぁ……」だらしない表情でそう言った。


翌日、亜由美は高橋と日本橋にあるコーヒーショップで待ち合わせた。高橋は充血した目をしていて、

「いろいろ考えてみたんですけど。納得がいかないんですよ」亜由美を見るなり言った。

「佐久間貴子の態度が、どう考えても不自然で」

「どういうこと？　彼女の態度のどこが不自然なの？」亜由美が驚いて高橋を見る。

「糸川さんが初めて貴子の家の近くに行ったとき、貴子は苛立っていたと思うんですよ。疲れて仕事から帰ったら、夕食の支度もできていない。何で私がこの上、家事までやらなければならないの？　そう思ったと思いますよ。僕の家も両親が共稼ぎだったから分かるんです。お袋は看護婦なんですけど、いつも家事の分担で親父と揉めてました」

「でも、佐久間の家には貴子のお母さんも同居してたでしょ。家事はお母さんが一手に引き受けていたんじゃないかしら」

「そうですね。ただあの日、理由は分かりませんが、彼女の母親は食事の支度ができなかった。風邪でもひいていたのかもしれません。茂が代わりにやればいいのに、彼は酒を飲んで貴子の帰りを待っていた。貴子はそんな茂に頭にきていた筈です。茂はろくすっぽ働きもせず、よそに女を作り、酒ばかり飲んでいた。そんな亭主にはほとほと愛想がつきて当然です。それなのに貴子は幸せな下町のおかみさんのようだった。変じゃないですか」

「そうかしら。仕事もバリバリこなして、家に帰れば家族から頼りにされるお母さん。とても幸せそうだったけど。彼女、着ているものはもちろん、顔つきも仕事をしているときとすっかり変わっちゃって」

「仕事をしているときの顔？」高橋が亜由美の言葉を繰り返した。物問いたげに亜由美を見ている。

「そう。一度、京橋のシェ・イノっていうフランス料理屋で彼女をみかけたことがあるの。彼女、接待で来ていたみたいだったけど、回りの人に気を使って、話題を提供したり、場を盛り上げたり。きりっとした表情で格好良かったわ」亜由美がそう説明した。

「シェ・イノですか。もしかして、そのとき糸川さんは倉骨さんと一緒だった？」

亜由美がうなずくと、高橋は、なるほど、と言った。

「そのときの様子はどんなだったんです？」

亜由美は倉骨秀一と食事をし、彼がこれからも関係を続けていこうと言ったこと、それを拒絶し、メインディッシュの途中で席を立ったこと、追ってきた秀一の手を振り切って店を飛び出し、一人銀座の雑踏を歩き回ったことを話した。言葉にしてみると、それほど大したことには思えなかった。

「糸川さんが倉骨氏を振り切って出て行くのを、貴子は見ていた？」

「おそらく、あのとき店にいた人、みんな見ていたと思う」

高橋が亜由美の腕を取った。

「行きましょう。そのシェ・イノに」

シェ・イノは、ちょうどランチタイムとディナータイムの狭間の一息ついた雰囲気の中にあった。店全体がひっそりと息抜きをしている。

「すみません」

ドアを開けると、マネージャーが出てきて、ディナータイムは午後六時からだと丁重に言う。キッチンからいい香りがしていた。従業員達の遅い昼食なのかもしれない。

「ちょっとお訊きしたいことがありまして」店に半歩踏み込みながら言う。

マネージャーは亜由美の顔をじっと見ると、ああ、と言った。それから、

「先日のお客様でいらっしゃいますね。倉骨様とご一緒だった」

「はい。あのときは失礼しました」亜由美が丁寧に頭を下げる。

「いえ」

「覚えていて下さってよかった。そのときのことなんです」高橋が横から言った。

「彼女がレストランを飛び出した後のこと、教えて頂けませんか」

「倉骨様は席に戻られて、お一人でお食事を」

「倉骨氏以外のお客さんで何か変わったことはありませんでしたか?」

マネージャーが眉をひそめ、それから言った。

「お一人、ご婦人のお客様が急にご気分が悪くなられまして」

「もしかしたら、この入り口近くのテーブルに座ってらした方?」亜由美が言うと、マネージャーが驚いた顔をした。

「そうです。そのお客様でした。お連れの方に申し訳ないと何度も頭を下げられて、支払いだけ済ませると、とにかく外の空気に当たりたいからとすぐに店を出られたのです」

「その女性は店を出て、どっちへ行きましたか」

高橋が訊くと、マネージャーは僅かに首を傾げ、それから銀座の方角を指さした。

「分かりました。ありがとうございます」

店を辞して表通りを歩く。それまで無言で歩いていた高橋が、明治屋の前で突然立ち止まった。大きな紙袋を抱えた中年の女性が迷惑そうに亜由美と高橋を見る。

「貴子が糸川さんをコンビニエンスストアで見たとき、あのコンビニの店員と同じように、貴子は糸川さんのことを自分の亭主の愛人だと勘違いしたのでしょう。糸川さんが佐久間の家を窺っている様子を見て、そう勝手に思い決めたのだと思います。だからことさら、糸川さんの前で幸せな家族を演じて見せた。あのイカのフライのときのことですよ」

「まさか」

あのときの貴子が演技をしていたなどと、亜由美には信じられなかった。店の自動ドアを開け放しにして、パン粉を振り回していた。貴子も、貴子を待っていた茂も二人の娘も、皆、笑っていたではないか。

「いえ。間違いないと思います。愛人である女性に家庭の幸せを見せつけようとしたんです」高橋が言った。「そしてある日、貴子はフランス料理屋で取引先を接待していた。そこで糸川さんを見かける。なんと糸川さんは若い男を振り払って、店を飛び出して行った。貴子はその男が倉骨秀一であることに気付いたのでしょう。さっきのマネージャーが倉骨さん、と呼んだか、あるいは倉骨氏は有名人ですから、貴子も仕事の関係かなんかで元々見知っていたか。とにかく糸川さんが振り払った男が倉骨の御曹司であることを知った。自分の夫の愛人でもある女は、倉骨秀一に後を追わせるような女だった。悔しかったでしょう。自分と糸川さんを比較して気が狂うほど悔しかったと思いますよ。だから糸川さんの後をつけたんだ」

「私の後を?」

「そうです。レストランを出て行った糸川さんの後を追った。そしておそらく糸川さんの自宅も突き止めたでしょう。糸川さんはどんなところに住んでいるんですか」

「浦安の普通のマンションよ。1DK。築三年」

「それで十分です。何不自由ないOL。倉骨という男に追いかけられ、しかも自分の亭主と遊んでもいる。貴子にとって糸川さんはそう見えたに違いありません。それで糸川さんを放火犯人に見せかけて、放火をし、夫を殺した。おそらく予め泥酔させて、ちょっとやそっとじゃ目がさめないような状態にしておいたのでしょう。生命保険もたんまりかけてあったと思いますよ」

亜由美は呆然としたまま、高橋の顔を見ていた。

それから亜由美は高橋に強引に引っ張られるようにして深川署に向かった。以前、亜由美のアパートを訪れたことのある友之倉刑事がやって来て、話を聞いてくれた。

「お話は分かりました。フランス料理屋で佐久間貴子と糸川さんが偶然会った日のことも、確認を急ぎます」高橋の話を聞き終わると友之倉は言った。「確かに、亡くなった佐久間茂には愛人がいました。鷺谷でスナックをやっている女性です。茂が出張針治療と称してその女性のところに入り浸っていたことも分かっています」

「やっぱり」高橋がうなずく。

「しかし放火のあった日、その愛人は店の連中と韓国旅行に出てましてね。事件との関わりはないのですが」友之倉が言った。

「貴子が糸川さんを茂の愛人と勘違いしていた可能性があると思うんです。糸川さんのマンションの近くの聞き込みを徹底してください。おそらく、貴子が糸川さんのマンションの近くをうろうろしていたことを覚えている人がいる筈です」

「まあ、やってみますが。しかし、それが分かったところで、放火に結びつく証拠はないのです。正妻が愛人、いや失礼、愛人と勘違いした女性の自宅付近をうろついていたとしても、それは単に嫉妬心のなせるわざというだけでね。分かるでしょう。推測だけではどうしようもありません」友之倉が言う。

「保険はどうなんですか？　亡くなった茂には生命保険がかけられていたんじゃありません

か？」

「無論、調査済みです。詳細は申し上げられませんが、加入していました。しかし考えてごらんなさい。三人の娘の父親です。生命保険に入るのが普通でしょう。商社マンなどですと、娘が三人いるような場合、一億の保険に軽く入るそうですよ。ですから保険だけではなんともね」

「しかし、茂はたいして仕事もせず、愛人のところに入り浸っていた。妻の貴子の方が収入が多かったのではないですか。その茂が高額の保険に入るでしょうか」

友之倉はうるさそうに高橋を見た。亜由美はぼんやりと高橋と友之倉のやりとりを聞いていた。まだ信じられなかった。佐久間貴子が、演技をしていたなどということは。何よりも家族を愛し、家族からも愛されているように見えた貴子が、夫の愛人の存在に悩んでいたなどとは。

ふと以前訪れた佐久間の家の様子が目に浮かんだ。佐久間の家の回りをハト麦茶片手にぐるりと歩いたとき、母屋からは暖かな光が漏れていた。覗き込んだ庭にあった物置。そしてベゴニアとマリーゴールドの花。亜由美の住んでいるマンションの中庭にもマリーゴールドが植えられていて、明るい色の花は、沈みがちな亜由美の心をいつもほんの少し軽くしてくれた。あのとき佐久間の家の庭であの花を見て、ああ、ここにも同じ花がある、となんだか嬉しくなったのだ。あの幾重にもヒダを成した金色の花弁。

そこまで考え、亜由美は突然立ち上がった。

「どうしたんですか？」友之倉が何事かと亜由美の顔を覗き込む。

「あの花。針灸院の入り口にある花です。マリーゴールド」叫ぶように亜由美は言った。

友之倉が佐久間貴子と高岡ハツ江の元を訪れて、庭にあったマリーゴールドを植え替えたのはいつか、と訊いたとき、崩れるように泣き始めたのはハツ江だった。貴子は驚いて、母親の背を抱いた。

「すみませんでした。すみませんでした。この子と孫達が不憫で」ハツ江はそう言った。

佐久間茂に愛人がいることに、ハツ江も貴子も随分前から気付いていた。気付いてはいたが、見て見ぬ振りをしていた。気付かない振りをしていればいつの間にか通り過ぎて行ってしまう、そんなものだと貴子もハツ江も考えていた。

「ところが、茂の愛人らしき女が、のこのこ家を覗きに来たんです」ハツ江は言った。「コンビニの前に立って家の方をじっと見てたんですよ。茂の愛人は水商売の女かと思っていたんですが、ちらっと見たところでは普通のＯＬみたいだったんですねぇ。まあ、最近はＯＬも針治療に来ますし、そんなんで茂と知り合ったんでしょうね。それで終われば、まあ良かったんですよ。それが何の因果でしょうかねぇ。貴子がお客さんを接待してレストランに行ったとき、その愛人の女と出くわしたんだそうです。その女は立派な家柄のどこから見ても非の打ちどころのない男性と一緒だったって。あんなに素晴らしい恋人がいるのに、何でうちの亭主に手を出すんだって貴子が言って、あの子、夜も眠れないようでした。それなのに茂ときたら、貴子のそんな気持ちにも気付かずに、毎日、酒を飲んではごろごろしてました」ハツ江は握りしめたハンカチでぐいと目を拭いた。それからティッシュを出してハナをかんだ。再び口を開き、掠れた鼻声で話し始めた。「それにねえ、貴子にも内緒にしていたんですが、茂はこの頃、真菜を嫌らしい目で見ることがあったんですよ。真菜が小学校から帰ってくると、必ず針灸院の方に連れて行ってね。おかしなことを教えているようで。これぱっかりは貴子にも言えませんでした。まさか実の父親がそんなことを。ほんとにたまらなくて、憎らしくてねぇ、あの男が。それで思いついたんですよ。茂が死んで、しかも殺したのが愛人の女だということになれば、八方丸くおさまるって」ハツ江は言った。「貴子がその愛人の後をつけたことがあるとかで、浦安に住む糸川亜由美って女だってことは分かってました。それから私、浦安のマンションにときどき行って亜由美って女のことを見張ってました。もし茂が訪ねてきたら、そのときを狙ってやろうと思ってました。茂は現れませんでしたが、土曜日の夕方、赤い車に乗って亜由美って女が又、家にやって来たんです。何をしに来たのかは知りません。茂の顔でも見たかったのですかねえ。その日、わたしはタクシーを拾って亜由美って女のマンションに行きました。あの女はマンションに戻ると、もう外に出る気配はありませんでした。あの女は今夜は一人で家にいる。これで大丈夫。そう思ったんです。茂には酒を振る舞ってやり、夜中にガソリンを裏口に撒いて火をつけました。私はすぐに火事に気が付いたふりをして貴子と孫達を起こしましたよ。貴子は茂を助けようとしたんです。でも私が、茂さんのことは私に任せて早く子供達を連れて逃げろって。そうしたら貴子はうなずいて、子供達を連れて逃げ出しました。私はしばらくぐずぐずした後、茂が目を覚まさないのを確かめると家を出ました。そういうことです」

ハツ江の長い供述の後、取調室には沈黙が流れた。やがて友之倉が訊いた。

「庭にあったマリーゴールドを針灸院の入り口に植え替えたのは何故?」

ハツ江は顔をくしゃくしゃにして泣き笑いの表情を作った。

「花に何の罪があります? 火の粉をかぶっちゃかわいそうじゃありませんか。針灸院の方までは、まさか火も及ばないと思いましたからね」

友之倉はハツ江の顔をまっすぐに見て言った。

「お話に出てきた糸川亜由美さんですが、彼女の名誉の為に言っておきますと、彼女は茂さんの愛人ではありませんよ。愛人は別にいたようです。糸川さんはたまたま佐久間さんのご家庭をかいま見て、とても幸せそうな家庭だと、そう思ったのだそうです。羨ましかったのだそうです。それから、ときどき嫌なことがあったときなど、自分自身を奮い立たせるために佐久間さんの家のそばに来たのだそうです。いつか自分もこんなふうに地に足のついた幸せを手にするのだと、そう思うために」

ぽかんと口を開いて聞いていたハツ江の顔が歪んだ。

「そんな」

「本当のことですよ」

ハツ江の頬を涙が伝い、やがてテーブルに突っ伏して泣き始めた。

連休明けに亜由美は営業本部から業務本部へ異動になった。業務知識を身につけた最強の営業として復帰してくれと、送別会で課長が言ってくれた。その言葉を肝に銘じて毎日、出荷伝票や発注書の処理に没頭して過ごしている。

東陽町の放火事件は、高岡ハツ江が逮捕されたことで決着した。前後の事情から貴子の事件への関与も噂されたが、結局ハツ江一人の犯行ということになったようだ。事実がどうだったにせよ、それで良かったのだと亜由美は思った。

亜由美のデスクの電話が鳴った。出ると高橋からである。

「今晩、空いてますか?」

「もちろん」顎で受話器を支え、亜由美の指は発注書番号をパソコンにインプットしていく。

「じゃ、あそこ、マリーゴールドで七時」高橋が言った。

日本橋の路地裏に小さな喫茶店を見つけたのは、連休最後の日曜日だった。マリーゴールド。金色の花をつける小さいけれど丈夫な植物である。根から有用成分を出し、ときに作物の生育を助ける植物でもあるという。高橋と会うときはその喫茶店を待ち合わせの場所にしている。受話器を置くと、亜由美は又、発注書をめくり始めた。

猟奇小説家

我孫子武丸

著者紹介　一九六二年兵庫県生まれ。京都大学文学部哲学科中退。八九年『8の殺人』で作家デビュー。作品に『0の殺人』『メビウスの殺人』『人形は眠れない』『殺戮にいたる病』『ディプロードンティア・マクロプス』『屍蠟の街』『死神になった少年』他がある。

1

インタフォンが鳴ったとき、テレビではワイドショーの悩み相談がいいところだったのでわたしはつい舌打ちしていた。どうして客はいつも間の悪いときに来るのか。

みのもんたはひどい亭主をつかんだあの主婦に一体何と言うだろうと考えながら、わたしはインタフォンを取りに立ちあがった。

受話器を取る前に、小さなモノクロの液晶画面を覗きこむ。家を建てるときに強く主張してわたしが取り付けてもらったカメラつきのインタフォンだ。夫はそんなものはいらないだろうと言ったが、子供の頃からマンション住まいしかしたことのなかったわたしにとって一戸建というのは不安なものだった。防犯対策はどれだけしてもしすぎということはないような気がするのだった。世間には頭のおかしいやからがごろごろしているのだから。

画面には見たこともない背広姿の男が一人、立っていた。荷物らしい荷物がないところを見ると押し売りではなさそうだが、夫の知人にしては年を取りすぎているように思えた。小太りで頭の禿げかけた中年男。外はよほど暑いのかハンカチで一所懸命うなじや額を拭いている。

苛々したようにもう一度インタフォンを鳴らす。出ようかどうしようかと迷っていると、男はドアの上にとりつけられたカメラに気付いたらしく顔を上げ、いかつい顔に笑みを浮かべて頭を下げてみせる。

向こうからは見えるはずがないと分かっていても、出ないわけにはいかない気持ちにさせられる。わたしは渋々受話器を取った。

「……はい」

『すみません。ちょっとお訊ねしたいんですが……』見かけによらず丁重な物腰だった。

「何でしょう？」

『えーと、こちらは小説家の矢作《やはぎ》潤一さんのお宅ですよね？』

わたしは眉をひそめてもう一度画面に目を凝らした。どこかの社の編集者だろうか？　それにしても電話の一本も入れずにやってくるのは普通ではない。

「表札見てもらえば分かりますけど、うちは中川と申します。ごめんください」わたしはそう言って受話器を置いた。同時に画面も切れたが、わたしはスイッチを押してもう一度モニターをつけ、男が立ち去るかどうかを見ていた。

以前マンション住まいをしていた頃にも「矢作潤一の熱狂的なファン」と名乗る女性がどうやってか住所を探り当てて家までやってきたことがあった。だからここに引っ越してきた時には編集部にはくれぐれも住所が外部に漏れないように気をつけてくれと釘を刺しておいたのだったが……。

男はメモらしきものを広げて確認している様子だったが、再び意を決した様子でボタンに手を伸ばす。

響き渡るチャイムの後五秒ほど待ってから、ゆっくりと受話器を取った。

「はい」

『あ、ちょっと奥さん、話を聞いて下さい。編集部でここだって言われて来たんですよ。大事な話なんです。中に入れてもらえませんか』

編集部が教えたのか。一体何だと言うのだろう。本当に大事なことだとしても、編集部もまずこちらに電話して教えてもいいかどうか訊ねればいいはずだ。

頭のおかしいファンかもしれないし、過激派か何かが作品のどこかに腹を立ててやってきたのかもしれないではないか。

わたしが迷っているのに気付いたのだろう、男は背広の内ポケットから黒い手帳を出してカメラにかざして見せた。

『奥さん。これ見えますか？　警察のものなんです。怪しいものじゃありません』

警察——？　警察が一体何の用があるというのだろう？　制服の警官なら一年に一回くらい見回りにやってくるが、私服は初めてだ。それにもちろん、ただのパトロールならペンネームなど知るはずもない。胸の内を不安がよぎったが、警察とあれば開けないわけにはいかない。

『奥さん。ここは、矢作潤一さんのお宅なんでしょう？』

「……ええ」

わたしは仕方なくそう答えて受話器を置くと、スリッパを鳴らしながら小走りで玄関へと向かった。警察が一体うちに何の用があるというのだろう？

四畳半ほどの玄関には余分なものは何一つ置いていない。下駄箱の上の花瓶もなし。御影石の三和土《たたき》に降りてサンダルを履くと、ドアスコープから外を覗く。モニターに映っていた男が手持ちぶさたな様子で突っ立っている。

　わたしは二つの錠とチェーンをはずしてそろそろとドアを開けた。

「やあどうも奥さん。突然で申し訳ありません」男は素早くドアを手で押さえて、むっとする外気と共に中へ入り込んできたので、わたしは一歩下がらなければならなかった。

「あの……一体どういう……？」

　男は汗まみれのシャツの衿をぱたぱたさせて中へ風を送りながら、後ろ手にドアを閉めた。首を伸ばすようにして家の中を見回す。——といってもキッチンや居間へ通じるドアはちゃんと閉まっているし、二階へ続く階段の他には何も見るべきものはない。

「ほう。立派なお宅ですな」男はわたしの不安など気付かぬ様子でそう言った。

「……何か、あったんですか？」わたしは苛々してさらに訊ねる。

　男はじっとわたしの顔を見つめて、「いや、まあ、ちょっとお訊ねしたいことがありまして。——矢作先生……ご主人は？」

「……今はおりませんが」

「そうですか。いらっしゃいませんか。なるほど」勝手に納得して何度も頷いていたかと思うと、小さな声でぼそりと、「それはそれでいいか」と呟いた。

「……主人のことで何か？」

男は頭をかきかき、「いや、まあちょっと込み入った話でしてね。できれば座ってゆっくり——」と上目遣いにわたしを見る。

不安はますます大きくなったが、警官を追い返すだけの勇気もない。まさかワイドショーが見たいから後にしてくれというわけにもいかないだろう。

「——じゃあ、こちらへ」

わたしはすぐ左手のドアをあけ、男を招じ入れた。銀行や保険の営業マンなど、個人的に親しいわけではない相手だけを通す応接室だ。ソファとテーブル以外調度らしい調度は何も置いていない。ファックスのおかげでだいぶ少なくなったが、編集者が締め切り前にここで原稿ができるのを待っていることもある。

部屋の隅には古い週刊誌や小説誌が何十冊と積んである。どれも編集者たちが時間つぶしにと読んでいてそのまま置いていったものだ。また別の誰かが読むかもしれないと思ってそのままにしてあり、わたしもまた読んだ雑誌をここに放り込んでおくのが習慣になってしまった。

当然エアコンをかけていなかったので、空気はむっとしていて息苦しいほどだ。エアコンのスイッチを入れ、「何か冷たいものをお持ちしますね」と言って一旦退却する。

キッチンに戻るとつけっぱなしのテレビを消し、グラスを二つ、レース編みのコースターを二つトレイに載せる。そして冷蔵庫から麦茶の入ったクーラー。

悪い想像が次々と頭に浮かぶのを無理矢理打ち消しながら、トレイを応接室へ運ぶ。ドアを開けると男はだらしなく脚を広げてトドのようにソファに沈みこみ、置いてあった雑誌をうちわ代わりにして扇いでいる。わたしを見ると慌てて少し居住まいを正す。わたしは黙って彼の向かいに腰掛けると、グラスに麦茶を注いで彼に勧めた。

「や、こりゃどうも。遠慮なくいただきます」

言葉通り、最初に注いだ麦茶をほとんど一息に飲み干してしまったので、わたしは黙ってクーラーからお代わりを入れてやった。

男は嬉しそうにまたすぐ口をつけ、半分ほどごくごくと飲む。わたしの視線が非難がましかったのかもしれない。男はわたしが見ていることに気付くと照れたようにグラスを下ろしテーブルに置いた。

「いや申し訳ない。あんまり喉が渇いてたもんですから」

「――それで、お訊ねになりたいことというのは……？」わたしは苛立ちを抑えながら水を向ける。

「ええ、ええ、それなんですがね。実はこの小説の件でちょっとお伺いしたいことがございまして」

わたしは気付いていなかったが、男は手提げ紐のついた紙袋を折り畳んでずっと脇に抱えていたようだった。紙袋には持ち帰り寿司チェーンの名前が書かれている。その袋の中から取り出したのは、わたしにはもちろん馴染みの小説雑誌、「猟奇」の最新号を含む三冊のようだった。

「この雑誌に先生は今、小説を連載されてますね。――お読みになってますか?」

「……え、ええ、そりゃまあ……」わたしは苦笑しながら答えた。

「えーと、タイトルは――」覚えていないのか「猟奇」を開いて確かめながら、「『アガペー』……ですか。何ですかなこれは。昔のギャグみたいですな。あれはアジャパーでしたか。あはあはあは」と笑う。

わたしが少しも笑っていないことに気付くと彼は笑いやめ、ばつが悪いのを隠すように二、三度咳払いをすると麦茶に手を伸ばして一口飲んだ。

「……いや、失礼。別に馬鹿にしてるわけじゃないんです」

「構いません。それで、その小説が一体どうだとおっしゃるんです?」

わたしが問いかけると男は急に真顔になってわたしの顔を見つめかえした。

「……奥さん、ご存じですか。この辺りで最近殺人事件が続いてるのを」

「殺人事件ですか……。そりゃまあ何件かあるようですけど、それほど近所で起きたという話は聞きませんが」

「ええ。近いと言ってもここへ聞き込みに来るほどじゃありません。まだ連続殺人と断定したわけじゃないんでマスコミも騒いではいませんし、ご存じなくても無理はありません。しかし、ご主人はどうでしょうか」

「はあ？　どういう意味ですか」

「ご主人は職業柄、犯罪事件はよく調べておいででしょう？」

わたしは何と答えればいいのか分からなくて黙り込んだ。

男は身を乗り出してわたしに顔を近づけると、声をひそめてこう言った。

「この小説。ここに書かれているのとほとんど同じ事件が、今まさに起きてるんですよ」

わたしは息を呑んだ。

2

女は息を呑んだ。

俺の言葉によほど驚いた様子だった。

俺は三冊の雑誌を、折り目をつけたところで開いて発売月の順番に重ねた。一番上が七月号、その次が八月号、そして一番下が、昨日七月二十五日に発売されたばかりの九月号。それを示しながら事情を説明することにした。

「この……『アガペー』でしたっけ、この連載第一回で主人公の作家はゆきずりの女を殺しますよね。何と言うか、相当どぎつい描写で詳細に殺人シーンが書いてある。わたしなんかこういう仕事してますから、死体はもちろん何度も見たことあるんですけどね、スプラッタ映画っていうんですか？　ああいうのはてんで苦手でして、この小説も読むのは結構大変でした」

女は虫も殺さぬような顔をしていたが、案外こういうタイプの方が血みどろ映画が好きだったりするのかもしれない。最近は若い女が殺人鬼の本を好んで読んだりするともいうし、世の中一体どうなっているのだろう。

といっても目の前の女は四十二、三。若い女と言うにはちょっととうが立っている。表札には「亮一」と「安美」という名前しか書いてなかったが、子供はいないのだろうか。うちのマンションなら二つは入りそうな家に夫婦二人だけとはいいご身分だ。都心から少し離れてはいるが、土地だけでも一億は下らないだろう。作家というのはそんなにも儲かるものなのだろうか。

「描写が残酷だから誰かが真似をしているとでも？」女の苛立った口調に、俺は我に返った。

「いえいえ、もちろん違います。これは七月号ですから、五月末の発売ですね？　五月の二十五日。しかしその一ヵ月も前の四月十九日に、ある事件が起きているんです。この小説に書かれているのと非常によく似た状況で、若い女性が殺害された事件です。性的暴行を受け、身体中を刃物で切り付けられて殺されました」

彼女は顔色一つ変えないまま黙っていた。

「ご主人はこの事件をご存じだったんでしょうかね？　それでそれをモデルにこの小説を書かれた」

「それは不可能です。だって――」

俺は彼女の言葉を遮って続けた。「分かってます。編集部で聞いてきたのですが、矢作先生はずっと前に既にプロットを書き上げ、お渡しになっておられた。この第一回目もそれに沿って書かれているというわけですよね？　それに、四月末の締め切りに先生は遅れずに原稿を渡していらっしゃる。いつものペースから言っても十九日以降に書き始めたなんてことはありえないというのが編集部の方のお話でした」

「なら、ただの偶然ということでしょう。猟奇殺人がテーマの話は他にもたくさんありますし、特に変わった殺し方というわけでもありませんからね」

「ええ。もちろん、この一回目だけならただの偶然とも思えます。実際これまで誰も事件とこの小説を結び付けて考えた人間はおりませんでした」

「――この雑誌は少々マニアックな雑誌で数千部しか発行してないと聞いてますし、あまり普通の方の目には留まらないでしょうからね」

殺人鬼の実録に始まって、死体写真にスプラッタ小説――少々マニアックどころか恐ろしくマニアックなのではないかと思ったが、それは口にしなかった。最近はこれもさほど異常なものとは受け取らないのが世間の風潮なのかもしれないと思った。

「そうです。通報がなければ我々はずっと気付かなかったかもしれません。活字を読む人間自体少ないですし、そういう連中にしても息抜きでこんなものを読むやつはいません。人殺しの話にしたってもうちょっと軽いのにしておくでしょう」

「通報?」女は訝しげな表情を見せた。

「一連の事件との類似に気付いた読者が、匿名で警察に通報してきたんです。……八月号の第二回目でまた主人公は二人の女性を殺してますね。一人はテレクラで知り合った女子高生、そしてもう一人はいたいけな小学生だ。小説といえど、わたしゃへどが出そうになりましたよ——いやもちろん、それだけ真に迫ってた、ってことなんでしょうがね。でも小説家ってのは想像力だけでこんなものが書けるものなんですかねえ」

「一体……一体何がおっしゃりたいんです?」女の声はこころなしかかすれていた。

「この第二回に書かれてるのと同じように、女子高生と小学生が暴行されて殺されてるってことです。六月の末のことですがね」

女は少しほっとした様子を見せた。

「六月の末……だったら八月号が発売になった後じゃありませんか。もし偶然とは思えないほどの類似点があったとしても、やはり誰かがこの小説に影響を受けて殺人を犯してるということじゃありませんか?」

「その可能性はもちろん真っ先に考えました。でも、それだと四月の事件の説明がつかないでしょう？」

「そっちは……別の事件なんじゃ」

「かもしれません。――いずれにしろ第二回までの段階では、我々も一応雑誌を手に入れて読みはしたものの、真剣に事件との関連を考えていたわけじゃありませんでした」

俺は言葉を切って、女の目を見つめた。

「真剣に考えるようになったのはこの第三回を読んでからです」

一番下に置いてあった九月号を引っ張り出して示す。女は何も言わなかったので、俺はさらに続けた。

「ご存じのようにこの小説の主人公は、スランプの作家です。女を犯して殺すことで活力を手に入れ、猟奇小説を書き続けようとしています。作家の名前も矢作潤一なら小説を掲載している雑誌も『猟奇』。妻と二人で郊外の一軒家に住んでる。ドキュメンタリータッチ、っていうんですか？　趣味が悪いと思いませんか。こういうの読んで、奥さんは一体どう思われるんです？」

趣味が悪い、という言葉が癇に触ったのか、女は顔をこわばらせた。

「……わたしはもちろんフィクションだと知ってますから、何とも思いません。特に珍しい手法でもありませんし」

「ははあ……。奥さんも相当この手のものをお読みになるわけですか」

「それはまあ……」

こういう作家と結婚するくらいだから、似たような趣味の持ち主、ということか。それとも秘書のような役割をしていて忙しい夫に代わってめぼしい本を読んだりもするのかもしれない。

「いずれにしてもですね、この第三回にいたって我々は、とても偶然の一致とは思えないと結論せざるを得なくなったのです。いいですか。この回で主人公は人気のなくなった駅のトイレに女性を連れ込んで暴行、殺害を行います。駅名は異なっていますが、この二十日にこれとまったく同じ事件が起きているんです。それが偶然だと思いますか？」

「……偶然に決まっています！ 偶然でなければ何だとおっしゃるの。わたしの夫が犯人だとでもおっしゃりたいんですか？」女は頰を引きつらせながら言った。

俺は「そうだ」と言ってやりたかったが、まだそれはやめておくことにした。

「それも一つの仮説ではあります。しかしこういうことも考えられます。一般読者ではなく、特殊な立場の誰かがこの小説を読んで真似をしているという可能性です」

「特殊な……立場」

「ええ。たとえばこの雑誌社の人間。担当編集者に編集長。校正者。そういった人達です」

「……それに、作家の家族、ですか」女は瞳の奥に怒りを覗かせながら言った。

俺は慌てて手を振って否定する。「まさか！　奥さんのことは疑ってませんよ。犯人が男であることは明白なんです。被害者はみんな性的暴行を受けてますし、精液も残されていますからね。――あー、ちなみにご主人の血液型は？」

「ＡＢ……だったと思います」

「なるほど……」俺はそれだけ言った。

女は案の定心配そうに、「犯人の血液型は……？」と訊ねてくる。

俺は少しじらした後で答えた。「――同じですよ。ＡＢ型です」

「そんな……」

女はしばし絶句したが、すぐに力ない笑みを浮かべて言った。「こんなこと、馬鹿げてるわ。主人が人殺しだなんてありえないことです」

「そう思われるのは当然です。ですから、こう考えて下さい。先生の原稿の内容を、雑誌発売より前に知っていた人間の中に犯人がいる可能性が高いのです。わたしはなにぶんこの業界のことは何も知りませんから、さっき言った以外に原稿を事前に読むことができる人間がいたら教えて下さい」

「……特に思い付きませんが。編集部でお聞きになった方がいいんじゃないですか」

「分かりました。そうします。それと、これが一番のお願いなんですが……」

「何ですか」女はもはやその口調から苛立ちを隠さない。

「第四回目の原稿を、読ませてもらえないでしょうか？　今できている分だけで構わないんです」

「四回目の原稿を……？」女は訝しげに聞き返した。

3

「四回目の原稿を……？」わたしは聞き返した。「一体どうしてです？」

「もちろん、これから起きるかもしれない事件を未然に防ぐためです。また何人も被害者が出たんじゃたまりませんからね。もちろんご主人はあまりいい気持ちはされないでしょうが、これも人助けと思ってお願いします」

わたしは混乱しきっていた。

この男の言っていることは本当なのだろうか。主人が人殺しなどというのは論外だとしても、『アガペー』を読んだ誰かがその真似をして人を殺していて、しかもそれは一般の読者ではなく、もっと身近なところにいる——？

「でも……読んでどうなさるおつもりなんです？　たとえ犯人が今度どういう被害者を選ぶか分かったところで意味ないじゃありませんか。それより問題は、本当に犯人が編集部の人間なのかどうかでしょう。血液型が分かっているのなら、あてはまる人を一人ずつ調べるのはさほど大変なことじゃないんじゃありません？　――それに、何から何まで小説と同じってわけじゃないんでしょう？　被害者の名前や殺された場所が全然違ってて、ただ年齢やなんかが近いっていうだけなら、やっぱり偶然じゃないんですか」

男は分かっていると言いたげに何度も頷く。「もちろん編集部などについては別のものが鋭意調査しております。――とにかく、原稿を見せていただくわけには参りませんか？　どうせもうすぐ締め切りなのでしょう？」

原稿を彼に見せたからといって、何か不都合が生じるだろうか？　――いや。何も。

実のところ原稿はすでにできている。わたしがこの手でワープロからプリントアウトして、編集部に渡す前の校正も今朝済ませたところだ。

その内容を思い出し、一瞬体が震えた。

最終回だった。クライマックスだけに、殺人場面にもこれまで以上の気合が入っていた。あの作品の通りに事件が起きるとしたら――？

一瞬浮かんだそんな考えをわたしはすぐ頭から追い払った。

「――お待ちください。原稿を取ってきますから」

わたしは立ち上がり、部屋を出ると二階の書斎へと向かった。戸口で一瞬ためらったが、すぐに覚悟を決めて中へ入り、自分で置いたばかりの原稿の束を手に取った。

編集部の宛て名を書いた封筒に入れられた、ワープロ用紙五十枚ばかりの原稿。

——これを焼き捨ててしまったら、どうなるのだろう？

一瞬、そんな馬鹿げた考えにとらわれた。『アガペー』の続きが誰にも読まれることなく未完で終われば犯人も続けようがないだろうというわけである。

しかし警察はそれを望んでいるわけではあるまい。もう一度犯行を犯そうとしている犯人をあわよくば現場で取り押さえる。それが一番のはずだ。そのためにはやはりこの原稿は雑誌に掲載されなければならないのだろうか？　それとも、犯人を罠にかけるために都合よく書き直せとでも言ってくるのだろうか？

馬鹿馬鹿しい話だ。しかし信じられないようなことをする人間がいるのもまた事実である。

わたしはしばし原稿を胸に抱いたまま様々なことを一瞬のうちに考えたが、すぐに気を取り直して書斎を出た。

階段を降りていくと、キッチンの方角から男が出てくるのに出くわした。

「あ、奥さん。トイレはどちらですかね？　麦茶を飲みすぎたようで」

「……そこです」

わたしは言って、彼のすぐ脇にあるドアを指差した。

「あ、こんなとこにドアがあったんですか。ではちょっと失礼」男は照れたように言って、中へ入った。

キッチンのドアは正方形のガラスが板チョコ状にはめこまれたもので、中は見えるからトイレと間違えるはずもない。わたしが上にいる間に、家の中をそれとなく調べていたのではないだろうかと考え、怒りとも恥ずかしさともつかぬ感情で体が熱くなった。何かまずいものを見られはしなかったかと気になって一旦キッチンへ入った。幸い見られて困るような恥ずかしいものもないようだったが——。

わたしが先に応接室へ戻って座って待っていると、水を流す音が聞こえ、男が汚いハンカチで手を拭きながら戻ってきた。

原稿を封筒から出してテーブルに置くと男は、「や、どうも失礼。——じゃちょっと拝見」と取り上げてどっかり腰を下ろした。

恐らくはざっと斜め読みをしているのだろう、最初の方はすごいスピードでページを繰っていく。やがて殺人場面に差し掛かったのか、ぴたりと手が止まった。

男の顔に驚きが浮かぶのをわたしは見守った。

「奥さん、これは……」

「何でしょう」

「これ、お読みになったんでしょう？」

「ええ。もちろんです」

彼が驚くのも無理はない。何しろ最終回で主人公の作家「矢作潤一」は妻の「保美」を殺すのだから。字は違うが、読みはわたしと同じ「ヤスミ」。

男はぱくぱくと鯉のように口を動かす。

「これを……これをお読みになって何とも思わないんですか？　これは、あなたをモデルにしてるんでしょう？　それにこの殺し方といったら、これまでの中でもとりわけ残酷だ。腹を裂いてその臓物をひきずり出して食べるなんて――」

「……それはそうですが、ちゃんと読まれれば分かると思いますけど、彼はそれを愛ゆえに行うんですのよ？　彼女の方もそれを知っています。同化することで二人とも最大級の喜びを得てクライマックスを迎えるんですから」

男がごくりと唾を飲み込む音が聞こえた。吐き気を覚えたのかもしれないとわたしは思った。

「わたしには……わたしには理解できませんな。自分たちをモデルにこんなものを書く神経が。それに、フィクションといったって、所詮自分の頭の中から引っ張り出してくるわけですから、こういうものが出てくるということは頭の中にこういう考えが詰まってるってことじゃないんですか？　わたしは……わたしには、耐えられませんな」

わたしは答えなかった。そう思う人間がいることも理解できたからだ。確かに『アガペー』の描写はどぎつすぎるかもしれない。

「奥さん」男は声をひそめ、思い詰めたような表情で言った。「わたしは今確信を持ちましたよ。あなたの旦那は連続殺人鬼じゃないかもしれない。でもまともな頭であるはずがないですよ。まともな神経でこんなものが書けるはずはない。このままだとあなた殺されるかもしれない」

　わたしはしばらくの間我慢していたが、とうとうこらえきれなくて笑い出した。

4

　女は突然笑い出した。おかしくておかしくてたまらないといった様子で腹を抱えて笑うその姿は、まるでいたずらが成功して喜ぶ子供のように見えた。

「何がおかしいんです。冗談で言ってるんじゃないんですよ。本気で心配してるんだ。連続殺人も彼だという気がしてます。——もちろんこれからご主人は厳重な監視下におかれることになるでしょうが、彼と一つ屋根の下に暮らし続ける限り、あなたの身を守りきることは我々の力だけでは到底……」

　俺は言葉を切った。女は笑い続けていて俺の言葉など何一つ耳に入ってはいない様子だったから。

　女はうっすらと涙さえ浮かべていた。一体何がそんなにおかしいのか。俺は無性に腹が立った。

こいつもか。こいつも俺を馬鹿にするのか。

「……御免なさい。御免なさい。あんまりおかしくて……」

「何がおかしいんです。あなた怖くないんですか。それほどご主人を信頼されてるということですか」

「違います、違います。あなた勘違いしてらっしゃいます」女は二、三度咳き込み、涙を指で拭きながら何度も首を横に振った。

「勘……違い？」

「ええ。勘違いです。矢作潤一が殺人鬼なんてことはありえないし、もちろんわたしを殺そうとするなんてこともありません。絶対ないんです」

「なぜそう確信が持てるんです」

この女は平和ボケしているのだ。だからとても自分の夫が殺人鬼だなどとは信じられないのだ。俺はそう思った。

しかし次の瞬間俺は自分の耳を疑った。

「だって、わたしが矢作潤一なんですもの」

「……なん……ですって……」

女は子供をからかうのが好きな教師のようにいたずらっぽい笑みを浮かべる。

「矢作潤一は、わたしのペンネームです。おかげで編集部の人以外は男性作家だと思ってくれているようです。わたしの夫は矢作潤一じゃありませんし、もちろんわたしは矢作潤一の妻でもありません。ですから『アガペー』はモデル小説のように見えて、実態とはまったくかけ離れているわけです。知らない人には悪趣味な趣向に見えるでしょうけどね」

……この女が……矢作潤一？　あの猟奇的な小説をこの女が書き続けているというのか？

「では……では、あなたのご主人は……」

「編集者です。というか『だった』というべきなんでしょうか。一年前に書き置きを残して家を出ました。捜索願いも出しましたが、とうとう行方は分かりませんでした。捨てられたわけです、わたしは」女はそう言って自虐的な笑みを浮かべた。

家出した――？　矢作潤一が？　そう考えかけ、すぐにそうではないのだと気付いた。家出したのはただの編集者だ。「矢作潤一」の夫。「矢作潤一」は目の前にいるこの女。

「……失礼。ちょっと混乱して……」

「混乱するのも無理はないです。わたしはてっきり編集部で聞いてわたしが矢作潤一であることを知ってらっしゃるものだとばかり思ってましたから、何か話が嚙み合わないと思いながらもそのまま話を続けて余計混乱させてしまったみたいですね」

少しずつ頭の中を整理すると、新たな仮説が浮かび上がってきた。

「矢作潤一はあなた……この小説を書いたのはあなた……」

「そうです」

「……もし殺人鬼が矢作潤一なら……」

女はほんとうは少しもおかしくないという感じの笑い声を立てる。「ですからそれもありえないことでしょう？　だって殺人鬼は男なんですから」

俺はゆっくりと首を振った。「必ずしもそうとは限りませんよ。現場に精液が残されていたからそのように結論づけましたが、男の精液くらい手に入れるのは不可能じゃありませんからね」

「じゃあ何？　わたしは精液の入ったコンドームをぶら下げて犯行を行い、暴行したように見せかけるためにそれを被害者に注入したとでも？」女は面白がっているような口調で聞き返す。

「可能性としてはありうるでしょう」

「馬鹿げてるわ！　科学捜査はその程度の小細工でごまかせるものじゃないでしょう。現場には精液だけじゃなくて、髪の毛だの皮膚だの汗だの、そういった手がかりが山ほど残されているはずよ。それを全部ごまかしきることなんてできるはずないわ」

女はさすがに犯罪小説を書いているだけあってある程度の知識を持っているようだったし、彼女の言うことはしごくもっともだったので俺は頷いた。

しかし彼女を見つめているうち、ふつふつとある疑問が湧いてきた。

「……あなたは割と大柄だし、力も強そうだ。もし散髪をしてスーツを着せたら、男性に見えないこともない……」

「だから何だって言うの？」

「……あなたは本当に中川安美さんなんですか？　ご主人は本当にいなくなったんですか？

──もしかしたらあなたが中川亮一さんなんじゃないでしょうね？」

「いい加減にして！」女は叫ぶように言った。

5

「いい加減にして！」わたしは言った。

わたしが……わたしが男だなんて。この男はどれだけわたしを侮辱すれば気が済むのだ。

「主人が家出したかどうかなんて、調べればすぐに分かることでしょう。今からでも電話してお調べになったら？　大体非常識にもほどがあるわ。小説と事件が似てるからってだけで犯罪者扱いして、おまけにオカマ呼ばわり。いくらあなたが警官でも、許されることとそうでないことがあるでしょう。この件は絶対うやむやには──」

わたしはそこまで言いかけて凍りついた。

確かにこの男は警官だと名乗った。しかしその証明と言っても、わたしはモニター越しに黒い手帳を見ただけだ。

犯罪の捜査で刑事の訪問を受けたことなどないが、調べたところによれば刑事が一人で行動することはほとんどないという。二人一組が基本のはずだ。

しかも本当に「矢作潤一」を連続殺人犯として警察が疑っていたのなら、その戸籍や家族構成くらい事前に調べるのが当然ではないだろうか。「矢作潤一」が女であることも、その夫がすでに失踪していることも知らないこの男。この男は本当に警官なのか？　もしそれが何もかも嘘だとしたら——。

わたしは動揺を隠しながら男を改めて観察した。

腹の出た、汗っかきの中年男。少々がさつな感じはあるが、人が悪そうには見えなかった。その様子にすっかり信用していたが、今見るとその目の光り方は普通ではないようにも思える。

男は口のすみに泡を浮かべながらヒステリックに言いつのった。

「女がこんなものを書けるわけがない。そうでしょう？　この主人公の男の狂っていく様子。この小説を書いたのは間違いなく男だ。俺には分かる。女を殺すことを夢想しながらこれを書いたんだ。あるいは実際に殺しながらね。だから、これを書いたのがあんただと言うのなら、あんたは男だってことですよ。違いますか？」

「——話にならないわ」わたしは声の震えで内心の恐怖を悟られるのではないかと気になった。

野獣と同じだ。恐怖を悟られればその瞬間に彼らは牙を剝く。

「この……この、ナイフを女の腹に突き刺したときの手応え。皮膚の裂ける音。内臓から立ち昇る臭気と熱気。まるで……まるで見てきたように書いてある。ほら、特にこの第三回」

男は散らばっていた雑誌を拾い、目当ての箇所を探し出して示した。

「『……女が悲鳴を上げるのに合わせて俺も雄叫びのような声をあげ、突きいれた。全身を叩きつけるようにして腰を動かすと彼女の頭は壁のタイルにぶつかってボールのように跳ね、赤い血しぶきが花のように散る。プラットフォームに入ってきた電車の音がすべてをかき消し、それと同時に俺はありったけの精を彼女の中に放出していた――』ね？　ほら、ね？　本当にやったんでなくて、どうしてここまで書けます？　電車が来たのと同時にイッたなんて、本人じゃなきゃ分かるはずないと思いませんか？」

ぞわぞわぞわとこらえようもない寒気が背中を立ち昇る。

「……あなた……誰？」

わたしはやっとそれだけ言うことが出来た。

ついさっきまでそこに座っていた、少々無神経な中年刑事の姿はもう、かけらもなかった。わたしと背後の壁の間のどこかを見つめているその目の隅は、不規則に痙攣している。

「俺？　俺は……矢作潤一かなあ？　あんた俺の奥さんだよね？　俺に……俺に内臓を食って欲しいんだろ」

何てこと。この男は狂ってる。警官なんかじゃない。

もしかするとこの男は本当に駅で女性を殺したのではないだろうか？　その後読んだ『アガペー』の描写が彼自身の心理とあまりにも似ていたために自分のことだと思い込んでしまった——。

いや、本当の殺人など犯していないのかもしれない。ただ小説に書いてあることを自分がしたことだと思っているだけなのかも。——しかし、だとしても今のこの男はとても正常とは思えない。現にわたしを見るあの目つき。

男が自分の背中に手を回し、銀色に光るものを引き出すのを見てわたしは全身を硬直させた。

包丁だ。いつもわたしが使っている、研ぎすまされた鋼の包丁。さっきわたしが二階へあがったときに、キッチンへ入って手に入れたのだ。原稿を読んだらどのみちわたしを殺すつもりでいたのに違いない。それとも殺人鬼「矢作潤一」とシンクロしていた彼には、読む前からクライマックスの見当がついていたのだろうか？

ゆらりと男が立ち上がるのを見て、わたしは弾けるように立ち上がりドアに飛びついた。

「どうして逃げるんだヤスミ……俺のヤスミ……」

わたしはドアを開け、廊下へ走り出た。後ろを見ずにドアを思い切り閉めると、鈍い音とともにうめき声が聞こえた。手を挟むか顔をぶつけるかしたのだろう。

玄関へ逃げればよかったのに、わたしはついキッチンへ、居心地のいいいつもの場所へと逃げ込んでしまった。

何か武器になるものはないだろうかと考えていると、すぐに男が鼻を押さえながらキッチンへと入ってくる。わたしは蟹のように歩きながらダイニングテーブルを回って逃げる。すぐに流し台に腰が当たった。

「やめて！　あなたは矢作潤一じゃない。わたしが矢作潤一なの。分かる？　あれは小説なの。全部嘘なのよ、分かるでしょ？」

言いながら流し台の下の扉を後ろ手で開き、包丁立てから滅多に使わない刺し身包丁を抜き出した。同じような武器では向こうの方が力が強い分こちらが不利だが、ないよりはましだ。

わたしは両手で柄をしっかりと摑み、へその前で構える。「――来ないで！」

男はわたしの包丁には目もくれず、ゆらゆらと近づいてくる。

「一つになろうよ……一つになろう……」

男の言葉を聞いて全身が痺れたように動かなくなった。

それはわたしが書いた台詞だ。小説の中の矢作潤一が呟く台詞。

わたしはあれを書いていた瞬間、殺す男にも殺される女にもなっていた。彼らの快楽を共有していた。

わたしは愛する女の内臓を食らうと同時に、愛する男に自分の内臓を与える快感を味わっていた。

一瞬、本当にこの男は自分で言っているように「矢作潤一」なのではないかという思いにとらわれた。そしてわたしは……保美？

男は素早くテーブルを回りこんでくると、包丁を振り上げる。わたしは我に返ると咄嗟に椅子を引き、男の進路を邪魔して身を翻した。がたがたっと派手な音がしたが、結果も確かめずキッチンからリビングへ。

何か包丁より頼りになるものは。狂おしい思いで見回すが、何もない。ローソファ、ガラステーブル、観葉植物の植木鉢、大きなテレビ……。ゴルフクラブでもあればいいのだが、確かあれは納戸に仕舞ったはずだった。

がたんと音がして振り向くと、転んだ男が椅子を蹴飛ばしながら立ち上がり、形相を変えて迫ってくるところだった。わたしは後ずさって、手にしていた包丁を投げ付けたが、男がひょいとかわすと後ろへ飛んでいって床に転がっただけだった。

駄目だ。わたしは熱いものが腿を流れ落ちるのを感じた。脚から力が抜け、その場にへたり込んでしまう。黒い影がわたしの前に立ちはだかる。

「ヤスミ……もう逃げられないよ……俺のヤスミ……」

「……嫌……来ないで……」

誰か助けて、――そう心の中で叫んだ時だった。

ぐうっ、といううめき声とともに男がわたしの目の前に跪き、前のめりに倒れた。わたしの失禁の跡が広がってゆく膝の間に、ごろりと頭を横たえる。ひくひく、ひくひく、と全身が痙攣している。

呆然として見上げると、そこには信じられないことに亮一が立っていた。亮一、わたしの亮一。

夫が唯一わたしに与えてくれた宝。その亮一が血まみれの手をして、呆然と突っ立っていた。倒れた男の背にはわたしが投げたばかりの刺し身包丁が突き立っている。

運よく帰ってきた彼が、わたしを助けてくれたのだ。高校二年生の彼は、夏休みの補習に行っていたのを思い出した。

「母さん……これは一体……？　こいつ、誰なの？」

わたしは安堵のあまりただ泣きじゃくるだけで、しばらくその問いに答えることが出来なかった。

息子の腕に抱かれながら、わたしは切れ切れに、男がわたしの小説に影響を受けてやってきた変態らしいこと、危うく殺されそうだったことを何とか説明した。

「――そう。危ないところだったね。で、どうする？　警察呼ぶ？」

わたしは鼻をすすりながら考えたが、やはりそれは賢明ではないように思えたので首を振った。

「駄目。警察は駄目よ」

亮一はその返答を予期していたらしく素直に頷く。「だろうね。――こいつ、誰かに見られてないかな?」

「多分、大丈夫だと思うわ。それに恐らくわたし達とは何の接点もないだろうし、いなくなっても誰も気にしないような奴よ」

「でも……」亮一は不服そうだ。

「でも何?」

「今度はどこに花壇を作るの?」

そう、それが問題だ――。

わたしがスランプに陥るたびに亮一は女を連れてきては目の前で犯し、責めさいなみ、殺してくれた。見ているだけでは分からない、手に伝わる感触や心理状態については、後からベッドの中でゆっくりと語ってもらった。殺人の舞台や状況は空想の産物だが、殺人者の心理は本物だ。だからこそ、自分のことと勘違いした変態がやってくる羽目になったのかもしれない。

おかげでスランプ知らずにはなったものの、庭は何度も掘り返され、決して好きではない花壇や家庭菜園で溢れかえる羽目になってしまった。近所からはすっかり土いじりが好きな人だと思われているようだが、本当は土なんか指一本だって触れたくなかった。他にいい方法がないからこうしているだけだ。

「バラを植えかえましょう。もう一度深く掘って、あそこに埋めるのよ」

「……分かった」亮一は肩をすくめながら答えると、すぐに死体の処理にかかりはじめた。

背中に刺さった包丁は正確に心臓を貫いていたようだ。亮一は背中を足で踏みつけ、柄に両手をかけて深く刺さった包丁を勢いよく引き抜き、キッチンへ持っていって流しに放り込んだ。戻ってくると今度は男の服を脱がせ始める。もう何度もやってきたことだから手慣れたものだ。

ようやく落ち着きを取り戻してきたわたしは訊ねた。

「──ねえ、どんな感じだった？」

「え？　ああ……無我夢中だったもの、何も考える暇なんかないよ」亮一は服を脱がせる手を止めずにそう答えた。

「そう……。そりゃそうよね」

少しがっかりしたが、考えてみれば殺される側の経験はこれまでしたことがなかったわけだから、貴重といえるかもしれないと考えると気分がよくなった。

二度とこんな怖い思いはしたくない。人殺しは小説の中だけでたくさんだ。

家族写真

北森　鴻

著者紹介　一九六一年山口県生まれ。駒沢大学文学部卒業。編集プロダクション勤務を経て、九五年『狂乱廿四孝』で鮎川哲也賞を受賞、九九年『花の下にて春死なむ』で日本推理作家協会賞を受賞する。作品に『狐罠』『メビウス・レター』『屋上物語』などがある。

地下鉄新玉川線三軒茶屋《さんげんぢゃや》駅の表に出ると、十二月にふさわしいよく冷えた空気が、出迎えてくれた。

歩道の脇に身を寄せ、腫れぼったい目頭を人差し指と親指で押さえると、夜の町を彩る種々の灯りが目の奥深くに凝縮して、砕けた。顎《あご》へとずらした掌がざらりとした感触をとらえ、二度三度と撫で回すうちに、なんだか馬鹿馬鹿しい気分になって、野田《のだ》克弥《かつや》はふんと鼻を鳴らした。外した眼鏡を掛けなおすことなく、背広の内ポケットにしまってそのまま歩くことにした。

——三日ぶりの帰宅か。

もう一度、ふんと鼻を鳴らしたのは、事務所を出る間際に、部下のひとりが吐き出すように言った言葉を思い出したからだ。

『オーバーワークですよ。これ以上はとても付き合いきれません』

だれも付き合ってほしいと言ったわけではない。ただし上司である自分が帰らなければ、部下も帰ることができないことは十分にわかってはいたが。

——いいじゃないか。俺がこんなにも苦しんでいるんだ。少しぐらいは付き合ってくれても。

その「少し」が事務所に二泊三日となった。

駅を背中にして、右手の真新しい巨大ビルを見ながら世田谷《せたがや》通りを進む。ついこの間までビル全体がシートに包まれていた。全貌を見るのは初めてのことである。商店街から一本道を外すと、とたんに道のそこここに、闇が淀《よど》んでいるのがわかる。その向こうに、ぽってりとした等身大の白い光が見えた。胴の部分に気持ちの良いのびやかな文字で「香菜里屋《かなりや》」と書かれた白い提灯である。

焼き杉造りのドアを開けると、すぐに「いらっしゃいませ」という声が野田を迎えた。カウンターの向こうに、いつもの深紅のエプロンをつけたこの店の店主、工藤《くどう》の顔を見つけると、わけもなく嬉しくなった。胸のなかに居座った氷の固まりが、すっと消えるようだ。もっとも、それも店を出るまでのことで、家に戻れば、その寒々とした空気にさらされた。とたんに、胸には新たな氷柱《つらら》が成長することは、十分に承知している。それでも週に何度かはこの店に足を向けないではいられない。

同居していた女が短い手紙を残しただけで出ていって以来、ここ数ヵ月ですっかりと身についてしまった癖である。

野田の顔を見るなり、工藤が一瞬驚いた顔になり、そして表情を崩して「今日もお疲れですね」と言いながら、熱いおしぼりをテーブルに置いた。「ちょうどよかった」とも言った気がするが、あるいはちがう言葉であったかもしれなかった。

おしぼりを顔に当てると、皮膚の下で固まっていた脂肪が溶け、活性化する気がした。ようやく、口を歪《ゆが》めてでも表情を作ることが可能になった。

「どうされます？」工藤の問い掛けに、

「少し度数の強いものを」

「大丈夫ですか」

「少し徹夜が続いただけだ。今日はアルコールを入れてぐっすりと眠りたい」

そんな短い会話をかわすと、工藤は四つのビアサーバーのいちばん奥の口金に、ピルスナーグラスをあてた。この店にはアルコール度数のちがうビールが四種類置いてある。中でも一番度数の高いものを、工藤がテーブルに置いた。飲み慣れたビールに比べてずっと金の色合が強い、見ているだけで引き込まれそうなグラスの中身に、唇をつけた。まず冷たさ、次に発泡性飲料独特の酸味。歯茎にそれらが交じって、しみた。うまいと言う代わりに、ため息がこぼれ落ちた。

「野田さんは食べられないものがありましたか」と、工藤。

「海鼠《なまこ》とレバー以外は大丈夫だ」

「そうですか、本当にちょうどよかった。今日はいいものが入っているんです」

日頃もビアバーにしておくにはもったいないほどのメニューを出すこの店だが、カウンターのなかの男がこう言うときは、決して人の期待を裏切ることがない。そのことは、数ヵ月、店に通うまでもなく、野田の味覚が真っ先に覚えた店の印象のひとつである。

「任せるよ」

「では、十五分ほどお待ちください。せっかくの材料が入ったのに店がこの調子ですから、少し腐っていたんです」

そう言って工藤が厨房へと消えたのを見送り、改めて店内を見回すと、客は自分を除いてわずかに二人。カウンターで手持ち無沙汰に新聞を読んでいる男と、その隣で頬杖《ほおづえ》をついてピルスナーグラスを眺めている男、のみである。確か新聞を読んでいる男が東山《ひがしやま》、隣が北《きた》とか呼ばれていなかったか。どちらかが、渋谷のセンター街で占い師をしているという話を、少し前に耳の横で聞き流した憶えがあった。

　二人の男がチョコンと頭を下げるのへ、同じあいさつを返すと、まもなく工藤が盛大に湯気をあげる平皿を持ってきた。平皿と見えたのは、帆たての貝殻である。それも普通の大きさではない。プロレスラーの掌を、さらに拡大したといっても過言ではない大きさの帆たての貝殻である。その縁まで澄んだスープが満たされ、ところどころに白い身が透かし見える。そして細長い身が幾つか。スープに浮いた油膜から、バターの香りが強引なほどの勢いで鼻孔に攻め入ってくる。

「三年ものの帆たてだそうですよ」

　そういわれても、野田には返事を返すことができなかった。

「コキールというよりも『小鍋だて』と、言いたいところです。生きたままの帆たてを貝殻ごと使ってみました。味は酒と醬油のみ、それにバターを仕上げに少しだけ。贅沢《ぜいたく》でしょ」

　どうぞ、熱いうちにと薦められて、ようやく野田は皿に箸をつけた。

「どうですか」と、工藤が嬉しそうな声で尋ねても、正直なところ野田には答えようがなかった。ひとつには徹夜続きで味覚が思ったよりもぼやけているせいだ。舌先にビニール被膜でもかけられたように、味がどこか遠い所に感じられる。

　ビールで口内を洗って箸をすすめると、貝特有の旨味がずっと濃くなった。わずかに赤みのかかった身を口に入れると、それまでの繊維質の歯ざわりとは別に、今度はねっとりとしたペースト感が、それ自体の旨味を主張する。

口全体で、うまいと思った。

睡眠不足と煙草の吸いすぎで、食欲などどこか深くにしまいこまれているものとばかり思っていたが、ビールが思いがけない速度でなくなり、貝の身が気持ち良いほど潔く喉を通り過ぎてゆく。

皿に残ったスープに浅ましいかなと思いながらも口をつけ、最後の一滴を飲み干してからおもむろにビールのお代わりを注文した。

「ありがとうございます。一番おいしいところまで味わっていただいて」と工藤が新しいグラスを持ってくると、カウンターの向こうの男が、新聞を読む隣席に向かって「だから、スープまで飲んでいいじゃないかって、ぼくが言ったじゃないですか」とささやく声が聞こえた。

「ここ数日の間で、やっと食物らしい食物を口に入れた。本当においしかったよ、ありがとう」

「どういたしまして。そんなにお仕事が忙しいのですか」

「ウチの部署は仕事が集中するんだ。暇なときは暇でね」

今はちがう。自分に暇な時間を与えないよう、無理に他の部署の仕事まで取ってきている更新しつづけているなどと、自虐のジョークを言う気にもなれない。のだとは、言わなかった。まして、おかげさまで部下の間で自分の評価は、マイナス成長を

「昨日、冷蔵の便で届いた帆たてです。知人が送ってくれまして」

カウンターの向こうの男が、新聞を折り畳んで、話に加わった。

「そんな友人がいるとは羨《うらや》ましい」

「いいえ、友人ではありません。単なる知人……」

「ただの知人では、こんなものをわざわざ送ってきたりはしないだろう」

「そうですね、少しだけ奇妙な関わりがありました。今から半年ほど前のことですが」

工藤が、カウンターのなかで腕を組み、首を小さく傾けた。話して良いものか否か、考え込んでいるその仕草が、赤いエプロンに刺繍されたヨークシャーテリアに実によく似ている。わずかな時間、店の動きがすべて止まって感じられたのは、世間から焼き杉造りのドアを一歩隔てたこの場所が、工藤を中心にして回る世界であるからに他ならない。客も時間も、である。ただしこの盟主は、そうした権利を持っていることを決してひけらかそうとはしない。あるいは意識すらしていないのかもしれない。人はただ、翻弄されていることも知らず、ここで気持ちの良い時間を過ごすのみである。

工藤が、酒棚の引き出しのひとつを開けて一枚の紙を取り出した。

「今年のはじめになりますが、こんな新聞の記事があったことを覚えておいでですか」

その言葉にともなって、カウンターの二人の客が席を移動させて、野田の隣にやってきた。

「これはN新聞の地方版だね。そのコピーか。とすると……なんだイバちゃんの書いた記事なのかい」

先程まで新聞を読んでいた男が、野田の知らない、きっと常連のひとりであろう人物の名を口にした。工藤がそれにうなずく。「東山さんのおっしゃるとおりです」と言ったのを聞いて、この男がやはり東山、するともうひとりが北であることがわかった。

『メッセージ？　あるポートレートの謎』

と書かれた見出しの上の所に「街の顔・第十六回」とある。東京の町の片隅の話題を紹介する、その連載コラムのことは野田も知っていた。ただしコピーの記事のことは知らない。記事の左上に写真があった。どこか家のなかで撮ったと見られる、家族の集合写真である。家族の衣装の様子とこたつがあるところを見ると、季節は冬だろう。父親を中心にして、その隣に高校生とおぼしき少女。反対側に中学生らしい少年と、母親らしい人物が写っている。

その写真を一瞥《いちべつ》すると野田は、話に加わることをやめた。視線をビアグラスに落として、たからだ。

残りの液体を飲み干したのは、工藤の話に、自分が立ち入るべきではないことは明らかだっ

「ふうん。家族のポートレートねぇ、これがいったい……」

北が、小声で記事を読みはじめた。


謎の発端は、地下鉄銀座線の赤坂見附駅から始まると、記事にはあった。

この駅の改札口の片隅に、本棚が置いてある。本棚には文庫本を主としてミステリ、SF、時代小説、経済小説などが、雑然と並んでいる。これらは市民の寄付によるもので、駅を通過する人々が自由に借りて行くことができる。貸し出しも自由、返却も自由というこの本棚は、基本的に善意によって成り立っている。とはいえ、善意は時に無責任を招いて、貸し出された書籍が返ってこないこともしばしばであるという。それでもこの本棚が撤去されないのは、失われてゆく書籍の数よりも、新たな善意の寄付が勝っているからだろう。

記事を書いた記者は、ここで奇妙なものを見つけた。なにげなく立ち寄った駅の本棚で、記者は山本周五郎の小説を一冊借り受けた。ごった返す電車の中で読むための文庫を、一冊、二冊と借りて行くのが彼の習慣となっていて、その日も習慣どおりに本棚に手をのばしたのである。

表ではちょうどひどい雨が降っていたという。他人の傘の雫《しずく》が、衣服にかかるのを気にし

ながら文庫本を開くと、一枚の写真がこぼれ落ちた。それが、問題のポートレートであった。もっとも、その時すぐにおかしいと感じたわけではない。おおかたありあわせの写真を栞《しおり》代わりに使ったのだろうと、最初は思ったのだそうだ。本当の意味で、写真の謎に気が付いたのは三日後のことである。

読み終った本を返し、次は誰の本にしようかと、彼は迷った。山本周五郎は好きな作家だが、何冊も続けて読むには少々しんどい。隆慶一郎は借りたが最後、今夜眠れなくなりそうで恐いし、吉川英治は長すぎる。ようやく選んだ池波正太郎の本に手をのばし、棚から抜き取ったときに、またはらりとこぼれ落ちたものがあった。

――写真だ。

それも山本周五郎の本に挿《はさ》んであったものと同じ、家族のポートレートである。

――しかもモノクロ写真とは。

ここにいたって記者の本能が、反射的に何事かの匂いを嗅《か》ぎ取った。彼は片っ端から棚の本を取り出し、写真が入っているか否かを確かめはじめたのである。

新本格と呼ばれる若い作家の推理小説、なし。経済小説、なし。SF、やはりなし。どうやら写真は、時代小説の、しかも比較的古い作家のものに限って挿み込まれているようであった。その数三十枚。ただし、この写真がいつ挿み込まれたものかはわからない。同じ作家の本でも、写真があるものとそうでないものが交じっているのは、幾人かの手を経るうちに、失われてしまったのだろう。

——いったい誰が、どんな目的で。

新聞記者でなくても、当然わき上がる疑問である。ただ、誰かが誰かに対して、何事かの意志をもってこの写真を挿んだことには疑う余地はない。とすれば、これはある種のメッセージなのだ。

裏を返してみても、言葉はない。メッセージはモノクロの画面のなかににこやかに笑っている四人の家族の写真、そのものが語るべき言葉なのである。モノクロ写真であるということは、もしかしたら写真に封じ込められた時間と現代の間には、いくばくかの時の壁が存在してるのかもしれない。

『たぶん、見るべきものが見れば、この写真は大きな意味を持つメッセージになっているのだろう。それを解きあかすことは自分にはできないけれど、写真を眺めているうちに胸にわき上がる幾つかの物語が、迂《う》回路《かいろ》の見えないこの巨大な街のため息のように思われて、少し切ない』

記事は、こう締め括《くく》られていた。

「はぁ……こんなことがあったんだ」

記事を読み終えると、北がしきりと感心したようにうなずいたり、首を横に振ったりした。読み終えたコピーをこちらに回そうとするのを、野田は手で「結構です」と合図して差し戻した。

「この続きは、あるの？」

と、東山。

「ええ、思わぬ反響を呼んだようです。この記事を書いた記者の元に、さまざまな投書が寄せられたと、本人が言っていましたから」

「投書？」

「そのほとんどは、本に挿んであった写真に対する、読者の推理だったようです」

と、工藤がもう一枚、コピーを取り出そうとした。それを止めたのは北だった。

「ちょっと待って。ぼくに考えさせてほしい」

「なんだ、また悪い癖が始まったらしい」

「そういいながら東山さんだって、メモ帳なんて取り出して、なにを始めるつもりだったんですか」

「ま、少し気になった点が幾つかあって」

「結局、同じことを考えているんじゃないですか」

二人が同時にお代わりのビールを注文すると、工藤は野田の所にもやってきて、ほとんど空になったグラスをさして「いかがしますか」と尋ねた。

「どうしようかな。少し疲れたよ、できればこのまま寝てしまいたい気もするけれど」

「そうですね、顔色もよくありませんね」

「もう一杯だけもらおうか。売り上げに協力しないと、せっかくおいしいものを食べさせてもらったことだし」

　北と東山のやりとりに、うずくような興味を覚えたのも事実である。どうでもいいじゃないかという声と、いや、最後まで聞いてみようという声が、かわりばんこに聞こえる。そんな気がして、ポケットから眼鏡を出して、かけた。

「では度数の弱いものを」と、工藤が別のグラスを取り出し、先程とはちがった、もっと淡い色合のビールを注いだ。

「ちょっとルーペがあったら貸してくれませんか。どうしても気になることが」と、北が唇の周りに白い泡を飾って言った。工藤が、レジスターの下の引き出しから、拡大鏡を取り出して北に渡した。三十を幾つか過ぎたように見えるが、工藤という男の年齢は実はよくわからない。おやおや、もしかしたら思ったよりも実年齢は高いのかもしれないと、野田けふと思った。その思考を読んだように、工藤は、

「店は間接照明しかありませんので、少し細かい文字を読まなければならないときなど、これがあったほうが便利なんですよ」

　と、笑った。

「やはりそうだ」

北が顔をあげた。どうやら目当てのものが見つかったらしい。細い目をいっそう細くして、今にも舌なめずりをせんばかりの、表情である。

「なにかわかりましたか」と聞くつもりで開きかけた唇を、野田はキュッと嚙み締めた。代わりに、工藤が正確に同じ言葉を声にした。

「うん、ここなんだけれど」

北が、写真の一部を指差した。見ないつもりでも、北が指差すのでしかたなしに野田は、そちらに視線を移した。家族四人の肖像のうえのあたりである。左の壁に、神棚らしきものがあるのがわかる。ただし新聞に掲載された写真で、しかもそのまたコピーである。細かい部分までは、確認のしようがない。工藤と東山も、北の指先に注目している。

「神棚の中央に、棒のようなものがあるのが、わかります?」

「そういわれてみれば、そのような……」

「どうしてそこで目を細めるの、東山さん。それはあなたの好きなビデオを見るときの目付きでしょうが」

「他人の私生活を、意味もなく暴きたてないように」

「それはそれとして。ねえ、神棚の棒のようなもの、わかってもらえた?」

「これはあれじゃないの。灯明とか、樒《しきみ》とか」

「灯明も榁も普通は中央には置かないでしょう。それに榁は仏壇ではなかったかしらん」

「そうだっけ」東山には東山の、別の考えがあるのか、返す言葉はどことなく投げ遣りに聞こえた。

「これはご神体ですよ。しかも他の地域ではほとんど見られないものではないかな」

北が、もう一口ビールを飲んだ。

「たぶん、ぼくの記憶に間違いがなければ、これは岩手県の遠野《とおの》地方に祭られる神様で『オシラ様』だと思う」

「オシラ様？」

「ええ、養蚕の神様ですよ。確か江戸時代の紀行作家で、菅江真澄《すがえますみ》という人が書いているのを読んだことがあるような気が……そうそう、桑の木を伐って、東の枝を雄神、西の枝を雌神とし、その木にオセンダクと呼ばれるたくさんの布を重ねたものじゃなかったかと思う」

「なるほどねぇ。そう言われてみれば、確かに棒に布をかぶせているように、見えなくもないな」

——岩手県……遠野……。

野田は、自分のグラスに口をつけた。工藤はと見ると、グラスを磨きながら北と東山の話に聞き入っている様子だった。

「となると、この写真は遠野のどこかで撮られたことになるのかなぁ」

「たぶん、自宅でしょうね、この雰囲気だと」

「家の中で写真なんて撮るかね。旅館でならいざ知らず」

「たまたまカメラにフィルムが余っていたんじゃありませんか。現像する前にせっかくだから、家族全員で一枚ということは、十分に考えられるでしょう」

「それにしてもモノクロとはね」

「最近はやっているらしいですよ」

「よく、オシラ様なんて知っていたものだ」

「言ったでしょう。占いは高度な情報処理のひとつの方法論です。データベースは多いほどいい」

「よく言うよ。おおかた若い女性客に『あなたの悩み事は北に位置する場所で解決します。そこで出会う神様にお願いしなさい』とかなんとか言って騙《だま》すための予備知識だろう」

「騙す云々は心外ですが、まぁ、あたらずといえども遠からずですね」

話しながら、北がなんどもうなずく。

「ペイさんよ。なにか思いついたことがありそうじゃないか」

「そうですね、これが遠野での写真であれば、ひとつのストーリーが浮かび上がります」

「おじさんに話してごらん。聞いてあげるから」

「では、その前にビールをもう一杯。東山さんにつけておいてください」

工藤が笑いながらうなずき、「これは私からです」と言って、真新しいグラスを北の前に置いた。

「そもそも、メッセージの大原則とはなんでしょうか。それは発信者と受信者の存在です。具体的な内容はともかく、それが文字であれ絵であれ写真であれ、はたまた暗号の形をとっていたとしても、この大原則だけは崩せるものではないのです」

「すごい論旨だな。あんたは1＋1＝2を説明するのに、原稿用紙何十枚もの人論文を書けるかもしれない」

東山の言葉を聞いて、野田は離婚した妻のことを唐突に思い出した。何事に対しても、明確な説明を付けなければ気の済まない女だった。それがいつしか無用の口論を家庭内に発生させ、子供のいない気楽さもあって、四十歳を目の前にして離婚した。

今となっては、そのことさえ記憶に遠い。

北が不満げな口調で話を続けた。

「最後までぼくの推理を聞きたいなら、おかしな所でチャチャを入れない。

さて、この写真がメッセージであるとするなら、果たして誰が誰に宛てたものなのでしょうか。このことは新聞の記事でも追求されていましたね。そしてもうひとつ。どうして発信者は、このような手段をもちいたのでしょうか。このふたつの点が解明できるなら、この謎は解けたも同然でしょう。

現代はまさに情報通信時代です。電話もあれば手紙もある、電報だってパソコン通信だって、宅配便だってあるんです。いざとなったら自分の足で受信者の所まで行って、メッセージを伝えることもできる」

「けれどこのメッセージの発信者は、そのいずれの方法もとらなかった、か。いいぞ、だんだん推理らしくなってきた」

「いずれの方法もとれなかったと考えるべきでしょう、なぜなら」

「受信者の居場所がわからなかった」

「そうやって東山さんは、おいしいところを取るんだものなぁ、マスター、ビールをもう一杯。もちろん東山さんの奢《おご》りだからね」

「悪い、悪い。つい興奮してしまったんだ。工藤くん、ついでだからなにかおいしいものでも出してやってくれ。いやぁ、ペイさんの口から、こんなに論旨明快な意見が飛び出そうとは、思いもしなかった」

工藤が東山の注文を受けて、奥の厨房に消えた。

「さて、料理ができあがる前に、続きを聞かせてもらおうか」

「そうですね。どうしてメッセージを伝えるべき相手の居所がわからなかったのか。これから先は推理というよりも想像にすぎないかもしれません。ただしまるっきり的外れだとも思えないのですよ。

オシラ様はさきほども言ったように、養蚕業の神様です。とすれば、この家が養蚕業を営んでいる可能性はきわめて高い。いや、別に農業でもかまわないのですよ。問題はそれが岩手県であるということさえ、外さなければ。どちらも冬場は仕事があまりありません」

「そうか、出稼ぎ、か」

「ええ」と、北がうなずいた。

「ここ数年の不景気の度合いは加速するばかりですからね。出稼ぎにきていた人が、こちらで住所不定の浮浪者になってしまう例は、少なくないと聞いています。東京で仕事がないと、次の年の養蚕業なり、農業を続けるための資金のやり繰りがつかないということもあるでしょう。そうなると、仕事がないからといって、簡単に遠野に戻るわけにもいかない」

「つい、帰りそびれるという奴だ」

「もちろん家族は心配するでしょう。定宿に連絡を取っても、そこは引き払っている。なんとか連絡を付けたいと願った家族が」

「そうか、父親は時代小説が好きだった。しかし宿さえ引き払ってしまった男が、新しい本など買えるはずもない。けれど赤坂見附駅構内にある、貸し出し自由の本棚なら利用するにちがいないと、思ったわけか。いつかきっと父親が、本を開くことと信じて、家族の写真を挿んでおいたのか」

「もちろん、大前提として父親の姿を赤坂周辺で見かけたという、噂《うわさ》のようなものがあったことでしょう」

「あるいは、赤坂見附にあるような本棚が、他の駅にもあるのかもしれないな」

「ああ、それも十分に考えられますね。東京中のそうした本棚を捜して、残らず写真をばらまいた可能性も、あります」

その時、工藤がセラミックの耐熱皿を、「かなり熱いですから、気をつけてくださいね」と言って持ってきた。見るとはなしに視線を向けると、なにかのグラタンのようだ。女性客がよく注文している、ジャーマンポテトのグラタン仕上げかもしれないと思った。チーズの粘りをフォークに絡め、それを口に入れて東山が一言。

「大外れ」

と言った。その言葉があまりに唐突で、しかもそっけないので、野田も北も最初はなにを言っているのかわからなかったほどだ。東山は視線をカウンターのなかに向けたまま、もう一度「大外れ」と、つぶやいた。

「そうだろう、工藤くん」

東山の視線が、工藤に対して釘づけになっていた。

「ちょっと東山さん、大外れってどういうことです。それはぼくの推理がまちがっているということですか」

「うん、まちがっている。というよりは、そのように仕向けられていたんだ」

「誰に！」

「もちろん、カウンターのなかでチェシャ猫みたく笑っている、人の悪い男にさ」

工藤は静かな表情をキープしたまま、いつのまにか取り出した自分専用のグラスにビールをついで、舐めていた。

「ペイさんの推理はとても面白かったよ。確かに新聞記事を見ただけなら、ぼくも同じ結論を導きだしたかもしれない。けれどその推論には致命的な欠点があるんだ」

「それはなんです」

「この話の発端さ。まずは、殊勝にも工藤くんの所に活き帆たて貝を送ってくれた知人から話は始まったのだろう」

「あ、そうか」

「仮にペイさんの推論が正しいとして、その行き方知れずになった出稼ぎの男が、どうしてこの店に帆たて貝を送る理由がある？　確かに遠野のすぐ近くには、帆たて貝の養殖で知られる釜石《かまいし》がある。無事、故郷に戻った男が、世話になった人物にそれを送るのなら話はわかるが、少なくともそれはこの店ではない。どこにも接点がないのだから」

「接点か、そういえばそうですね」

「というよりは、むしろこの物語は男と香菜里屋との接点から始めなければならないんだ。ペイさんの言葉を借りるなら、それこそが大前提ということになるんじゃないかな」

「それを言うなら、写真の男、遠野からやってきた出稼ぎの父親がたまたまこの店にやってきていたという可能性も捨てきれないでしょう。さらにたまたま新聞の記事を読んでいたマスターが、その人に話し掛けたことがきっかけで、彼は無事、故郷に帰ることができた。これならば矛盾はないと思いますが」

「たまたまに、さらにたまたま、ねぇ。事実は小説よりも奇なり、を連発するのはトリックの枯渇した推理小説作家だと、誰かが言っていたけれど。ここは決して高級店ではないけれど、少なくとも職も住所も不定の人物が酒を飲むことのできる店ではない」

ねぇ、と東山が声をかけると、工藤は表情を崩して笑うのみだった。

「それに」と、東山が、これ以上の意地の悪さはないといったふうに唇を歪《ゆが》めて、

「工藤くんはいつだって、肝腎《かんじん》の隠し球を私たちに見せない。それでいて人の推測をあれこれ引き出し、陰で笑っているんだから、性根が良くないと、わたしは思う」

工藤がグラスを持つ手を止めて、

「私は、それほど性悪でしょうか」

「ああ、この店では一番の悪玉だ」

——本当にそうだ。

野田は、言葉にはせずに、胸の深いところでぽつりとつぶやいた。同じことを、離婚した妻が、野田に対して投げ付けたことがあった。自分の仕事が忙しい分、妻には家庭の内外で

自由にふるまうことを許していたつもりだった。ある夫婦喧嘩のときだったか、そのことを口にすると、妻は顔を引きつらせて「どうしてあなたに許可を受けなきゃいけないの」と、叫んだ。はじめはその意味がわからなかった。妻が重ねて「妻が家の表に出るのに、どうして夫の許可が必要なの」そう言われて、野田は反論できなかった。それからすぐである。「あなたは妻に理解を示していると思い込んでいる分、一番たちが悪い」という短い手紙を残して、妻が出ていったのは。子供がいなかったことが、幸いであったのかそうでなかったのか、考えるゆとりはなかった。

野田は記憶をたどることを中断して、カウンターの内と外とで交わされる話に意識を傾けた。

工藤が軟らかい表情で尋ねる。

「どこがでしょう」

「もうとぼけるのはよしにしよう。先程はペイさんの推理が大外れだなんて失礼なことを言ったけれど、本当は部分部分ではかなり鋭いところをついていたんだ。たとえば出稼ぎにきたまま行方不明になった父親を、家族の誰かが探しにきたというくだり。わたしの予測では、写真に写っている娘ではないかと思っているが……。これはかなり正確に事実をついているのではないかな。

それにもうひとつ。写真の男が、この店にきていたという推測も、いい線をついているはずさ」

「やだな、ついいましがた、偶然に頼りすぎていると腐したばかりじゃないですか」

「それは、前提の問題なんだ」

「あるいは大原則の問題といいたいのでしょう」

「さらに言うなら、それらは工藤くんが握っている」

東山が、さきほどの新聞記事のコピーを取り上げた。

「この話は、どこかの誰かが店に送ってきた帆たて貝に端を発して、そしてこの新聞記事によって展開を見せた。ねぇ工藤君。キミは他の客にも、同じように話を持ちかけたのではないのか。最初は季節の話題か、旬の食物の話をして『そういえばこんな面白い記事を見かけたんですよ』とか、なんとか言いながら記事のコピーを見せたんだ。しかも写真の男が同じ店内にいることを知ったうえで、だ」

「どういうことですか、それでは、ぼくの推測そのままじゃないですか」

と、北。工藤はなにも言わない。

「だから、前提がちがうんだ。つまり、この新聞記事が本物か否かという、もっとも根本的な部分での前提がペイさんとはちがう」

「記事が、本物か否かって、まさか……」

「そうなんだ。この新聞記事のコピーは真っ赤な偽物だ。わたしはN新聞を取っているし、このシリーズは好きでずっと読んでいるんだ。けれどこんな記事を読んだことはない」

「それは証明にならないでしょう。東山さんは忙しい人だ。たまたま読み損ねた可能性だって」

「また、たまたまかい。でもね、わたしは少なくともこの記事がN新聞の文化部の記者であるイバちゃんが書いたものでないことだけは、完全に証明してみせるよ」

話が意外な展開を見せはじめても、野田はやはり別のことを考えていた。そのことが積極的に話に参加することを、野田にためらわせていた。

「この最後の部分を読んでごらん。『迂回路の見えないこの巨大な街のため息のように思われて』という、一節があるだろう」

「それがどうしましたか」

「新聞記者は決してこのような表現をしない」

「それは確かに、あまりに感傷的すぎるとも思いますけれど。ぼくは好きだな、記事の趣旨によくあった結末の付け方だと思います」

「そうじゃなくて」

多少いらついた東山の口調が、野田の口を開かせた。

「迂回だ」

「はい？」と、北が初めて会話に参加した野田の顔を見た。

「新聞記者は『迂回』とは書かない。彼らが書く場合は仮名交じり表記しなければならないんですよ」

光沢を消したカウンターの面に野田が指で『う回』と書いてみせると、東山が、小さく拍手をする仕草を見せた。

「大正解！　そのことに気が付いて、これは現役の新聞記者が書いたものではないし、万が一彼らがまちがって表記したとしても、新聞社にいる校閲係が、これを見逃すはずはない、と判断したわけだ。するとどうなるか、これは新聞からコラムのフォーマットだけを切り抜き、中身はワープロで字数と大きさを調整して写真を組み合わせ、切り貼りしたものを、さらにコピーしたものではないか、そう考えた。ちがうかね工藤君」

北が、ぐいとグラスを飲み干して、やや乱暴な手つきでカウンターに置いた。

「降参です。少し飲みすぎたかな。話がまるでわからなくなってきた。こうなったらもう少し脳にアルコールを入れて、いっそ発想の逆転を……マスター、アルコールの一番強いものをお代わり」

「続きをどうぞ」と、野田は東山を促した。

「そうですね。新聞の記事が工藤くんの手になる捏造《ねつぞう》品となると、わたしは、たぶんこんなことがあったのではと、想像するんだ。一連の出来事が半年ほど前に端を発したとなると、ちょうどその頃なのだろう。写真に写っている家族の誰かがこの店にやってきて、この男を知らないかと、工藤くんに尋ねた。

　そう、男ははじめからここにいたんだよ。その理由については想像でしかものを言えないが、たとえば誰か他の女が東京でできてしまって、家族の前から姿を消したとか。ほら、ペイさんが言ったように、この不景気の世の中だ。なにか非合法の仕事に就いていて、家族と連絡を取るわけにいかなかったのかもしれない。

　いずれにせよ、男は決して住所不定の浮浪者などではないし、この家族のポートレートが、砂漠で一本の針を捜すようなはかない希望にささえられて、赤坂見附の本棚に挿し込まれたのでもないと、わたしは信じる」

「ではどうして、マスターはこんな新聞記事を?」

「だから言ったろう。今夜、わたしたちの前にこうして新聞記事のコピーを指し示したように、彼は半年前にも同じことをやったんだ。もちろん当の本人、連絡の途切れた父親が店にいるタイミングをはかって」

「本人に、ですか」

「別の客にと言ったはずだよ。困ったことに、この店にはそうしたミステリを好む連中が揃っている。無論わたしやペイさんもその一部なんだが。そして今夜と同じような会話と推理が店に飛びかったことだろう。男の耳にも、当然会話は耳に入る。工藤くんはそこまで計算した上で、この計画をたてたんだ。ちがうかね?

キミが目標にした客は、どこに座っていたのだろう。テーブル席かい、それなら連れがいたことになるね。それともカウンターかい」

それまで黙って話を聞いていた工藤が、自分のグラスを置いて、少し首を傾げた。困ったような顔をしながらも言葉を選んで、

「お客さんは……カウンターに座っておいでてでした。それまでも、何度かお見えになっていたのですよ。いつもひとりで、ひどく淋しそうな顔で、ビールを二杯。それに簡単なつまみを注文して三十分程で、誰とも話をせずに帰ってしまうので、私の記憶に残っていました」

東山の推理が正しいとは言わずに、半ばつぶやくように言った。

「東北訛《なま》りを気にしていたんだろう。その訛りに気が付いて、他の誰かに『おや、故郷はどちらで』などと、聞かれるのが恐かったのさ」

「なるほどね」と北。

「彼はありもしない新聞記事に自分のことが掲載されたと思い込み、家族に連絡をつけた。そうして無事に故郷に帰り、事情を知ったうえでそのことに感謝して店に地方の特産品を送ってきたというわけか」

「彼は帰るべき場所に帰ったのさ」

「店に訪ねてきたのは、誰でしょう」

「たぶん、娘さんだろう。どうしてそう思うのかって？　それは純粋に勘であるとしかいい

ようがない。たとえば奥さんであるとしようか。そうなると、その後の工藤くんの態度も、違ったことになったのではないかと思ったんだよ。もっと直接的に話をすることもできたはずじゃないか。新聞記事を捏造したり、その話を間接的に持ち掛けたりするところに、彼の気遣いを感じるんだよ。相談を受けた相手がよほど繊細で、傷つきやすい人物ではないか、そう考えると、写真のあの娘さんの姿が目に浮かぶ」

「やはりどこかで噂を聞いて、ですか」

「そりゃあ、遠野から出稼ぎにやってくる人は多い。この店で偶然に父親の姿を見かけ、そのことを故郷の家族に伝えたのかもしれないね」

工藤はうなずくこともせず、黙って厨房へと入って、まもなく三つの椀《わん》をもって戻ってきた。

「合鴨《あいがも》の良いものが入りまして、その余分な脂身で吸い物を作ってみました。白髪《しらが》葱《ねぎ》を添えてありますから、意外にさっぱりとしていますよ。少しアルコールで舌が疲れたことでしょう」

やや濃いめの味付けが舌を洗いながら、野田にしきりと「もう今夜は終わりにしよう」と、ささやくのがわかった。疲れが再び頭の芯によみがえって、鈍い痛みとなっている。そのくせ目蓋《まぶた》は少しも重くなく、このまま帰ってもしばらくはまだ寝付かれないことを教えている。

しきりと、あの家族の写真の部分部分が強調されて、記憶を横切る。

――帰るべき場所、か。

東山も北も、そうすべき場所を持っているのだろう。この店はしょせんは定期的に途中下車する場所でしかない。

「マスター、帰ります」

野田は工藤に告げた。支払いを済ませ、二人の客に向かって「お先に」と挨拶をして店を出るとき、工藤が自分に向かって深々と頭を下げる姿が目に入った。それにはなにも返さず、野田は逃げるように路地の暗がりをめざした。


――大外れだ。

さきほどの東山の言葉をそのまま思って、それからあたりを見回して今度は「大外れだ」と言葉にした。すると、我ながらひどい顔をしているにちがいない、自虐的な笑みが浮かんできた。

二年前、三十九歳で離婚したときには、半ば重い荷物を降ろして、楽になった気さえしたものだ。蘇《よみがえ》る青春などというつもりはなかったが、久々の自由を満喫できる日々が続いた。連休ともなると友人を誘って旅行に出掛け、気が向いたときに、気が向いた店で酒を飲む。そうした日々が永遠に続くのかと思うと、我知らず笑みを浮かべたこともあった。ところが日が経つに連れ、自由は重荷になり始めた。決定的になったのは、四十歳の誕生日を迎えた頃だった。自由は、独り身である自分に冷たい掌を押し当てるようになった。ひとりで部屋を出るとき、誰待つこともない部屋に帰るとき、着信のない留守番電話を見るとき、バスタブに浸《つ》かって独り言をつぶやく自分に気が付いたとき、自由が孤独に変わった瞬間から、野田のなかに別の感情が生まれた。

恐怖に限りなく似ていた。

——他の誰もが、みんな幸せな顔をしているようだ。

その思いは香菜里屋に通いはじめた今もしこりのように野田の奥深いところで、疼《うず》いている。

本当は、その顔の裏側にだれもが悲しみをしまいこんでいることが、わからない年齢ではなかった。けれど同時に、人の悲しみはそれぞれ自分にとってのみ、最悪であることも確信している。

「だから、こんなにも苦しい」

駅へと向かう道には、人通りも少ない。左に曲がればにぎやかな商店街に出るという十字路で、反対に足を向けた。二十分ばかり散歩する覚悟を決めれば、この道でも部屋に帰り着くことができる。

例の家族のポートレートを思い浮べた。

――北だって一度は言及したはずじゃないか。

もっと注意を払うべきは、写真がモノクロであったことだ。いまどきモノクロを使うのはプロカメラマンか、相当の経験を持つ写真愛好家。

――そして、女子高校生だ。

モノクロ仕様の使い捨てカメラは、彼女たちのバッグの必需品であると聞いたことがある。

「あの店に、行方不明になった父親を捜しにきた少女、か」

東山の推理に、工藤はイエスともノーとも答えなかった。ただ「その客はどこに座っていたの」と東山に聞かれたときだけ、その人物がカウンターで淋しそうにビールを飲んでいたことを語ったのみだ。もし彼が「父親はどこに座っていたの」と聞いたなら、工藤はなにも答えなかったにちがいない。きっと工藤とはそうした性格なのである。

――座っていたのは初老の男などではない。

「まるで逆だ」

少女が父親を捜しにきたのではない。カウンターで淋しそうにビールを飲む少女を、初老の父親が捜しにきたのである。

――そういえば彼女は、遠野から出てきたといっていたっけ。

野田には、半年ばかり前に起きた出来事がようやく理解できた。

胸のなかで、孤独にのたうち回った日々のことが生々しく再現された。

その頃、恐怖に近い感情を紛らすために時に年齢とは不相応な街で、なるべくけたたましい喧騒を肴に酒を飲むようになっていた。

そんな時だった。少女と出会ったのは。酔った勢いもあったかもしれない。部屋に誘う部屋に誘うと、意外にも彼女は素直についてきた。高校を卒業し、地元に就職が決まったものの、どうしても地方に埋もれることがいやで家を飛びだしたという。ていの良い家出少女であった。酔いの回った頭で、ずいぶん長いこと、彼女の話を聞いていた気がする。そして最後に彼女が「しばらく部屋にいてもいいかな」と申し出た時には、戸惑いながらも笑顔を浮かべて首を縦に振ったのである。

二十歳にもならないくせに、どういうわけか時代小説ばかりを読んでいた。一度そのことを聞くと、自分でも首を傾げながら「家にはこれしかなかったから」と答えるばかりだった。きっと父親の趣味をそのまま受け継いでしまったのだろう。

孤独からの解放が、これほどすばらしいことだとは思わなかった。そして同時に、少女が唐突に、本当に唐突に短い手紙を残したまま部屋から姿を消したときには、人の魂がこれほど脆《もろ》いものだと、初めて知らされた。その短いメッセージの最後に『香菜里屋』の名前があった。

《とても気持ちの良い店です。一度行ってみてください。本当に楽しい毎日でした。私は故

郷に帰ることにします》

どうして彼女が急にそんな気になってしまったのか、当時の野田にはどうしても理解ができなかった。それが今夜、すべて明白となった。誰か、遠野の知り合いがカウンターに座るだけで、彼女の姿を見かけてしまったのだ。そのあたりの経緯は、当事者の関係が入れ替わるだけで、東山の推理がほぼ言いあてていることだろう。その後、工藤がどのような行動に出たか、についてもだ。

――店を出るときに、工藤が頭を下げたのは、出すぎた真似をしたことを許してくれという意味だろうか。

だとすれば、彼は野田が少女と暮らしていたことを知っていることになる。

それもあるかもしれないと思った。

「けれど、しばらくは」

きっと香菜里屋にはいかないだろうと、野田は声を落として言葉を続けた。あくまでも「しばらく」だ。

それから先のことは、よくわからない。

経理課心中

山田正紀

著者紹介　一九五〇年愛知県生まれ。明治大学政経学部卒業。七四年『神狩り』でデビュー。七七年『神々の埋葬』で角川小説賞を受賞、八二年『最後の敵』で日本SF大賞を受賞。作品に『弥勒戦争』『宝石泥棒』『機神兵団』『謀殺のチェス・ゲーム』他多数がある。

1

経理課の園山君江《そのやまきみえ》はいう。

――いまから考えれば最初に会ったときからあのふたりには何か通いあうものがあったん

だと思います。わたしはこんなふうで男女の機微《きび》にはうといほうなんですけど、それでもあのふたりの様子には、何となくピンとくるものを感じていました。運命的な出会いというんですか？　そんなものを感じました。ええ、わたしがいっているのは、西村《にしむら》係長が博多《はかた》から転任してきた、その歓迎会のときのことなんですけど……

檜田真弓《ひのだまゆみ》は驚いた。

こんなに驚いたことはない。

その驚きはずっとおさまらず、いつしか激しい不安に変わっていった。胸がどきどきして、自分でも顔のこわばっているのがわかった。

しかし笑いは絶やさない。

冗談には冗談で受け答えする。

カラオケの順番が回ってくれば、ハアイ、と元気よく応じるし、同僚の男性社員のために水割りもつくってやる。

それがつらい。

新任の係長の歓迎パーティなのだ。会社の社員食堂から、新宿のカラオケ・スナックに二次会の場を移した。

みんな大いに飲んで騒いで歌いまくっている。そんななかで、ひとりだけ心配そうな顔をしているわけにはいかない。

場を白《しら》けさせるのが怖いのではない。そんなことで西村係長の注意を引いてしまうのが怖いのだ。

しかし――

気のせいだろうか。

ときおり、西村係長がちらちらと自分に視線を向けてくるのが感じられるのだ。

そのたびに、

――わたしのことを思いだしたんじゃないかしら？

と身のすくむ思いがする。

西村係長の注意を引かないためにも、ほかのみんなと同じように飲んで騒いでいなければならない。

真弓は二十一歳になる。

高校を卒業してすぐに準大手のS―商事に入社した。以来三年間、ずっと経理課で働いてきて、今年の秋には二十八歳になる営業部員との結婚も決まっている。

好きか、と聞かれれば、嫌いではない、と答えるしかない相手だ。これまでにも好きになった男は何人もいたし、そのなかのひとりとは一年ほど同棲もしている。結婚を決めたのは、相手の男の毛並みのよさと（三高、そのうえ実家が裕福だ）、その将来性を見込んだからだ。打算的といわれればそのとおりだが、恋と結婚とはまったくべつのものだと思っている。

それだけに、結婚が決まってからは、ほかの男たちとの仲はきれいに清算し、身をつつしんでいる。

そんなときに、過去の、もっとも思い出したくない、誰より真弓の人生から抹消《まっしょう》しなくてはならない相手が現われたのだ。

――こんなことってあるかしら。まさか、この人が同じ会社の人だったなんて。こんな偶然、信じられない。

真弓としては動揺せざるをえない。動揺しながらも、懸命に気持ちを落ちつかせ、自分にいい聞かせる。

――大丈夫よ。もう三年もまえのことじゃない。覚えてなんかいないって。わたしのことなんかすっかり忘れてるって。

しかし、それにしては、ときおり西村係長の真弓に向ける視線が、妙に意味ありげなのが気にかかる。

S―商事の経理課は二十人あまり、その三分の二が女子社員だ。課長だけは一次会でそそくさと帰ったが、残りは全員が二次会に出席している。可愛いだけなら、もっと目を引く女子社員はほかにもいて、これだけの人数のなかからとくに真弓だけに視線を向けてくるのがおかしい。

もしかしたら西村係長は真弓のことを覚えているのではないだろうか。

——そんなはずはない。そんなバカなことってありえないわ。

そう思おうとするのだが、どうにも不安を抑《おさ》えることができない。

そして、その不安は、西村係長がこう声をかけてきたときに頂点に達したのだ。

「ねえ、きみ——」

西村係長は離れたテーブルから体を乗り出し、わざわざ声をかけてきたのだ。

「きみ、なんて名前だっけ」

「檜田です」

真弓は返事をする。つとめて平静をよそおったつもりだが、声がかすれなかったか、とそれが心配だ。

ふうん、と西村係長はうなずいて、

「こんなこと聞いて何なんだけど、きみ、まえに、どこかでぼくと会ったことがなかったっけ」

「いえ、ありません」

今度はまちがいなく声がかすれた。

「係長、目が早いわあ——」

オールドミスの園山君江がゲラゲラと笑いながらいった。

「この子、口説いたって無駄ですよ。檜田さん、今年の秋に結婚することが決まってるんですから」

「そうか、結婚が決まっているのか。それはよかった。おめでとう」

西村はうなずいたが、その顔になにか納得しきれない表情が残っていた。

――駄目だ。この人、わたしのこと覚えてる。

真弓は確信した。殊勝げに顔を伏せたが、その鼓動は激しく高まっていた。

――どうしよう。大変なことになった。この人、わたしのことを覚えているんだわ。

ふと、三年まえ、西村とホテルに入り、肌をかさねたときのことを思いだした。

しつこい客だった。

一度では満足せず、三度もいどんできた。真弓にインサートしながら、両足を自分の肩に乗せ、アナルをまさぐってきた。そして、どうだ、気持ちいいか、と聞いてきた。真弓は、うん、気持ちいい、と答えたが、実際はそんなはずはなく、ひたすら相手が果てるのを待っていた。臀部《でんぶ》をまさぐったその指の感触はいまもまざまざと体に残っている。

行為が終わったあとで、男にねだって、着るものやバッグなんかを買わせたが、いまではそれすら屈辱的な思い出として、胸にきざまれている。

そう、西村は真弓の人生からもっとも抹消しなければならない相手だった。

それがこともあろうに、新任の係長として博多支社から本社経理課に赴任《ふにん》してきた。

——どうしよう、どうしよう。この人、わたしのことを覚えているんだわ。

真弓は焦燥と不安でいまにも叫びだしそうな狂おしい思いにかられていた。

2

——どうすればいいんだ。糞《くそ》っ。あいつはあのときの女だぞ。

その夜、西村は寝つけなかった。

窓に映《は》える空がしらむまでまんじりともできなかった。

三年まえのあの悪夢のような日々がよみがえってくる。

三年まえのあの頃、三十歳になったばかりの西村は、頻繁《ひんぱん》に東京出張を命じられた。

そのうちに新橋《しんばし》のバーのホステスと関係ができ、結婚して一年の妻が妊娠中だったこともあり、いつしか女にのめり込んだ。

あれは悪い女だった。

姉ひとり、弟ひとり、その弟が大学で勉強をつづけるために必要だと聞かされ、十万、二十万とカネをみつがされた。

女が年下の男と一緒に暮らしているのは本当だったが、もちろん弟なんかであるはずはなく、やくざな愛人だった。

いまでも覚えている。

あれは土曜日だった。

みつぐカネに窮し、ついに博多支社の口座から五百万のカネを引き出して、女と一緒にどこか外国にでも逃げるつもりで、ＪＡＬで東京に飛んできた。

女にだまされていたのを知ったのはその夜のことだ。

女がベッドで弟と同衾《どうきん》しているのを見てしまったのだ。

西村は自暴自棄になった。

女にだまされ、会社のカネを横領した。

自分の人生はもうお終《しま》いだと思いつめてしまった。

こうなれば、横領したカネをできるだけ派手に使い、カネが尽きたときにはどこかの屋上から飛びおりてやろう、とそう考えた。

女にだまされたという絶望感からか、誰でもいい、女をめちゃくちゃにしてやりたい、という暗い欲望がつのった。

テレフォン・クラブに電話をし、たまたま電話に出た女の子と、強引に待ちあわせの約束をとりつけた。

女の子と会い、すぐにホテルに行く相談がまとまったが、そのときの相手の口ぶりから、その女の子が売春をアルバイトにしていることに気がついた。

――それならそれでいい。どうせ女なんてどいつもこいつも同じなんだ。溥汚い売女《ばいた》ばかりだ。

西村はその怒りを陰鬱《いんうつ》な欲望に変え、女の子にあくどく挑んだ。

妻はもちろん、だまされた女にも求めたことのない、様々に破廉恥《はれんち》な体位を要求し、貪欲《どんよく》に快楽をむさぼった。

ホテルを出たあと、女の子から高価なプレゼントを要求されたが、どうせあの女にくれてやるはずだったカネなんだ、とそうやけを起こし、いわれるままにブランド品を買い与えてやった。

しかし……

一夜あけて、ビジネス・ホテルで目を覚ましたときには、理性が戻っていた。

――おれは何をしてるんだ？

そう自問し、自分が愚かにも破滅の淵に突っ込んでいこうとしているのを、ゾッとするような思いで自覚した。

たしかに女にはだまされた。が、取り返しがつかないほどだまされたわけではない。さいわい会社の同僚にも妻にも浮気のことは気がつかれていない。いまならまだ充分にやりなおしがきく。会社のカネを横領し、六十万ほど使い込んだが、それを補塡《ほてん》し、月曜日いちばんに口座に戻しておいてやれば、それでいいだけのことではないか。

女にすっかりみついで、貯金は底をついていたが、東京の親類に頼み込んで、なんとか六十万を借りることができた。

その日のＪＡＬ最終便で博多に戻って、翌朝、始業時間になるまえに出社し、九時になるのを待って、社の口座に五百万を戻しておいた。

さいわい西村は経理課の係長で、カネを口座から出し入れした痕跡は、なんとか記録から消し去ることができた。

その後、西村は何事もなかったように口をぬぐって、精勤し、とうとう東京本社に栄転することができたのだ。

まだ西村は三十三歳、おそらく四十になるまえに課長に昇進し、それからも順調に出世の階段を昇っていくことができるだろう。

バーの女に狂い、血迷って会社のカネを横領しようとしたあの日のことは、だれにも知られることがなく、西村自身の記憶からもしだいに薄らいでいった。

それなのに……

——なんてこった！　それがいまごろになって、あのときの女の子に出くわすなんて。それも同じ経理課の部下だなんて、こんな突拍子《とっぴょうし》もない偶然があっていいものか。

西村は暗い天井を見つめながら、ベッドのなかで悶々《もんもん》としていた。じっとりと全身に冷たい汗をかいていた。

部下の女の子が入社するまえに、テレフォン・クラブでアルバイト売春をしていて、たまたまその客になったことがある……

ただ、それだけのことなら、よしんばそれが上司にばれることになっても、女の子が辞めさせられるだけのことで、西村の身に傷がつくことはないだろう。

しかし、檜田真弓が経理の女の子だということがいかにもまずい。

経理で働いている人間なら社員の給料がどれぐらいか知っている。

たかが支社の係長に、テレフォン・クラブで知り合った女の子にポンと高価なプレゼントを買い与えてやる余裕がないぐらいのことは充分に見当がつくはずなのだ。

もし真弓がそのことに気がついて、当時、西村が会社のカネに手をつけていたのではないかと疑い始めたら……

もちろん本社に転勤になるまえに、さらに念には念をいれて、その痕跡を完全に消すように努めてはきた。

しかし、どんなに念をいれて痕跡を消しても、誰かが最初からそのことを疑って記録を丹念に調べれば、西村が（わずか二日間のこととはいえ）会社のカネを横領したことはすぐにもわかるはずなのだ。

経理課で働いている人間が、その立場を利用して社のカネを横領したことがわかれば、それを返した返さないを問わず、解雇されることになるだろう。

順調に出世の階段を昇っていくどころか、この不況時に、西村は妻子をかかえて路頭に迷うことになる。

——どうしたらいいんだ？　どうしたらいいんだ？

西村は自分でも気がつかずにぎりぎりと歯ぎしりをしていた。

檜田真弓は結婚を間近にひかえているという。

テレフォン・クラブでアルバイト売春をしていたというのは、真弓にとっても知られたくない過去であるだろう。

それをわざわざ本人が人にばらす危険を冒《おか》すはずがない。

いや、そもそも真弓が西村のことをあのときの客だと気がついているかどうか、それさえ疑問なのだ。

——大丈夫だ。あんな女はそれこそ何十人と男たちを相手にしているはずだ。たった一度きりの客を覚えているはずがない。

西村はそう自分にいい聞かせ、なんとか気持ちをしずめようとした。

カラオケ・スナックでの檜田真弓のとり澄ました顔を思いだした。あんな虫も殺さないような顔をして、三年まえには、西村の腰にまたがって、気持ちいい、気持ちいい、と舌ったらずな声をあげていたのだ。

ふいにあのときの真弓の白い、なまめかしい肢体があざやかに脳裏《のうり》に浮かんできて、西村を狼狽《ろうばい》させた。

陰茎が勃起していた。

それを自分でもそうと意識せずに握りしめながら、

——あの女はおれのことに気がついてなんかいない。気がついているはずがない。

西村はうわ言のようにそう頭のなかでくりかえしていた。

3

寝不足で頭に鈍い痛みが残った。

午前中は、取り引き銀行の担当者との顔あわせなどで忙しく、なんとか気をまぎらわせることができた。

しかし、昼食の時間になって、ふたたび頭痛が戻ってきた。鈍い、なにか暗い渦《うず》のようなものを連想させる痛みだ。

食欲がない。

昼食はかんたんに蕎麦《そば》で済ませることにした。

会社の近くの蕎麦屋に入った。

西村がすわるとすぐに檜田真弓が店に入ってきた。

西村を見て、

「あら」

と驚いたような顔をしたが、あまりにわざとらしかった。

——おれをつけてきたな。

西村はそう確信した。

「係長、おひとりなんですか」

「ああ、ひとりだよ」

「わたしもひとりなんです。ご一緒していいですか」

「いいよ」

西村は空《あ》いてる席にあごをしゃくった。

「失礼します」

真弓は腰をおろした。そして食事を注文するとすぐに、係長、どうですか、と聞いてきた。

「何が?」

西村は真弓の顔を見た。

「本社には慣《な》れましたか?」

「そんなに簡単に慣れるはずがない。右も左もわからないよ。せいぜい、きみたちに教えてもらわなけりゃな」

「あら、わたしたちに係長にお教えすることなんか何もありません。だって、係長、経理畑のベテランなんでしょ？　博多支社でも凄い優秀な経理マンだったって、みんなそういってますよ」

「そんなことあるもんか。まだ、ぼくはベテランなんて歳じゃない」

「だって、以前は、しょっちゅう東京に出張してたというじゃないですか。わたしが入社するまえのことらしいけど。優秀だから出張をいいつけられたんでしょう」

「ペイペイだったからさ。優秀かどうかは関係ない」

「係長は結婚なさってるんですよね」

「ああ、四年ちょっとになる」

「じゃあ、係長がさかんに出張してたときには、まだ新婚ホヤホヤだったんだ――」

「結婚して一年というところかな」

「一年じゃまだ熱々じゃないですか」

「そんなことはない。そのころにはもう女房は妊娠してたからね」

「それじゃ、奥さん、係長が浮気するるんじゃないかってずいぶん心配なさったんじゃないですか」

「どうして？」

「よくいうじゃないですか。奥さんが妊娠すると亭主は浮気するって」

「そんなこというかな」

「いいますよ」

「聞いたことがないな。そんなことはいわないだろう」

「係長は奥さん一筋なんだ。きっと奥さん、おきれいな方なんでしょうね」

「そんなことはない」

西村はやや早口の切り込んでいくような口調になった。

「きみのほうがずっときれいだ」

「…………」

真弓は言葉につまったように見えた。

その目を動揺の色がかすめた。

一瞬、緊張がみなぎった。

注文した蕎麦が運ばれてきて、その不自然な緊張をやわらげた。

蕎麦をたぐりながら、

「きみ、もうすぐ結婚するんだろう」

西村はそう尋《たず》ねた。

何気ないふうを装《よそお》ったつもりだが、その声はわずかに硬《かた》かったのではないか。

ええ、と真弓はつつましくうなずいた。

「なんでも相手は営業の有望株ナンバーワンなんだってね」

「そんなことありません。誰がそんなことをいったんですか」

「園山くんから聞いたんだよ」

「ああ、あの人、経理課のお局様《つぼね》だから」

「ぜひとも式にはぼくも出席させてもらいたいもんだな」

「すいません。式はごく内輪だけで済ませるつもりなんです。わたしも相手の人もろくに貯金なんか持ってないもんですから。わたしたち貧乏なんですよ」

「そんなことないだろう」

「そうなんです。ほんとは新居にマンションを買いたいんですけど、どこも高くて手が出ないんです」

そうか、と西村はうなずいて、ちょっと考えてから、

「相手の人、優秀なのも優秀なんだろうけど、檜田さんと結婚できるんだから、きっと運もいい人なんだろう」

「どうしてですか。どうして、わたしと結婚して運がいいんですか」

「だって、ライバルもずいぶんいたんじゃないか。檜田さん、もてたろう。つきあってた人

もひとりやふたりじゃないだろう」

「そんなことないですよ。わたし、よく人から誤解されるんですけど、そんなに遊んでなんかいませんよ」

「いや、そんなつもりでいったんじゃないけどさ」

「そんなつもりじゃなければ、どんなつもりでいったんですか」

「どんなつもりもないさ。ただ檜田さんは魅力があるってそういいたかっただけさ」

「…………」

真弓はそれには返事をしようとはしなかった。

ちらり、と上目づかいに西村の顔を見たが、たしかにその目には険《けん》が感じられるようだった。

それでもう話は終わりだった。

「お先に失礼します——」

真弓はすぐに席を立った。

そそくさと店を出ていった。

蕎麦を半分以上も残していた。

西村は食事を終えタバコに火をつけた。

そしてぼんやりと考えた。

——やっぱり、あの女はおれのことを覚えていやがった。女房のことを口にした。ちくしょう。あれでおれを脅《おど》してるつもりなのかな。ちぇっ、持ってまわった言い方をしやがって。可愛い顔してとんだワルだよ。マンションが欲しい、か。やっぱり欲しいのはカネか。あのとき、おれが経理からカネを持ちだしたことに気がついていやがるんだ。待てよ。もしかしたら、おれがまだ経理からカネをくすねてるってそう考えてるんじゃないかな？　そうだとしたら、五十万や百万のカネじゃおさまらないかもしれないぞ。糞っ、どうしたらいいんだ。とんでもない女に引っかかったもんだ……

西村は自分でも気がつかずにタバコのフィルターを噛みつぶしていた。とっくに火は消えていたが、そのことにも気がつかずに、ひたすら真弓のことを考えていた。

4

真弓は気分が悪かった。

どうしても仕事に集中できず、初歩的な伝票の記入をまちがえて、園山君江にこっぴどく注意されたりもした。

それというのも西村係長の言葉が頭にこびりついて離れないからだ。

——ライバルもずいぶんいたんじゃないか。檜田さん、もてたろう。つきあってた人もひとりやふたりじゃないだろう。

さりげなくいわれたその言葉が、牙《きば》のように深々と真弓の胸に食い込んでいた。

——あれは当てこすりだわ。なんていやらしい当てこすりなんだろう。

西村係長はやはり真弓のことを覚えていたのだ。そんなことをいうことで、暗に、真弓がテレフォン・クラブを通じてアルバイト売春をしてたのをほのめかした。

——どういうつもりなのかしら？

たんなる嫌がらせか？　いや、そんなはずはない。

ほとんど貯金がないことは、それとなく告げたから、まさかカネを要求してくることはないだろう。そもそも係長が安サラリーのＯＬにカネを要求してくることなど考えられないことなのだ。

もしかしたら、そのことを楯《たて》にして、関係を迫ってくるつもりなのか？

——冗談じゃないわ。

西村のしつこい愛撫を思いだし、真弓はゾッと身の毛のよだつようなおぞましさを覚えた。

いや、それも一度や二度のことなら、なんとか我慢もできるだろう。我慢しなければならないと思う。が、いったん、そういう関係になれば、一度や二度で済むはずはないし、最悪の場合には結婚した後も関係を迫られることになる。せっかく人からうらやまれる結婚にこぎつけたというのに、何もかもぶち壊しにされてしまうのだ。

——係長だってあんなことは人に知られたくないはずだわ。係長だって奥さんがいるんだもん。大丈夫、何をいわれても毅然《きぜん》として突っぱねればいいのよ。

一度はそうも考えた。

しかし、おそらく、そうではない。

これまでにも何度か社内で不倫が発覚したことがある。たいていは妻子ある上司と部下のOLとのおさだまりの不倫だ。

そんなときには必ず女子社員ひとりが辞めさせられ、男のほうは叱責される程度で、会社にとどまることを許された。

会社とはそういうところなのだ。

真弓が入社まえにアルバイト売春をしていて、西村係長がその客だったことが社内に知れたとしても、一方的に真弓だけが辞めさせられることになる。

どうせ秋には結婚して会社を辞めることになっている。それが数ヵ月早まったところでどうということはないが、その結果、かんじんの結婚話までぶち壊しにされてしまうのが恐ろしい。どこの誰がテレフォン・クラブでアルバイト売春していた女と結婚なんかしてくれるものか。

——どうしたらいいんだろう？

考えているうちに、ズキズキとこめかみが痛んできた。今夜はアスピリンを飲まなければ眠れないだろう。

ふと、なにか視線のようなものを感じ、顔をあげた。

「…………」

思わず声をあげそうになった。

西村係長がジッと真弓のことを凝視《ぎょうし》しているのだ。

真弓の視線と宙でからみあった。

が、西村係長は目をそらそうともしなかった。

なにかを探ろうとするかのように、ひたいに皺《しわ》を寄せ、目を狭めて、ひたすら真弓のことを見つめているのだった。

不気味な視線だった。

——こうしてはいられない。何とかしなくちゃ。

真弓は反射的に席を立っていた。

席を立ったが、どうしたらいいのかわからずに、そのままそこに立ちすくんだ。

そして、そのときになってようやく、こんなときに助けてくれそうな男の名前を思いだしたのだ。

——そうだ、あの人がいる。

真弓の心は弾《はず》んだ。

まさか、西村係長のいるところで、その人に電話をかけるわけにはいかない。いや、そんな事情がなくても、オフィ人から私用の電話をかけることは禁じられている。外の公衆電話から電話をかけるために急いでオフィスを出た。

オフィスを出る真弓を西村が目で追っているその視線をひしひしと感じていた。

――いまに見てなさいよ。あんたの好きにはさせないからね。

真弓はそんな西村に向かって胸のなかで毒づいていた。

以前はケンちゃんと呼んでいた。

本名、三井健一《みついけんいち》……

髪を脱色し、後ろをとさかのように突っ立てているその姿からは、とてもそうは見えないが、これでもM―歯科大のれっきとした4年生なのだ。

いや、れっきとしたとはいえないかもしれない。

父親が繁盛している歯科医で、M―歯科大に入れたのも多額の寄付のおかげということだし、そもそも本人に国家試験を受ける気があるのかどうか、ただひたすら遊びまくっている。

ねだれば幾らでも親がくれるそうで、いつも小遣いをふんだんに持っていて、一時、真弓がつきあっていたのも、それが魅力だったからにほかならない。

遊び相手としては、じつに重宝《ちょうほう》な若者で、どんなものでもプレゼントしてくれたし、どんな頼みも気楽に引き受けてくれた。

ただ結婚相手としては、まじめに考えるのも馬鹿ばかしい相手で、営業部の彼とつきあうようになってからは、真っ先に整理したひとりだった。

もっとも健一は気のいい若者で、真弓に交際を断わられても、ただヘラヘラ笑っているばかりで、ほとんどそんなことは気にもとめていないように見えた。

つきあっていた男たちのなかで、健一だけが唯一、真弓がテレフォン・クラブでアルバイト売春をしていたのを知っている。

そもそも、そんなことを気にするような若者ではないのだ。

また、そうでなければ、いくら真弓が健一を舐めきっていたとしても、自分から交際を断わった相手にこんな相談事を持ちかけるようなことはできない。

会社からの帰り、六本木《ろっぽんぎ》のバーで待ちあわせをし、西村係長のことを話した。

「わたし、結婚するんだからさ。あんなオジンにつきまとわれたら困るんだよね。いまさら、こんなこと頼めた筋あいじゃないんだけどさあ。お願い、ケンちゃんに力になって欲しいんだ――」

「おれ、何すればいいんだ?」

　健一はニヤニヤ笑いながら聞いた。

「ケンちゃんにあいつを脅《おど》してやって欲しいのよ。わたしに変なちょっかいを出したら、怪我《けが》するぐらいのことをいってやってもいいんじゃないかな」

「おれにそんなことできるかな？　おれ、ケンカにはからっきし自信ないんだけどな」

「大丈夫、大丈夫。ケンちゃん、凄い強そうに見えるもん。ケンちゃんに脅されたら、あんな奴、びびっちゃうに決まってるよ」

　これは本当のことだ。

　健一は体が大きくがっしりしていて、思いきって大胆なヘア・スタイル、派手な服装をしていることもあって、とてもカタギの学生には見えない。

　ま、いいか、と健一は気楽にうなずいて、

「真弓ちゃんのためだもんな。そっちで段取りつけてくれればやってやるよ。なんだったら悪い仲間を二、三人、一緒に連れてってもいいぜ。こちらの人数が多いほうがそのオッサンもびびるだろうからさ」

「ありがとう、恩にきるよ――」

　真弓は片手をあげて拝《おが》む真似《まね》をし、

「お返しに、結婚するまで、ケンちゃんとつきあってあげてもいい。土曜、日曜は彼氏とデートだから、つきあえないけどさ。ほかの日だったらいいよ」

一瞬、健一はキョトンとした顔つきになったが、

「へえ、そいつはいいや」

何を考えているのか、ゲラゲラと笑いだした。

「………」

真弓はあっけにとられて、そんな健一を見つめた。

しかし、そのうちに、大丈夫、何もかもうまくいく、そんな楽観的な思いが湧いてきて、いつしか自分も声をあわせて笑いだしていた。

ふたりはカウンターに並んで、たがいに肩をぶつけあうようにし、いつまでも、いつまでも笑いつづけていた。

そのころ西村は六本木の地下鉄駅に向かって歩いていた。

会社から真弓のあとをつけた。

最初は、おれはずいぶん馬鹿なことをしていると自嘲したが、いまではあとをつけてよかったと本心からそう思っている。

真弓が会っている男はどう見てもまともな人間ではない。不良か、もしかしたら本物のヤクザかもしれない。あんな男と会い、何の相談をしているのだろう？　どうやって西村からカネを脅しとったらいいか、その相談をしているのではないか。

——冗談じゃない。牝狐《ぎつね》め。おまえなんかの好きにはさせないぞ。

西村は蒼白になり、その目は吊りあがっていた。

5

その翌日、西村は出社して、自分の机のうえに、なにも書いてない封筒が置かれているのを見つけた。

書類のあいだに挟むようにして、その封筒は置かれてあった。

なかには便箋が一枚、

明日午後七時、渋谷《しぶや》道玄坂《どうげんざか》の喫茶店オアシスでお待ちしています。一緒に遊びましょう。

　係長へ。　檜田真弓

西村は顔をあげて真弓を見た。

真弓はもう出社していて、仕事にとりかかっていた。西村のほうを見ようともしない。どこから見てもまじめそうなＯＬそのもので、ほとんど清純そうに見えた。

「…………」

ふいに欲望がこみあげてきた。股間が熱くこわばって、三年まえの、あのなまめかしくうごめく白い肢体が脳裏をかすめた。

しかし――

その欲望のおもむくままに真弓の体に溺れてはならない。そんなことになれば真弓の思うつぼで、いいように食い物にされてしまうだろう。

おそらく真弓は西村がいまも会社のカネを横領していると思い込んでいるはずだ。

――わたしたち貧乏なんですよ。ほんとは新居にマンションを買いたいんですけど、どこも高くて手が出ないんです……

あれは暗にマンションの頭金を出して欲しいとそうほのめかしたのか？　まさか全額、出して欲しい、とそう考えているんじゃないだろうな。糞っ、そんなカネはないぞ。そんなカネがあるものか！

カネはない。

が、三年まえの横領の事実があるかぎり、カネはないと真弓を突っぱねることはできない。できるだけ少ない額でどう真弓を納得させるか、いま、西村が考えなければならないのはそのことだろう。

――三十万か。いや、いくらなんでも三十万じゃ納得しないだろう。五十万？　それとも百万？　女房に内緒で百万なんてカネ、どこからひねり出せばいいんだ？　そんなカネはどこにもないぞ。

西村の頭のなかで、いつしか、自分をだましたホステスと檜田真弓とが渾然《こんぜん》とひとりの女になって溶け込んでいた。

——女なんてどいつもこいつも同じだ。しょせんはみんな淫売なんだ。

そんな暗く、極端な情念に押し流され、鬱屈《うっくつ》した怒りがふつふつとこみあげてきた。

「………」

西村は真弓を見つめている。自分でも気がつかずに思いつめた目になっていた。

真弓はやはり西村のことなど見向きもしない。

西村を見ているのは園山君江だ。けげんそうな顔になっていた。

「課長が安くゴルフ・セットを譲ってくれるというんだ。まだ新品で、買えば九十万ぐらいするものなんだけど、五十万でいいとそういってるんだよ——」

帰宅して、夕食をとりながら、西村はさりげなくカネの話を持ちだした。

「ほら、家の頭金に積み立ててるカネがあったじゃないか。あそこから五十万ぐらい出せないかな。今度のボーナスで埋めあわせするからさ」

「………」

妻は返事をしない。

風呂からあがった子供の髪を、タオルで拭いて、パジャマを着せている。

「どうだろう？　いい話なんだ。新品なんだぜ。買えば九十万するんだぜ」

妻は西村のほうを見ようともせずに、駄目よ、とそうにべもなくいった。子供にパジャマを着せ終わると、そのお尻をポンとたたいて、さあ、もう寝なさい、といった。子供はおやすみなさいと西村にいった。

「ああ、おやすみ——」

西村は気もそぞろに返事をし、

「なあ、いいだろう。この機会を逃したらもうおれなんかの手に入るゴルフ・セットじゃないんだ。今度のボーナスで埋めあわせをするとそういってるじゃないか」

駄目よ、と妻はくりかえし、西村に顔を向けた。なにか他人を見るように冷えびえとした視線だった。

「家の頭金には手をつけないわ。そんな新しいゴルフ・セットなんか贅沢《ぜいたく》よ。いま持っているので充分じゃないの。それにほんとうにゴルフ・セットのおカネだかどうだか怪しいもんだわ」

「何をいってるんだ？」

西村はあっけにとられた。

「ほんとはとっくに溜まっていたはずのおカネなのよ。それをあなたが東京に行くというんで、みんな使ってしまったんじゃないの。最初からやりなおしだったわ。それにまた手をつけるなんて、そんなこと絶対に許さないわ」

「何をいまさら済んだことをいってるんだ。東京に出張でカネが必要だったんだ。あのころはそういう時期だったんだ。仕方なかったことじゃないか」

ふいに、わたしが、と妻は切り込んでくるようにいった。

「ほんとうに何も知らないとそう思っているの？　わたしのこと、そんなに馬鹿だと、ほんとにそう思い込んでるわけ？」

「…………」

「駄目よ。頭金にはもう絶対に手をつけさせない。あれはわたしと坊やのマンションの頭金なのよ。どこの誰だかわからない女に使わせたりさせるもんですか」

「…………」

西村は鰺《あじ》フライを齧《かじ》りかけたまま、呆然とすわり込んでいた。

――それでは女房はあのホステスのことを知っていたのか。みんな知っていて、いままでそ知らぬふりをしていたのか！

テーブルの下で膝頭《ひざがしら》がガクガクと震え始めた。鰺フライのパン粉が散った。

「お風呂、早く入ってね。あとが片づかないから――」

妻は何事もなかったような顔になり、そう穏《おだ》やかな声でいった。

翌日は金曜日、渋谷道玄坂「オアシス」は若いカップルたちで満員だった。

西村はひとり窓際の席にすわり、コーヒーをすすっていた。

ひどく思いつめた顔をしていた。その目は暗く、狂おしい光を放っていた。

席についてから、まだ十分ほどしかたっていないのに、もう灰皿には吸殻が四、五本たまっていた。

おそらく、ここで待ちあわせをしている男女のなかでただひとり、

——来るな、来るな、頼むから来てくれるな……

西村はそう胸のなかで懸命に念じていた。

しかし——

「お待たせしました」

そう弾んだ声が聞こえ、檜田真弓が横に立った。

臙脂《えんじ》色のブラウスに、同色のチェックのミニ・スカート、しなやかに伸びた足がとてもセクシーだった。

6

西村がシャワーをあびている。

その音を聞きながら、真弓は非常口のドアが開くのを、いまかいまかと待っている。

じりじりしながら、

――ケンちゃん、どうしたのよ。早く来てくれないとまずいよ。

それぱかりを考えている。

このラブ・ホテルの、この五階の部屋を指定したのは健一だ。この部屋は外の非常階段からそのまま出入りできる。

真弓は西村の目を盗んで非常ドアの鍵を開けておいた。時間をみはからって、健一が部屋に入ってきて、西村を徹底的にいたぶる手筈《てはず》になっていた。

おれの女をどうするつもりなんだ……どうせ、そんなありきたりな脅し文句を並べることになるのだろうが、西村はそれで震えあがるはずだ。もう真弓にちょっかいを出そうとはしなくなるだろう。

真弓はそう考え、健一と共謀したのだが、そのかんじんの健一がいっこうに姿を現わそうとしないのだ。

──どうしたのよ、バカ。早く来てくれなきゃまずいジャン。

真弓は気がきではない。

このために、手練手管をつかって西村の気を引いて、ラブ・ホテルに誘わせたのだ。それも、わざわざこのラブ・ホテルまで引っぱってくるのに、どんなに苦労したか。

健一が現われてくれないのではその苦労が水の泡になってしまう。

──もう待てないよ。

ついに我慢できなくなって、健一の携帯電話に電話を入れた。

「はい、おれ」

健一のいつもながらに気楽そうな声が返ってきた。

「どうしたのよ、どうして来てくれないのよ。いま、どこにいるのよ」

真弓は嚙みつきそうな声でいった。

「どこって六本木だけど……」

「六本木?」

真弓は啞然《あぜん》とした。

「なんでそんなところにいるわけ?　話がちがうじゃないよ。いますぐ来てよ」

「ああ、おれ、行くのやめたよ」

「やめたあ?」

真弓の声が裏返りそうになった。慌《あわ》てて声を低めると、

「そんな、何いってんのよ。いまさらそんなのないよ」

あのさ、と健一はあいかわらず気楽そうな口調で、

「おれ、こんなだから、何いっても平気だと真弓はそう思ったんだろうけどさ。あのとき本気で真弓の力になってやろうとそう思ってたんだよ。おれ、真弓のこと本気で好きだったからさ」

「…………」

「だけど、真弓が土曜と日曜以外ならつきあってやるとそういったんで、何というか、いやんなっちゃったんだよな。べつに怒ってるわけじゃないよ。おれって、ほら、基本的に怒らない人だからさ。怒らないけど、いやんなっちゃったんだ。急に気が抜けたっていうかさ。人間てそういうとこあるだろ？　あんなこといわなきゃよかったんだよ。あんなこといわなくても、おれ、真弓の力になるつもりだったんだからさ。ホント、あんなこといわなきゃよかったんだよ――」

「待って、切らないで！」

真弓は叫んだが、そのときには電話は切られていた。真弓の耳にはただツーという電話音だけが残された。

西村はシャワーをあびていなかった。

シャワーを絞って流してはいたが、それはただ水音を聞かせるためだけで、じつのところ、服を脱いでさえいなかった。

浴室に入り、ドアを細めに開けて、真弓の様子をうかがっていた。

真弓は非常ドアの鍵を開けてから、誰かに電話をかけた。

なにを話しているかまでは聞きとれなかったが、

――電話の相手はあの男にちがいない。

西村はそう直観した。

六本木のバーで真弓と一緒にいたあの男……髪を脱色し、ピアスをして、大柄な、いかにも凶暴そうな若者だった。

真弓はあの男を呼んでいるのだ。

非常ドアの鍵を開けたのは、あの男がそこから入ってくる段取りになっているからではないか。

西村はかろうじて百万のカネを用意した。やってはならないことだったが、やむをえず経理の口座から一時借用したのだ。急場をしのぐのにほかに方法はなかった。なんとか百万で真弓に話をつけ、今晩これからすぐにでもサラ金に走って、カネを都合し、明日の朝には埋めあわせしておくつもりだった。

しかし——

真弓が相手ならともかく、あんな凶暴そうな男を相手にして、百万ぐらいのカネで話がつけられるとは思えなかった。

——なんとか真弓と話をつけるんだ。いまのおれには、これがぎりぎり出せる額の限界だ。二百万も三百万も出せるはずがない。なんとか、いま、ここで真弓と話をつけてしまうんだ。

そんな狂おしい思いが喉を絞めつけてくるのを覚えた。

真弓がバッグを取って、非常ドアから逃げだそうとしているのを見て、西村はパニックにおちいった。

真弓が行ってしまえばあいつが入れ替わりにやってくる！

「待ってくれ。行かないでくれ。おれはきみと話をつけたいんだ！」

西村はそう叫んで、浴室から飛びだしていった。

真弓は悲鳴をあげた。

非常ドアから逃げようとした。

西村は追った。

ズボンの尻ポケットから百万円の束を取りだし、それをヒラヒラと振った。

「きみと話がしたいんだ、きみと話がしたいんだ——」

四階の踊り場で追いついた。真弓の肩をつかんで自分のもとに引き寄せた。

「待ってくれ、話をしよう」

いやーっ、と叫んで、真弓は暴れ、必死に西村の手から逃れようとした。西村の胸に両手を当てて、なんとかその体を押しのけようとした。

「きみと話がしたい。きみと話がしたい」

「話なんかしたくない、話なんかない」

「話をしよう、話をしよう」

「話すことなんかない」

真弓は西村の顔を引っ掻《か》いた。西村はカッとして片手で真弓の喉をつかんだ。真弓は逃げようとして上半身をそらした。

西村の体がつんのめった。ふたりはバランスを崩した。胸壁を越えてしまった。ふたりはもつれあいながら落ちていった。ガレージの屋根を突き破り、ドスン、と鈍い音が聞こえてきた。それだけであとはもう何も聞こえてこなかった。

一万円札が百枚、ふたりのあとを追うようにし、ヒラヒラと闇に舞っていた。


経理課の園山君江がいう。

――それはもちろんモラル的には許されないことかもしれません。でも、経理のおカネを百万円持ちだして、それでふたりで死ぬなんて、よっぽどあのふたりは愛しあっていたのにちがいありません。ええ、聞いています。檜田さんから係長に当てた手紙が見つかったんですってね。わたし、係長が、ほんとに真剣な目をして檜田さんを見つめていたのも知っています。あのふたり、抱きあうようにして死んでいたんでしょう？　わたし、ほんとのことというと、あのふたりのこと、羨《うらや》ましいとそう思っているんです。こんなことというと笑われるかもしれませんが、わたしも一生に一度でいいから、あんな燃えるような恋がしてみたいとそう思います。

わざわざの鎖

佐野　洋

著者紹介　一九二八年東京都生まれ。東京大学文学部卒業。読売新聞記者を経て、五八年『週刊朝日』「宝石」共催の短編懸賞に『銅婚式』が入選、作家活動に。六五年『華麗なる醜聞』で日本推理作家協会賞を受賞、九八年第一回日本ミステリー文学大賞を受賞。

すでに朝の渋滞時間帯は過ぎており、車は順調に県道を進んでいた。この分なら、三分以内に、目的地『石尾おおらか公園』に着くだろう……。

突然、助手席の右下方、高梨の右膝付近で、妙な雑音がした。ゴキブリでもまぎれこんだか、と思った瞬間、その雑音は人間の声に変わった。

「ええ、もしもし……。いや、巡回一号、聞こえましたらどうぞ。こちら本部です」

公園管理課長の藤崎だった。自動車無線に慣れていないため、口調がおどおどしている。

「はい、巡回一号です。本部どうぞ」

高梨は、通話スウィッチを起こして呼びかけた。

「ああ、高梨君？　例の放置自動車の件だけど、犯人から電話があって、盗難車とわかりました。どうぞ」

「犯人から？　で、名前なども名乗ったのですか？」

「いや、名前は言わなかったけれど、昨夜の十二時過ぎ、つまり今日の零時ごろ、おおらか公園の自転車置場に、盗んだ日東ラムールを置いて来た、なるたけ早く、持ち主に連絡してやってくれ。そんな電話だった」

「盗んだ車だと言ったんですね？」

高梨は、念を押した。運転席の馬淵が、何の意味か肩をすくめた。

「うん、きのうの夜、城山町から盗んだものだそうだ。何でも、駐《と》《ま》っている車から、運転手が降りるのが見えた。その運転手は、道路の端の方まで行き立ち小便を始めた。ふと、車の中を覗くと、キイが差し込んだままになっている。そこで、ちょっといたずら心が生じて、車に乗り込み、そのまま運転して、鶴木町一丁目の『おおらか公園』で乗り捨てた。そんな内容だった」

「その電話、録音は？」

と、高梨は聞いた。

「いや、電話が終わってから、録音のことを思いついたんだ。申しわけない」

「何も課長が謝ることはないですよ。どうもありがとうございました。盗難車だとわかっただけでも、仕事はし易いですから……」

高梨が、スウィッチを切ると、馬淵が首を振りながら、

「課長らしいな。どうして、機械に弱いんだろう。高梨さんと同じ年なんでしょう？」

と、笑った。

「そう言いなさんな。人には向き不向きがあるんだ。わたしなんか、課長のように一日中机に縛りつけられていたら、ストレスで参ってしまうよ」

「でも、警察時代は調書を作ったり、結構デスクワークもしたんでしょう？」

「まあね。しかし、調書を書くのは苦手だったね。だから、四十六にもなって、まだ部長刑事だったんだ」

再就職するに当たって、高梨がひそかに心に決めたことがある。それは、警察官時代の彼が、あまり有能な刑事ではなかったと、折りに触れて強調しておくことであった。

そうした方が、職場の同僚たちとうまくやって行けるだろう、と考えたのだった。

これは、いまの仕事に呼んでくれた藤崎とも相談した上のことだった。

『うん、本人はその方がいいだろう。その代わり、ぼくが陰で褒《ほ》める役を引受けるよ』

と、藤崎は言ってくれた。

「でも聞いたことがあります。熱心に事件を追う刑事さんは、勉強をする暇がないから、ペーパーテストの昇進試験では損をするんだとか……」

「まあ、いろいろ言われているけれど……。でも、優秀な人は、それなりに昇進しているからね。刑事が忙しいなんて言うのは、一種の負け惜しみですよ」

石尾市人事条例には、市職員の採用について、細かい規定が書かれており、年一回の採用試験に合格した者から採用するのが原則であった。

ただ、その条例では、『専門的知識、経験を必要とする職種』に関して、『当該部長が認めたものは例外とする』ことになっており、高梨は、その例外規定によって、公園管理課の巡回班長として採用されたのだった。

石尾市には、県立公園が二つ、市立の大公園が五つのほか、団地や新興住宅地内にも小公園がいくつもある。

これら市内の公園を管理するのが、市の公園管理課であった。県立公園についても、実際の管理は市に委託されており、それにかかった費用が県から支払われるという形を取っている。

ところが、昨年の夏、駅のそばの大公園で、高校生同士の乱闘事件が起きた。また、秋には、『おおらか公園』『桜の下道公園』などに痴漢が出没するという訴えが相次いだ。

　そこで、市は県警や石尾署にパトロールの強化を要請したが、警察側は、それよりも市がしっかりした管理態勢を作ることが必要なのではないかと反論したという。

『パトロールの強化と言われるが、制服警官が始終うろうろしていては、市民の反発を受けるようになる。市としても、それは望ましくないのではないか。市の職員が、それとなく巡回するという方法は取れないものか』

『しかし、例えば怪しい人物を見かけた場合でも、警察官なら職務質問することができるが、市の職員にはそういう権限がない。職員が巡回しても、実効は上がらないのではないか』

『警察官の職務質問については、警職法で細かく規定されており、だれに対してもできると考えられては困る。一方、公園は市の管理下にあるのだから、市の専門職員には質問権があると言えるのではないか。市が独自で警備担当の職員を置かれてはどうか』

　このようなやりとりが行われたと、議事録には書かれている。

　これが、ちょうど高梨が警察を退職したころのことらしい。

　高梨が、退職して一週間もしないうちに、高校の同級生で現在は市の公園管理課長をしている藤崎が、高梨のアパートにやって来た。

『よくここがわかったな』

高梨は、冷蔵庫から缶入りビール二本とグラスを出しながら聞いた。

『ああ、最初は、名簿に載っているマンションに行ったんだ。奥さんが、ここのことを教えてくれてね。別居しているんだって? 警察をやめたのと関係があるの?』

『直接は関係ないよ。しかし、いくぶんはあるかもしれない』

『警察をやめた理由は?』

『何と言ったらいいか……。まあ、一身上の都合としておいてくれよ』

『懲戒《ちょうかい》ではないんだな?』

そう聞いてから、藤崎はグラスを使わず、缶に口をつけてビールを飲んだ。

『もちろんだよ』

『じゃあ、市役所に勤めることは可能だね』

『市役所に? だって職員の採用については、うるさい規定があるんだろう?』

『ああ、しかしね……』

藤崎は、『専門的知識、経験を必要とする職種』の説明をしてくれた。

『要するに、今度作ることになった「公園巡回班」の班長になって貰えないかと、誘いに来たんだよ』

『公園か……』

高梨の心は動いた。刑事を退職したことに、公園も多少は関係している。さらに、妻や長女との別居にも……。

『君ならば、警察とのパイプもあるし、柔道の有段者だ。公園には、いろいろ問題があるんだよ。だから、元刑事の君がやってくれれば、こんないいことはない』

『すると、あんたは、わたしが刑事をやめたことを知った上で、マンションの方に行ったわけだね？　警察をやめた話は、どこから聞いた？』

『実は、石尾署の幹部と公園問題で話し合ったことがあるんだよ。その席で、高校の同級生が刑事をやっていると、君の名前を出したところ、やめたと言われてね。そして、副署長の水木さんが、高梨君なんか、公園探偵にぴったりじゃないかと言ったんだよ』

『公園探偵？』

高梨は、聞き返した。探偵という言葉は、あまり好きではなかった。『そんな名前をつけるのかい？』

『まさか……。ただ、その席でアメリカにはパーク・ディテクティブつまり、公園専門の探偵がいるという話が出たんだ。それで副署長さんは、公園探偵という言葉を口にしたわけで、正式の職名は「公園管理課巡回班」になるはずだ』

『で、どんな仕事を？』

と、高梨は聞いた。

『そういうことは、いまここで言っても始まらないと思うんだ。実際に君が巡回し、刑事の目で見た上で、判断してもらうつもりだ。巡回班の人員や、態勢についても、君の考えを聞きながら、追々整備して行く』

『しかし、市役所も組織なんだし……。君がそう思っていても……』

『いや、ぼくは、助役や部長からも、失敗を恐れず、自由にやってみろと言われているんだ。だから、一緒に試行錯誤をしてみようじゃないか』

藤崎は、給料の額を提示した。刑事のころより収入は増えることになる。

高梨は、藤崎の話を受けることにした。それだけの給料を払うということは、市がそのポストを重視している証拠だ、と判断したのだ。第二の人生として、これ以上いい話が、今後持ち込まれることはないだろう……。


高梨は、『おおらか公園』の入り口で、巡回車から降りた。とたんに、暑い空気が顔や首にまとわりついてくる。この日も暑くなりそうだった。

公園の駐車場に車を置いて来るという馬淵に、軽く手を振ってから、高梨は自転車置場に近づいて行った。

この公園は、市民がゆっくりと散歩や運動を楽しめるようにというので、自転車の持ち込みも禁止されており、柵で囲って作られた自転車置場が、入り口の向かって右側に作られている。ところが、その自転車置場を乗用車が朝から占領しているため、自転車に乗って来た人たちが、現在自転車が置けなくなっている。

そういう連絡が、石尾署鶴木交番の警察官から、公園管理課にあったのだった。

恐らく、その警察官なのだろう。夏の制服を着た警官が自転車置場の側に立っていた。

「やあ、ご苦労さまです」

と、高梨は声をかけた。「公園管理課から来ました」

「あっ、高梨刑事では？」

制服警官が、挙手の礼をした。「鶴木交番の戸沢巡査です」

「さきほどの電話は、戸沢さんなんですね。ありがとうございました」

「電話したのは、自分でありますが、高梨刑事はどうして？」

「ああ、ご存じなかった？　警察は退職したんですよ。いまは、公園管理課にいます」

高梨は、現役刑事のころ、あっちこっちの交番に立ち寄っている。だから、交番勤務の警察官たちには、顔を覚えられているのだ。

「そうなんですか……」

戸沢巡査は、退職の理由を聞きたそうだった。しかし、話すのは面倒くさい。

「あれが、問題の車ですね？」

と、高梨は右手で日東ラムールを指して、話の方向を変えた。

「はい、今朝の九時二十四分ごろ、自分が自転車で、ここを通りかかると、小学生が呼び止めました。自転車置場をあの乗用車が占拠しているので、自転車をどこに置いたらいいかわからないと……。そこで、自分は柵の外側にでも立て掛けて置けと指示したのですが……」

戸沢の説明によると、彼は最初、それを公園関係者の車だろうと考えた。公園関係者が、何かの用で公園に来て、とりあえず自転車置場に駐めて置いたのだろう。

「ここに車を入れるためにはですね」と、戸沢は説明してくれた。「自転車置場の入り口に張ってある鎖を外さなければなりません。つまり、車を降りて鎖を外し、そのあと、もう一度運転席に戻って車を入れる。そして、車を降りてから鎖をかける。普通の人が、こんな面倒なことをするとは思えません。まあ、二人連れだったとも考えられますが、いずれにせよ、公園の関係者に違いないと考えたわけで……」

「なるほど……」

入り口には、戸沢の言葉通り、鎖が張られている。「その鎖は、最初から張られていたのですね?」

「はい……」

と、戸沢は答えた。「例えば、車が入り口を塞《ふさ》ぐ形で道路に駐めてあったのなら、違法駐車ですから、レッカー車で運んでもらうこともできますが、自転車置場は公園の敷地内ということになりますね。車を駐める場所ではないけれど、公園の人がここに駐めたのであれば、何も問題はありません。しかし、今は夏休みでしょう？　そのあとも、何人ものこどもたちが、自転車に乗って公園に遊びに来ているのですよ。そして、自転車の置場に困り、柵の外に置いていますが、もうすぐ場所がなくなります。だから、何とかした方がいいのではないかと考え、市役所の公園管理課に電話をしたんですが……」

「すると、戸沢さんは、ずっとここに？」

と、高梨は聞いた。

「いや、違います。自分は、一旦ここを離れまして、用を済ませたのですが、その帰り道に、この前を通りかかると、依然として車が自転車置場にある。それで、おかしいなと思ったのです」

「おかしいというのは？」

「公園の関係者が、三十分以上も、こんな場所に駐車していること自体、おかしいし……。車の中をのぞきこんでみると、キイが差したままになっているんですね。しかも、ドアはロックされている。恐らく、運転者はキイを差し込んだまま、車を降り、その際ドアのロックボタンを押したまま、ドアを閉めてしまったのだろう。そう考えまして、とにかく公園管理課に知らせた方がいいと判断したわけであります」

「これは、どうも盗難車らしいのですが、そのことは？」

と、高梨は聞いた。

「え？　そうなんですか？」

戸沢は、目を丸くした。「一応、本署を通じて、ナンバー照会だけはしたんですが……」

「すると、この車の持ち主はわかったのですね？」

と、高梨は聞いた。

「ええ、春野光夫、四十五歳。住所はC市西大原二丁目です。職業まではわかりません」

「C市の人ですか……」

高梨は、頭の中に地図を描いてみた。C市は県庁所在都市で、石尾市に隣接している。そして、西大原二丁目なら、この鶴木町一丁目とは三キロぐらいしか離れていない。「本人に連絡は？」

「まだです。公園管理課の方が来てからにしようと思ったものですから……」

と、戸沢が答えたとき、車を駐車場に入れた馬淵が、汗を拭きながら、自転車置場にやって来た。

太り気味の馬淵は、ワイシャツが汗びっしょりになっていた。

高梨と馬淵が戸沢に案内されて交番に行くと、やがてパトカーに乗って、刑事課の元同僚、杉岡部長刑事と、鑑識課の主任と技官がやって来た。杉岡は、盗犯とくに自動車盗の専門家であった。

そして、約三十分後、春野光夫がタクシーで現れ、彼からスペアキイを受け取った鑑識課の二人は、戸沢の案内で、公園の自転車置場に出かけて行った。彼らは、春野の事情聴取の間に、証拠品である自動車の鑑識をするという。

春野は、C市の大学学習塾で数学の専任講師をしているとのことであった。勤め先の進学塾の近くの駐車場と月ぎめの契約を結び、通勤には車を使っている……。

「車は、夜中の十二時過ぎ、城山町で盗まれたそうですな」

と、杉岡が聞いた。車を盗んだ犯人から電話があったことは、前もって杉岡にも知らせてあった。

「え？　どうしてそれを？」

春野は、おびえた表情で聞き返した。

「いや、犯人から電話があったんですよ。ところで、差支えなかったら、夜の十二時に、城山町にいた理由を聞かせて下さいませんか？」

「うん……」

春野は、わずかに眉をしかめたが、大きな溜め息とともに言った。「しかたがない。正直に言います。ガールフレンドを張っていたんですよ」

「ガールフレンドですか？　それは……」

「筑波佐枝子という学習塾の事務員です。きのう、デートする約束だったのですが、急にキャンセルされましてね。故郷の四国から女友だちが出て来たので、東京見物に付き合うことになったというのが、キャンセルの理由でした」

では、友人と別れたあとでいいから会ってくれと春野は頼んだ。

『だめよ』

と、筑波佐枝子は首を振った。『その友だち、あたしのところに泊まるんだもの』

春野は、しかし、それを信じなかった。筑波佐枝子の友人というのは、男ではないかと疑ったのである。『だめよ』とあわてたように言った口調から、そう感じたという。

「それなら、しっぽを摑《つか》んでやれと思い、十一時過ぎから、彼女の住むマンションの側に車を駐め、帰りを待っていたのです」

「なるほど、それで、車が盗まれた経緯は？」

と、杉岡が聞いた。

「十二時ちょっと過ぎに、彼女は帰って来たんです。一緒にいたのは、間違いなく女性でした。それで、自分のしていたことが何となくばからしくなり、帰るつもりになったのですが、ふと、尿意を催しましてね。車から出て、近くの草の茂みで用を足したのです。ところが、その最中に突然車が発進して……」

「ははあ、災難でしたな」

杉岡は、さも同情したように言った。「それで、どうしました？」

「しょうがない、歩いて帰りましたよ。その時間、城山あたりでは、タクシーも捕まえられませんし……」

「城山から、C市の西大原までだとすると、だいぶかかったでしょう?」

「家に帰りついたときは、二時近くになっていました」

「車の盗難届けは?」

「きょうは勤めが、午後二時からなので、勤めに出るときに、石尾署に寄って届けるつもりでした」

「ええと……」

杉岡が、高梨に顔を向けた。「高梨さん、何か聞くことは?」

「まあ、特別にないけれど、一つだけ。春野さんは、ご家族は?」

「妻と娘がいます。いまは夏休みで、北海道の妻の実家に遊びに行っていますが……」

「お嬢さんは、お幾つです?」

「中学二年です。しかし、なぜそんなことを?」

春野は、正面から高梨の目を見た。

「いや、別に意味はありません。ただ、わたしにも、娘がおりましてね」

そのとき、交番の警察専用電話が鳴った。ちょうど交番に帰って来た戸沢巡査がそれに出た。

電話は、殺人事件の発生を告げるものであった。

しかも、場所は同じ鶴木町一丁目のマンションだという。戸沢巡査の話では、自転車で五分とかからないところらしい。

しかし、現場には、戸沢巡査だけが駆けつけ、杉岡は盗難車の処理を先に済ますことになった。

「いいのかい？」

と、高梨は聞いた。「何なら、こっちは後回しでも……」

「そうもいかんでしょう。車を春野さんに返さなければならないし、そのためには被害調書にサインしてもらう必要がある。第一、殺人現場の方には、すでに初動捜査班が来ていますよ」

「まあ、そうでしょうな」

そう答えながら、高梨は感心した。杉岡が自動車盗の専門家と言われるのは、こういう面があるからなのかもしれない。専門家である彼にとっては、自動車の盗難事件の方が、殺人事件より重要なのだろう。

「それより……」

と、杉岡が言った。「高梨さんこそ、殺人の現場に行ってみたいのじゃない？」

「いやいや……」

と、高梨は手を振った。「もう、切った張ったはたくさんですよ。じゃあ、わたしたちはこれで……」

「ああ、お疲れさんでした」

杉岡は、被害調書の用紙を机に広げながら言った。

公園の駐車場で、巡回車に乗るとすぐに、馬淵が言った。

「班長、本当のところは、前の仕事の方が好きなんじゃないですか？」

「そんなことないよ。警察にいたら、これから何日間かは、家にも帰れない」

高梨は、シートに寄りかかりながら、目を閉じて言った。とにかく忙し過ぎたのだ。長女の日奈子が反抗的になった原因も、父親が忙し過ぎたためかもしれない……。

「そうですか？」

馬淵は、からかう口調でなおも言葉を続けた。「さっき、殺人事件発生と聞いたとき、班長の目の色が変わったから……」

「そんなことないだろう。変わったように見えたとすれば、君が先入観を持って見たからだよ。殺人のことより、わたしには、さっきから気になっていることがあるんだが……」

「どんなことです？」

前を向いたまま、馬淵が聞いた。

「さっきの自動車泥棒だよ。車をなぜ、自転車置場に置いたか、そして、入り口の鎖をわざわざかけたのはなぜか……」

「たしかに、妙に几帳面《きちようめん》ですね。管理課に電話をかけて来たのだって、ある意味では謎ですよ。そんなことしても、彼にとっては何のプラスにもならないのだから……」

「うん、たしかにプラスにはならないな。しかし、犯罪者の中には、見栄《みえ》っぱりの奴もいるんだ。自分の犯行を誇示するために、一見無意味な行動を取ったりする……」

「賭けをしませんか？」

馬淵が、嬉しそうに言った。「自動車泥棒が捕まるかどうか……」

「君はどっちだ？」

「ぼくは捕まると思います。大体の住所もわかっているのだから、警察が本気で捜査すれば……」

「住所がわかっている？　それ、どういう意味だ？」

高梨は、からだの向きを変えて聞いた。

「彼は、夜の十二時過ぎに、盗んだ車を公園に放置したんですよ。そのあと、どうやって帰ったか。歩いて帰れる場所に、彼は住んでいる……。そう思うのですが……」

「なるほど……。公園の近くねえ……」

面白いな、と高梨は思った。

殺人事件の記事は、その日の夕刊に出ていた。

刑事時代に新聞記者から聞いたことだが、このあたりいわゆる首都圏に配られる夕刊の締め切りは、午前十一時だという。今度の事件は、記事によると、死体の発見が十時五十分なのだから、夕刊の締め切りぎりぎりに間に合ったということか。あるいは、殺人事件だというので、無理に記事を押し込んだのかもしれない。

事件の被害者は、フリーカメラマンの亀田進策（三七）で、鶴木町一丁目一九番地の『新味マンション』二六号室に住んでいた。

この日、宅配便の配達員が、隣室宛ての配達物を預かってもらうつもりで、少し開いていたドアから部屋の中をのぞくと、玄関先で亀田が倒れていた……。腹部に鋭利な刃物による刺し傷があり、それが致命傷らしい。

記事の内容は、だいたいそんなものであった。被害者の人物像や死亡推定時刻についての記述がないのは、締切りまでに、取材が間に合わなかったからであろう。

高梨が、勤めの帰りに買ってきた折詰弁当で夕食をとりながら、新聞を読んでいると、部屋のドアがノックされた。

「はい、どうぞ。開いてますから……」

恐らく、隣室の『水戸さん』だろう、と考えながら、高梨は椅子を立った。

隣室に、一人暮らしの女性が住んでいる。最初は『奥さん』と呼んだのだが、一人暮らしだと言われて、『水戸さん』と姓を呼ぶようにしている。高梨と同年配か少し上だろうと思われるが、正確なことはわからない。スーパーマーケットに勤めているという話だった。ときどき、作り過ぎたからと言って、夕食のお菜《かず》を差し入れてくれるのだ。

だが、高梨の予想ははずれた。ゆっくりと開いたドアから、顔を見せたのは娘の日奈子だった。

「やあ、どうした？」

声が上ずっている。別居したのが三月だから、五ヵ月ぶりということになるか。

「あのう、入っていい？」

日奈子は、上目遣いに高梨を見た。この癖は、まだ直っていないらしい。

「あたり前じゃないか。入りなさい」

「どうも……」

靴を脱いだ日奈子は、下を向いたまま、居間に入って来た。

「さあ、これに掛けて……」

高梨は、椅子を引いてやった。「みんな、変わりないんだろう？」

「みんなって、お母さんのことでしょう？」

日奈子は、ひやかすように笑った。「ちゃんと、お母さんと言えばいいのに……」

「うん？　まあ、通じればいいんだ。それより、何か用があって来たのだろう？　どんなことなんだ？」

日奈子の顔を見た瞬間、高梨の頭を過《よ》ぎったのは、妻の則子が病気にでもなったのではないかということだった。しかし、日奈子の口ぶりでは、妻に異変があったわけではないらしい……。

「どうせ、お父さんの耳に入ると思って話しに来たの」

日奈子は、言いながら、食卓の隅にあった夕刊を手に取った。「この殺された人が、あの人なの」

「あの人って？」

「だから、お父さんに名前を聞かれて、あたしが言わなかった人……」

「え？　この亀田という男を、お前知っているのか？」

「そう……」

日奈子はうなずいた。その頭の動かし方は、こどものころとそっくりだった。

「とすると、つまり、この亀田という男と公園で会っていたというわけか？」

「そう……。房江おばさんが見た通りなの。お金を渡していたというのも、見間違えなんかではなく……。ご免なさい」

日奈子は、両手を膝につき、頭を深々と下げた。

ああ、髪を短くしたんだな、と高梨は初めて気がついた。

三月の初め、石尾署刑事課の部屋にいた高梨に、姉の房江から電話があった。前日の夕方、俳句仲間と『桜の下道公園』を歩いていたら、中年の男と一緒の日奈子を見かけたという。男の方は、ベンチに座り、日奈子はその前に立って話をしていたが、日奈子が何かを男に渡しているように見えた。あれは、お金ではなかったのか。ちょっと気になったので、耳に入れておく……。それが、電話の趣旨であった。

高梨は、その日帰宅するとすぐに、日奈子をリビングに呼びつけ、この問題を問い質《ただ》した。

『日奈子、きのう、「桜の下道公園」に行ったか？』

高梨は、そんな風に質問を始めた。もし行ったと言えば、通学路と離れているそこに、なぜ行ったのか、と追及するという方針を立てていた。

『ううん、行かないわ』

日奈子は、そう答えたが、質問と答えの間に、わずかに間隔があったこと、さらに目が落ち着きなく動いたことなどで、彼女が嘘を言っているという心証を得た。

『正直に答えるんだ。お前は、そこで中年の男と会っていた。違うか？』

『………』

日奈子は、口を固く結び、上目遣いに高梨を見た。父親の表情を窺う目つきだった。

『言えないのか？　まあ、そうだろうな。親に言えないことをしたんだから。お前は、その男に金を渡したんだ。どうなんだ？』

『お父さん』

見かねたのか、則子が口を入れた。『どうしたのよ。日奈子は、そんなところに行っていないと言ってるんじゃないの』

『そうじゃない。日奈子は行っている。ちゃんと顔がそう言っている』

『お父さんは、やっぱり古い刑事なのよ』

そう叫んだのは、日奈子だった。『あたしの言葉を信じず、顔で判断するなんて、独断的過ぎよ。人権侵害もいいとこだわ。そんな刑事がいるから、日本の警察は……』

その瞬間、高梨の右手は、日奈子の頰に飛んでいた。いや、頰だけではなく鼻も打ったらしく、日奈子の顔が鼻血で染まった。

『やめてよ……』

則子が、高梨の腕に飛びついた。『それじゃあ、暴力刑事じゃないの。日奈子が男の人と会っていたなんて、いったいだれから聞かされたのよ』

『姉さんだよ』

と、高梨は言った。『きのう、「桜の下道公園」で見かけたと電話で教えてくれた』

『そう……。じゃあ、あなたは、娘の言葉より、お姉さんの言葉を信じるというわけ？』

『それは、娘を信じたいよ。しかし、さっきの日奈子の目は、嘘を言っている目だった』

『そんなのおかしいわ。あなた、お姉さんとは電話でしか話していないのでしょう？　お姉さんの顔を見てもいないで、よく信じる気になったわね』

高梨は、そのときは後悔していた。房江の名を出したのは失敗だった。もともと、則子と房江は、あまり仲がよくない……。

『ねえ、とにかく日奈子に謝ってよ。暴力を振るった上に、傷をつけたのだから、謝るのが当然でしょう？』

『何が暴力だ。父が言うことをきかない娘を叩いてどこが悪い』

はずみというか、高梨は、ふだん思ってもいないことを口走っていた。

『わかったわ。あたし、あなたを告訴します』

則子が、高梨を睨みつけた。『未成年者に暴力を振るったのだから、立派な暴行傷害ですからね』

『ああ、訴えるなら訴えろ。わたしは、悪いことはしていない』

『お父さん……』

鼻に当てたハンカチを手で押さえるようにして、日奈子が言った。『お父さん、刑事をやめた方がいいわ。いまのお父さんを見ていて、あたし思ったの。この人は被疑者を調べるときも、自分の勘や思い込みで、こんな強引なやり口をするのだろうなって……。きっと、これまでにも、自分の点数を上げるために、こんなやり方で、自白の強制をしてきたんだわ』

『お前は……』

とだけ言って、高梨は席を立った。そのままマンションを出て、その夜は署の宿直室に泊まった。

翌日、則子から別居したいという電話があって、高梨は自分の方から、アパートを探して家を出た。同時に、退職願いも出した。

警察をやめる必要はなかったかもしれない。

しかし、家族に暴力刑事と見られたことが、高梨にはショックであった。ことに『自分の点数を上げるために』という言葉が、日奈子の口から出るとは……。

点数取りでもなく、暴力刑事でもないことを示すには、警察をやめるのが最上の策だ。警察官をやめれば、警察官としての昇進など、高梨の頭になかったことが、日奈子にもわかるのではないか。

一度、そんな考えに取りつかれると、それから逃れることができず、彼は結局、退職願いを出したのであった。退職理由は、『一身上の都合』であったが、『心境の変化』と言った方が、むしろ正確かもしれない……。

翌日、高梨が公園管理課に顔を出すと、前日会った杉岡刑事が来ていた。

「きょうは、例の犯人の電話について話を聞きに来たんだ」

と、杉岡は言った。

「犯人？　殺人の？」

「そうじゃないさ」

杉岡は笑った。「自動車盗の方だよ。電話で話したのが課長さんだというので、詳しいことを聞いていたところだ」

「参りましたよ」

課長の藤崎が、頂上が薄くなった頭に手を当てた。「刑事さんにいろいろ質問されたけれど、肝腎なことは何も答えられない。あのとき、高梨さんがいたら、重大なことを聞き出せたんだろうね」

「いやいや、ずいぶん参考になりました。ありがとうございました」

杉岡は如才なく藤崎に礼を言った。「それから、ちょっと高梨さんをお借りしたいのですが……」

「課長、お願いします」

と、高梨も言った。「わたしの方も、杉岡さんに話したいことがあるんです」

二人は、地下の食堂に行った。

「自動車盗のことを調べに来たと言っていたけれど、本部に編入されているんだろう？」

セルフサービスのコーヒーを二人分テーブルに運ぶと、高梨はそう切り出した。殺人のような重大な事件が起き、捜査本部ができると所轄《しょかつ》の刑事課員も、その本部に編入され、県警から来た主任捜査官の指揮下に入る。自動車盗のような小さな犯罪を追うことは許されないはずであった。

「それがだね。たまたま、同じ夜に、自動車盗があって、車の捨て場所が殺人の現場に近いという話に、主任捜査官の熊坂警部が興味を持ち、そっちを調べろと言われたんだ。ただし、とりあえずは一人でやるんだけれどね」

「ふうん、しかし、関係あるのかな」

「殺人のあった『新味マンション』に、十二時半ごろ、中年の男が入って行くのが目撃されている。ほら、例の春野が車を盗まれたのが、十二時ちょっと過ぎ、城山町から鶴木町まで車で来て、公園の自転車置場にそれを乗り捨て、そのあと『新味マンション』に行ったとすると、時間がぴったりなんだ。それで、同一犯人という線も考えられるわけなんだ」

「車の中に指紋は？」

と、高梨は聞いた。

「まったくない。持ち主の春野の指紋さえ、大体のところは消されているんだ。自動車盗にしては、指紋の拭き方が大袈裟なんだよ。しかし、それが殺人の犯人だとすれば、念入りに拭いた理由もわかるということになる」

「なるほど……」

高梨は、きのう見た自転車置場の状況を頭に描いた。「車があった場所に、鎖がかかっていたね。その鎖にも指紋はなかったの？」

「うん、鑑識さんも、こんな用心深い泥棒は珍しいと言っていた。不完全指紋一つ残していないんだ。ところで、そっちにも、話があるんだろう？」

と、杉岡が聞いた。

「うん、殺された亀田というカメラマンだけど、どうもゆすり屋だったらしい」

「うん、その線も出ているんだ。しかしよくわかったな。だれに聞いた？」

杉岡は、高梨の顔をのぞきこんだ。

「実は、恥ずかしい話だが、娘がゆすられたことがあってね」

それは、前日の夕方、日奈子から打ち明けられたことであった。

日奈子は、二月末、高校で一級上の男子生徒、現在は名古屋大学に行っている先輩と、『桜の下道公園』でデートをした。二人で、公園の中を歩き、やがてベンチに座った。どちらからともなく唇を合わせ、互いに手を相手のからだに回しているうちに、男の手が日奈子のスカートの中に入って来た。その瞬間に、どこかで何かが光ったが、気にとめる余裕もなかった。

ところが、数日後、下校の途中で、日奈子は中年の男に呼びとめられ、写真を見せられた。男子生徒と抱き合っている写真で、二人の顔がはっきりと写っている。

「結局、娘はその写真のネガを三万円で買い取ったんだそうだ。わたしに言えば、間違いなく、その男を捕まえるだろうが、すべてが明らかになり、せっかく大学に合格した先輩の男の子に迷惑がかかるかもしれないと考えて、黙っていたんだそうでね。フリーのカメラマンが、実はゆすり屋だったとすれば、被害者の中には、彼に殺意を持った者もいるのではないかと……」

「そうか……。いい線だよ」

と、杉岡が言った。「亀田は、パソコンに人名のリストを打ち込んでいた。人名と言っても、イニシャルなんだが……。それが、ゆする相手のリストじゃないかと見られているんだ」

「そのリストにH・Mというのはなかった？　あるいは、M・Hと書くかもしれない」

「それ、だれのことだ？」

杉岡は、持ち掛けたコーヒーのカップを、テーブルに戻した。

「春野光夫だよ」

高梨は、杉岡の目を見ながら言った。「つまり、きのう、あんたが会った男だ」

「春野？」

杉岡は、考える目つきをしたが、すぐに首を振った。「それはないだろう。時間的に無理だ」

「無理かな」

「無理さ。彼は城山町に十二時ちょっと過ぎまでいた。それは自動車盗の犯人の電話、さらに筑波佐枝子という学習塾の事務員の供述で裏付けられている」

「ははあ、筑波佐枝子にも会ったの？」

と、高梨は聞いた。

「うん、きのうあれからね。友人とマンションの前に帰って来たのが、その時刻だったそうだ。しかし、春野が見張りをしていたのには気づいていないらしい。とにかく、十二時ちょっと過ぎに城山町にいて、しかも車を盗まれた男が、十二時半までに鶴木町に行くのは不可能だろう。もちろん、タクシー会社は調べることになるだろうが……」

「本当に車が盗まれたのならね」

と、高梨は言った。「しかし、現在までにわかったことで、車が盗まれたという証拠は、一つもないんだぜ」

「犯人の電話が……。あれは共犯者の電話だというのか？」

「いや、本人でもいいだろう。つまり、春野自身が公園管理課に電話をした」

「ああ、盗難車だと印象づけるためだな？」

「その電話と、春野の供述が合致しているので、おれたちは春野の言葉を信じてしまった。例えば、立ち小便のことなんかだ……」

「すると、春野は筑波佐枝子の姿を見かけたあと、すぐに車で鶴木町へ行き、自転車置場に車を置いてから、殺人を決行したと……」

「そう考えて矛盾するところは、ひとつもない。ことに、鎖のことなんか、彼が犯人だと考えると、理由がはっきりとわかる」

「鎖のことって何だ？」

　と、杉岡が反問した。

「放置されていた車は、頭から駐車場に乗り入れた形で、しかも駐車場の入り口には鎖がちゃんとかかっていた。それを見たとき、わたしは疑問を持ったんだ。自動車泥棒が、なぜ手間のかかる鎖をわざわざかけたのか？　本来、一刻も早く逃げたいものなのに、そんなことをしたのには、意味があるのではないか……」

「なるほど、で、意味があるのか？」

「うん、車を頭から乗り入れたこと、ドアがロックされていたこと、さらに鎖……。要するに、ほかの車泥棒が盗み難いようにしているんだ」

「ほかの泥棒？」

　杉岡が、不思議そうに聞いた。

「春野はね、車があの場所で盗難車として発見されることを予定していたんだろうな。だから、その車がほかの者に盗まれ、別の場所に持って行かれては困るんだよ。例えば、車が公園から乗り逃げされて、まだ発見されていないとするよ。城山町で盗まれたという彼の説の証明ができない。車を盗んだと称する男の電話にしても、公園に置いたという状況があるから、公園管理課への電話に不審が持たれなかったわけだし、さらに、公園に車があった事実、立ち小便中に盗んだという電話の言葉が春野の供述と一致したことなどで、あんたなんかも、春野は城山町で車を盗まれたと思いこんでしまった……」

「そう言えばそうだが……」

杉岡は考えこんだ。「しかし、彼が犯人だという積極的な証拠はないな」

「実を言うと、わたしはけさ、春野の家に電話をしたんだ。電話番号は、電話帳に出ていたし……。そして彼が電話に出てすぐ、『ああ、春野さん？　亀田の友人です』と言ったとたんに、相手は黙ってしまった。つまり、彼は亀田という名前に、ぴんと来るものがあったんだよ」

「驚いたな。そんなの違法捜査じゃないか」

本当に、杉岡は驚いたようだ。口が尖っていた。

「あんたたちがやったらね」

と、高梨は笑った。「しかし、わたしは民間人だから、刑訴法なんか関係ない。民間人が、ここまで調べたのだから、詰めはあんたたちがやってくれないと……」

「うん……。それにしても、彼はどんな材料でゆすられていたのだろう？」

「それについてなんだがね」

高梨は、大きく息をした。「娘の話を聞いて思ったんだが、ことによると春野も中二の娘がゆすられたとか、あるいは変な写真を撮られたとかで、亀田を殺す気になったのじゃないかな。妻や娘が北海道に行っているというのも、彼が行かせたのかもしれない。もし、そういうことが動機なら、彼に同情するよ。わたしだって、もっと早く娘からゆすりのことを聞いていたら、何をしたかわからない」

「それはそうと……」

コーヒーカップを回しながら、杉岡が言った。「話の様子では、娘さんとは、仲直りしたみたいだね？」

「うん、まあね」

しかし、高梨には気になることがあった。日奈子がほのめかしたのだが、則子は別居以来、生き生きとしているという。もう、高梨と一緒に暮らす気はないのかもしれない。

殺人哀モード《さつじんあいモード》 ミステリー傑作選《けつさくせん》37
日本推理作家協会《にほんすいりさつかきようかい》 編

2000年4月15日第1刷発行

発行者——野間佐和子
発行所——株式会社 講談社
東京都文京区音羽2-12-21 〒112-8001
電話 出版部 (03) 5395-3510
販売部 (03) 5395-3626
製作部 (03) 5395-3615

Printed in Japan

講談社文庫
定価はカバーに
表示してあります

デザイン—菊地信義
製版——豊国印刷株式会社
印刷——豊国印刷株式会社
製本——株式会社大進堂

ISBN4-06-264832-6

講談社文庫刊行の辞

二十一世紀の到来を目睫に望みながら、われわれはいま、人類史上かつて例を見ない巨大な転換期をむかえようとしている。

世界も、日本も、激動の予兆に対する期待とおののきを内に蔵して、未知の時代に歩み入ろうとしている。このときにあたり、創業の人野間清治の「ナショナル・エデュケイター」への志を現代に甦らせようと意図して、われわれはここに古今の文芸作品はいうまでもなく、ひろく人文・社会・自然の諸科学から東西の名著を網羅する、新しい綜合文庫の発刊を決意した。

激動の転換期はまた断絶の時代である。われわれは戦後二十五年間の出版文化のありかたへの深い反省をこめて、この断絶の時代にあえて人間的な持続を求めようとする。いたずらに浮薄な商業主義のあだ花を追い求めることなく、長期にわたって良書に生命をあたえようとつとめるところにしか、今後の出版文化の真の繁栄はあり得ないと信じるからである。

同時にわれわれはこの綜合文庫の刊行を通じて、人文・社会・自然の諸科学が、結局人間の学にほかならないことを立証しようと願っている。かつて知識とは、「汝自身を知る」ことにつきていた。現代社会の瑣末な情報の氾濫のなかから、力強い知識の源泉を掘り起し、技術文明のただなかに、生きた人間の姿を復活させること。それこそわれわれの切なる希求である。

われわれは権威に盲従せず、俗流に媚びることなく、渾然一体となって日本の「草の根」をかたちづくる若く新しい世代の人々に、心をこめてこの新しい綜合文庫をおくり届けたい。それは知識の泉であるとともに感受性のふるさとであり、もっとも有機的に組織され、社会に開かれた万人のための大学をめざしている。大方の支援と協力を衷心より切望してやまない。

一九七一年七月

野間省一